U0929046

千南寻◎著

天津出版传媒集团
天津人民出版社

图书在版编目（CIP）数据

艋舺·英雄赤女 / 千南寻著 . -- 天津 : 天津人民出版社 , 2019.8
ISBN 978-7-201-14673-7

Ⅰ . ①艋… Ⅱ . ①千… Ⅲ . ①长篇小说 – 中国 – 当代 Ⅳ . ① I247.5

中国版本图书馆 CIP 数据核字 (2019) 第 147680 号

艋舺·英雄赤女

MENGXIA · YINGXIONG CHINV

千南寻 著

出　　版　天津人民出版社
出 版 人　刘　庆
地　　址　天津市和平区西康路 35 号康岳大厦
邮政编码　300051
邮购电话　（022）23332469
网　　址　http://www.tjrmcbs.com
电子信箱　reader@tjrmcbs.com

责任编辑　章　赪
封面设计　王　鑫

制版印刷　涿州汇美亿浓印刷有限公司
经　　销　新华书店
开　　本　787 × 1092 毫米　1/16
印　　张　15
字　　数　149 千字
版次印次　2019 年 8 月第 1 版　2019 年 8 月第 1 次印刷
定　　价　49.00 元

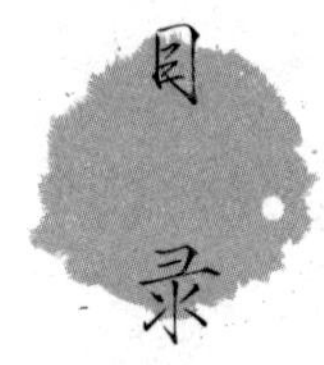

目录

第一章

一

傍晚，天空微微有些昏黄。

台北监狱门外的主干路上，一辆簇新的宾士S350轿车停靠在监狱门前。透过摇下的车窗，身着黑色Armani西装的青年男子正用手扶着方向盘，叼了雪茄面带微笑地注视着监狱大门方向。他身边副驾驶隐秘处，很小心地插着一柄用报纸包裹了刀柄的扁钻尖刀。

此时刚刚从大门里走出监狱的，是一张面带疮痍且饱经风霜的年轻面孔。显然岁月并没有饶过这个入狱前才过弱冠的年轻人，使得他看上去比面前的三个青年成熟很多。

“直仁，我们在这里。”站在三人正中的是个穿着白色外套的胖子，他脸上沉甸甸的肌肉随着他洪亮的声音有节奏地上下抖动。说话间，他从身边一个极高、极瘦的年轻人手里接过柚子叶，三步并作两步地冲了上去。

“霉气去，好运来，红运当头啊！”胖子边说边用柚子叶在李直仁身上扫来扫去，把后者弄得有些尴尬：“大厨，你要干什么啊？”

“给你扫掉晦气啊，要不然还能干吗？”大厨一把抱过李直仁，用力拍着他的双肩，“四年没见，你小子长得倒结实了，难道里面还能健身啊？”

“健身当然没有啦！不过可以用人来练拳头啊！”李直仁说着也抱了抱大厨，然后伸出右掌和冲过来的小许击了一掌。小许高高瘦瘦的，像根竹竿，好像一阵大风就能把他刮倒——他是几个兄弟中最灵活的一个。此时一直没说话的小山西也走了过来，慢吞吞地和李直仁握了握手。

“兄弟们都还好啊！”李直仁边说边往他们身后的宾士车斜了一眼。此时车里的年轻人已经下车踱了过来，只是手中的雪茄却没有熄灭。

“直仁，还好吧？”入狱四年来，这是李直仁第一次见到高超，也是第一次听到他说话。李直仁面无表情地盯着挺拔帅气的高超许久，才把目光移到宾士车上。

“新车很酷啊，你现在发达了哦！怪不得……”李直仁冷哼了一声，意味深长地盯着高超，摆出一副挑衅的面孔。高超满脸温和：“这是商会的车，有时候要用来应酬，你也知道现在生意不好做，所以有些场面上的东西还是要做的。”

“不用跟我解释，你们过得好就够了。”李直仁绕过高超，正准备离开时无意中看到了插在副驾驶位缝隙的扁钻尖刀，忽然打开车门一把拔了出来。他的动作无比迅捷，着实出乎在场每个人的意料，小山西甚至吓得叫了出来。

“车里还装凶器啊高会长，难道不怕警察找你麻烦？”李直仁揶揄道。小许可能是见李直仁和高超脸色都不好看，怕引出什么不愉快，忙说道：“你们两个疯啦！这是什么地方啊这样搞？”

李直仁肆无忌惮地和高超对视着，目光中充满了杀气：“我当你是兄弟，你为什么出卖我？”

“钱不是我收的。”高超回答得干脆利落，“那是陆星离间我们设的局。你要是不信可以问几个兄弟，我高超是不是那种对不起兄弟的人。”

“是啊直仁，我们虽然起争执，可谁都没有拿那些钱。陆星却说在现场丢了钱，明摆着离间计嘛！”大厨又把柚子叶举了起来，想做和事佬。大厨叫陈家培，从小就受食肆工作的父亲的熏陶，对厨事尤其热衷。五个兄弟里，他和小山西都是小时候最老实不过的孩子，上学时经常被人欺负，要靠高超罩着才能顺利中学毕业。只是谁知道，大厨在艋舺开起饭店以后突然变得彪悍起来，竟成了高超手下的第一悍将。

李直仁看了大厨一眼，没有说话。小许见状也过来拉了他一把：“走吧，事情都过去了还讲这么多？我们当时虽然有吵嘴，但没人动那袋子钱。后来你刺伤人和超哥争执起来，我拉了理欣离开，都没有动那钱。”

“那钱呢，当时宫北帮的人已经走光了，怎么可能藏那些钱？再说警察很快就到了。”李直仁虽然没有说完，可每个人都知道，要不是一袋毒赃不见，仅凭他轻伤一个宫北帮的小弟是不可能判这么久的。谁知道小许忽然笑了起来，然后用怪异的眼神打量着李直仁：“仁哥，那个宫北的小弟虽然流了不少血，可并不致命，当时我们一乱就忘记这个人了，不是吗？”

“你说是他？”李直仁一副恍然大悟的样子，仔细回忆了很久，果然在刺伤这个人之后就再也没有注意过他。此时高超的手机响了，他接过电话向李直仁微笑点了点头，然后和大厨等人交代一句商会有事便先行离开，在众人眼中消失于氤氲着薄雾的夜幕中。小山西望着远去的背影指了指远处：“我们的车子在前面，过去吧！”

“那个陆星，现在怎么样了？”李直仁边往前走边问道。

“我们让他损失了一大笔钱——怎么可能会放过我们。”小许接着道，“他知道我们是商会的人，想方设法地找商会麻烦。”

“这事我早就听说过，难道就这样让他搞吗？”李直仁厉声喝问。

“超哥会有办法，这几年不也是就这样过来了嘛！”大厨说着又拉李直仁的右手拍了拍手背，“直仁，你的脾气一点儿没变，还是相信超哥吧。你刚出来，不要太过张扬。”

“他只会妥协，一味地听老头儿们安排，这样下去会把商会搞垮。”众人说着上了小山西的旧车；小许和大厨坐在后面，一言不发。李直仁接过小山西递过的香烟点着吸了几口，忽然说道：“先不要回去，我们去宫头东转转。”

李直仁的话像是一滴落入油锅的清水，立时溅起了无数波澜。大厨、小许和小山西几乎同时把眼睛瞪得溜圆，惊愕地望着他，嘴巴张得老大，甚至开车的小山西一脚刹车，几乎将几个人掀翻。

“你疯了直仁，宫头东可是宫北帮的地盘，现在陆星已经代替Jimmy，是宫北帮的坐馆。我们这可是自投罗网啊！”事实上小许并不是个胆小鬼，他从小到大都是李直仁最好的朋友，甚至比高超还近。全名许闵文的小许学习成绩一流，胆大心细，尤其在理财方面有着天生敏锐的嗅觉，炒股一向十投九稳。也正因如此，他才被高超相中，到商会做了财务副手。

“是啊，这样我们才更应该去转转，见见陆星大佬。”李直仁伸了个懒腰，然后狡黠地笑了起来。几个人都无奈地叹了口气，小山西把汽车艰难地掉了个头，向艋舺月老宫方向驶去。

其实如果走路的话，月老宫宫头街和大厨开的“陈大厨平价热炒店”相距并不太远，都属于宫区，快步走十分钟就能到达。只是这里的街衢逼仄且蜿蜒曲折，别说是汽车不能过，就是机车来往也甚是艰难。月老宫东边是宫北帮的地盘，西边则属于商圈自治会。由于历史原因，西边面积更大，经济活力远超东边。这也是陆星这帮人一直觊觎西边的原因。

今天李直仁不知道发了什么疯，非要到对头那里去，令三个朋友措手不及。他们甚至想打电话给高超，让他带人过来帮忙。可一想到刚才李直仁对他的态度以及他们之间的误会，遂打消了这个念头。

“直仁，你真不打算见见理欣？她一直在等你。”小许抽着烟，试探地问道。与众人一样，他本以为会迎来李直仁一顿痛骂，谁知道换来的却是长久的沉默。

“我配不上她。”李直仁扔掉手中的烟蒂，很平静地说。他的话每个人都听到了，每个人却都有些无语，不知道怎么安慰他。作为高家的大小姐、高超的妹妹，理欣有着傲人的身材和天使的面孔，从小到大都是整个宫区的超级美女。虽然自幼丧父，但得益于商会的照顾，理欣和高超从来没有受谁欺负，一直过着衣食无忧的生活。

相反，李直仁则不同，自从读宫大夜间部的哥哥李直义遭遇车祸以后，还上小学的李直仁就成了真正吃百家饭长大的野小子。几个亲戚碍于他父母生前的嘱托，又分到了财产，不得不照顾他，可谁都不想对他负责，所以李直仁就成了混迹于街头巷尾的小混混儿，完全没人愿意管。

也许正因为这样，李直仁的性格呈两极化，有时候傲慢到无法无天，但骨子里他又极度自卑。他比任何人都知道金钱的魔力，所以也比任何人都有更强的对财富的渴望。他讲义气、重友情，对理欣一往情深，却又极度敏感，一种浸淫在骨子里的自卑成了他最大的弱点。

“其实，理欣是个好女孩儿。”小许嗫嚅道。李直仁看了他一眼，脑海中却浮现起第一次见到理欣时的情景。那是他刚刚离开学校，开始混迹宫口的时候。理欣和好姐妹桃子打台球，却被两个新来的宫北帮棒槌调戏。当时李直仁正在边上的排档吃鳝鱼面，看到理欣因生气而涨得通红的面孔，心中突然升起了一股想要保护她一生一世的男儿气概。

李直仁毅然决然地出手了，他拦在理欣面前，将两个宫北帮的小弟推开，却没有像电影演得那样把对方打得屁滚尿流。事实上当时的李直仁才出校门，一向高估自己的武力值。要不是理欣见势不妙拉着他逃走，他就已经躺在那里了。

“对不起，没帮上什么忙。”李直仁被理欣拉着躲进后巷，边喘着粗气边向她道歉。理欣很感动地笑了笑。虽然直仁并无英雄之力，却有英雄之义和英雄之胆，这才是难能可贵的。也许是命中的缘分，从此以后理欣就成了李直仁生命中不可缺少的一部分。

“既然她是你的一部分，人家每次来看你，你为什么都拒绝？”小山西好奇地问道。与他的外号一样，大名叫林锦豪的小山西是位出身眷村的老实人。他祖父林道是从山西武乡老家投笔从戎，随着百万大军撤退到台湾来的外省人。从小到大，祖父都用家乡的规矩来约束子孙，甚至平时对话都是不折不扣的山西话，这在整个台北的眷村里也是屈指可数的。

“我要努力赚钱，让她过上幸福的生活。”李直仁说着突然跳下汽车，朝路边几个正在喝酒的宫北帮小弟冲了过去。

“哗啦！”李直仁一把掀翻了这帮人的饭桌，酒菜撒得满地都是。然后他变魔术般将刚才高超车上取下的扁钻尖刀丢到桌上，环视目瞪口呆的几个宫北帮小弟。

“陆星呢，告诉他，我李直仁回来了！”说话的时候，李直仁一只脚踏在椅子上，手中攥着一个酒瓶。刚刚走下汽车的大厨、小许和小山西被眼前的景象惊呆了。

远处街口，几十个宫北帮小弟手持砍刀，正向李直仁扑来。

二

“发什么呆，快走啦！”李直仁一酒瓶砸在冲到面前的混混儿头上，然后飞起一脚又踢倒一人，转身就跑。他身后的大厨、小许和小山西也立时反应过来，玩儿命地跟在他身后。

“你怎么出来就惹事，还想进去啊！”小许灵活地闪动着身躯，紧紧地跟在李直仁身后。

李直仁转过头看了他一眼，“嘿嘿”一阵冷笑：“我要告诉陆星我回来了。”

“发泄就发泄，还牵拖（找借口）这么多。”小许刚嘟囔了一句，却见李直仁突然发疯一样踅回身和几个宫北帮的小弟动起手来。他定睛看去，才发现原来是小山西被围住了。深陷重围的小山西拎起一把椅子，抡了几圈，将十几个人堪堪逼退，却不料一个精瘦的汉子从后面绕了过来，抄起一条板凳，重重地砸在他的后背上。

小山西一个踉跄，栽倒在地。十几个宫北帮小弟一拥而上，刀砍脚踢。小山西在地上不断翻滚，抄起什么就用什么来挡，可仍然挨了好几下，好在没伤到要害。

李直仁如战神般杀到，奋力打翻几个人，拉起小山西就往后面跑。几个人跑跑停停，来到“陈大厨平价热炒店”的时候都已气喘吁吁。李直仁坐到地上喘着粗气，身边的大厨干脆躺在了地上。这时一个挺漂亮的女孩子突然从店里冲了出来，手里捧着一个小型摄像机给他们录制视频，脸上明显挂着嘲讽的笑容。

“你们不是去接直仁么，怎么累成这个样子，难道去跑马拉松了？”女孩儿把目光转向小山西，笑着问道。

小山西见李直仁面带疑问，忙把女孩儿拉过来给他介绍：“我表姐周语，是一名记者。”

“你好直仁，总听锦豪提起你。我是拍摄人文纪录片的自由记者，这次的选题是艋舺。”周语很友好地向李直仁伸出了手。李直仁愣愣地望着她，木然地和她握了握手：“艋舺有什么好拍的？”

“来来来，待会儿再聊，先吃碗猪脚面线去去晦气。”大厨从后面走出来，端着一碗热气腾腾的猪脚面线放到桌上，“趁热吃啊！”

“猪脚面线！”李直仁冷笑着点燃一支香烟，将面前的猪脚面线轻轻推了一把，“这东西我在里面吃吐了。”

“直仁，规矩就是规矩，不能敷衍！”大厨瞪着他说道。李直仁很不情愿地端起碗，大口吃了起来。就在这时候，不远处的摊位上隐隐传来一阵激烈的喧嚣声。

李直仁放下面碗，往出事方向看。小许一把拉住他摆了摆手：“每天都是这样，总有宫北帮的来捣乱，你还是不要管啦，一会儿他们会报警处理。”

李直仁不理会小许的话，甩开他的手，径直来到事发地点。此时一个卖蚵仔煎的小贩正在为几个垃圾袋和宫北帮的小弟争执。

“袋子我们自己有，都是商会送来的，质量好又便宜。你这东西成色这么差还要五千块，简直是抢钱。”说话的大叔看上去有五十多岁，脸色因生气而异常惨白；他身边站着个矮个子的妇人，看样子是他的太太，正怒气冲冲地盯着面前几个小伙子。

“干！叫你买就买，哪儿这么多废话，要是星爷生气了可不是闹着玩儿的。我劝你还是识相点儿好。”一个黑皮肤的高个子满脸倨傲，说话的时候几乎一直仰着头，明显没把小贩放在眼里。

“我要找阿超和你说话。”小贩坚持要给高超打电话，却惹恼了对方。

“我看你真想找死啊！”另一个身材魁梧的年轻人一把揪住了小贩的衣领，照脸就是一拳。

一直在旁观的李直仁胸中的怒火“腾”的一下就升了起来。他下意识地感觉到这应该是自己在商会扬威的机会，便毫不犹豫地走上前去。

“卖袋子啊？我买。”李直仁用冰冷的目光打量着三个宫北帮的小弟，强壮的身体像山一样挡在他们和小贩之间。此时小许、小山西、大厨和周语都陆续赶来，关切地注视着他们。

黑皮肤感觉到李直仁绝非善类，虽然他们并不认识，可整天与高超在一起的小山西等人他却是经常见到的。他预料到事情有点儿不妙，可仍旧想在自己的两个手下面前保持一点儿最后的尊严，说：“好啊，给钱吧，五万。”

李直仁面带不屑地笑了笑，突然一拳打在对方脸上，接着他脚下一个连环绊，已将黑皮肤勾倒。黑皮肤身边两个小弟见大哥挨打，一拥而上，与李直仁厮打起来。而小许和大厨也毫不犹豫地加入了战团，只有小山西护着周语躲在一旁。

“这怎么办，要不要报警？”周语紧张地问道。

“先看看再说。”小山西挡在周语身前，警惕着注视场面。而小许却边打边劝李直仁退下：“直仁，你刚出来还是小心点儿，别犯事。这里交给我吧！”

李直仁冲着小许一笑，左右踅摸了一下，顺手抄起一个空的煤气罐就朝黑皮肤的头上砸去。黑皮肤二人在小许和大厨凶悍的攻击下本来就只剩招架之功，压根儿就没注意到悄悄退出战圈的李直仁抄起了这个大家伙。这一下要砸在头上，黑皮肤不死也会重伤。

就在这千钧一发的时候，李直仁身后突然伸出一只有力的臂膀，将他抡起的空煤气罐接了下来。

“直仁，这么狠可要出人命的！”

李直仁转过头，看到的却是高超。两个宫北帮小弟见状，趁乱扶着受伤的黑皮肤一瘸一拐地离开了现场。李直仁等人重新回到了热炒店。

“下午去宫头惹事的，是你们几个吗？”高超面带不善，显然已经了解到了下午的事情。

李直仁望着他，非常不屑地哼了一声：“照你这样一味妥协，总有一天会被人骑到脖子上来。”

高超看了看身边几个低头垂目的兄弟，只有李直仁摆出一副天不怕地不怕的架子，心下着实有些懊恼：“商会有商会的规矩，这么多年都过来了，他宫北帮就能打破这个惯例？做事要循序渐进，不能急躁；你要还是商会的成员，就得按我的话做，否则就请离开。”他的话四平八稳，一点儿面子也没给李直仁。

“时代不同，该变就得变。否则守着旧规矩还不是被人欺负？你阿爸不是守规矩的人嘛，还不是因为规矩替人出头白白送了性命。”李直仁是个直筒子脾气，说话从来不考虑后果，这话刚出口他就觉得自己有些失言，不过这念头也就在他心里一闪而过，没继续往下想。

高超的脸色微微一变，香烟也在这一瞬间掉到了地上，双眸中蓦地闪现出一道黯淡的伤感。所有人明白这是他极度伤心下的条件反射。小许悄悄往前走了一步想安慰高超几句，却一时又想不出该说点儿什么，反正原则是不让他们两个人打起来。

从小到大，高超都讳谈自己父亲的死因。虽然曾经的他在整个宫区甚至在艋舺地区名噪一时，很多人提起高世元这三个字的时候都会肃然起敬，可高超仍然不愿意与人谈及高世元的任何事情，更不愿意别人对高世元评头论足、说三道四。那就像一块硕大而醒目的伤疤，非常惹眼地趴在高超伤痕累累的身体上，它告诉每个人他有一段既无法释怀又非同寻常的故事。是的，他是前商会会长高世元——那个为了一个陌生女人出头而被人暗算至死的男人的独生子。

有人说那个女人是高世元的情妇，高世元之所以要为她出头，是为了让她给他生的私生子将来可以顺利上位。也有人说高世元疾恶如仇，因为强出头而遭宫北帮的嫉恨，被一伙来历不明的人砍死在游廓区某个援交妹的床上。无论这些传言是否真实，事实上高世元的死确实是不明不白，甚至毫不光彩的。他被人抬出游廓区的时候一丝不挂，此事轰动了整个宫区。

除此之外，与高世元一块儿被抬出来的，还有他的兄弟邱礼桢，不过他没有死。与其他人的说法不同，瘫痪的邱礼桢说他们那天是被Jimmy约去谈判了，遭人暗算致一死一伤。但奇怪的是他对整个事情的经过却讳莫如深，无论高超怎么请求他都不发一言。这使得人们感觉邱礼桢和高世元之间似乎有着什么不可告人的秘密。

高超从邱礼桢暧昧的态度上本能地感觉到父亲的死不是那么简单，无论哪种传言被证实都不是什么好事。所以成年以后的他选择了忽视这段历史。他不在乎这块伤疤多么显眼，但也不愿意别人当面提起这件事。可如今自己的生死兄弟也这样说，他能怎么办？

高超了解李直仁，从骨子里说他绝不是坏人。可这四年的牢狱之灾让他变化了太多，尤其是面对与自己的落差，难免让这个看上去骁勇实则内心柔弱的傻小子做出什么出格的举动。一瞬间，高超想起《神雕侠侣》中郭靖在大胜关酒宴上对杨过说的那番话来：“过儿，我心里好疼，你明白吗？我宁可你死了，也不愿你做坏事，你明白吗？”

须臾之间，泪水不禁从高超眼眶中潸然而下。他说不清是因为李直仁辜负了自己还是对方揭他伤疤而产生的悲痛。但他与郭靖的心情产生了强烈共鸣。其时杨过不遵礼法让郭靖悲痛欲绝与今天李直仁对自己的挑衅又有什么区别？一个商会会长的位子对高超而言并不足惜，可这是父亲一手传下来的啊？要是毁于自己又让他百年之后有何面目去见先人。

自从俩人相识，高超一直把李直仁当自己弟弟一样看待。他可以容忍他的叛逆、他的无礼甚至是对自己的不敬，但他决不愿把商会会长的位置传给这样一个只有热血的鲁莽青年。

“你真的那么想当老大？”高超忽然问道，他此时已经决定用事实来教育李直仁一次，既然这个傻小子相信武力，那自己就用武力使对方清醒。李直仁自然不知道高超内心深处的想法，仍旧用那不可一世的目光打量着高超，说：“你的办法过时了。”

“好啊，和我打一场，赢了我就把商会会长的位置让给你。”高超面带微笑、胸有成竹地说道。

三

高超的自信不无道理。事实上李直仁是认识了高超这群朋友之后，在高超的培养下才逐渐成长起来的。不过李直仁的资质不错，几个月就已经超过了小山西和大厨，直逼小许的水平，这让高超甚为惊愕。之后就发生了那件事，李直仁自愿入狱，却没想到因为种种原因和高超产生了误会，直到今天。

如今的商圈自治会内忧外患严重，外部：自陆星成为宫北帮的坐馆以后，一直觊觎商会的地盘，想尽办法渗透，已成剑拔弩张之势，迟早要跟商会一争高下；内部两个老人依仗资历对高超和邱礼桢一派逐渐不满，大有废掉他取而代之的意思。所以高超每一天都心力交瘁，看上去他这个商会会长风光无限，实则如履薄冰。但无论如何他都告诉自己要撑下去，商会是他的希望，也是兄弟们的希望。假设李直仁真的有服众之才统领商会，他退位让贤不是不可能，甚至还会想办法去说服邱叔。但就现在的情况看，高超只能选择让直仁品尝一点儿苦头。这对直仁本身也是好事，但愿其能理解高超的苦心。

长远来看，陆星应该还是商会最大的威胁。比起二十多岁的高超和李直仁，年逾不惑的他在整个宫区都是大哥级的人物。当然这里不单指辈分。他有手腕、有头脑，魄力和凶狠丝毫不亚于年轻人。最危险的是他那颗一直觊觎商会地盘的心。前几天周语刚来的时候，高超陪着她熟悉宫区，他们边走边聊，不知不觉就聊到了李直仁身上。

“你跟直仁也认识？我以为他只是小山西他们的朋友。”周语坐在高超的汽车里问道。高超不知道当时自己的脸色如何，但现在想来一定不会太好。他只记得自己支吾了一句“认识”。

周语当时很惊讶：“你们曾经都是兄弟？那现在呢，现在怎么样了？”

“不知道。”想到李直仁在法庭上面对自己那目眦欲裂的面孔，高超既感到内疚又感到困惑。

李直仁一定误会自己出卖了他。按直仁的理解，当时如果听他的话，先把钱拿走赶快离开，也许就不会出现后面的事了。

可那些涉及原则的问题在高超看来绝对是没有妥协余地的。他记得父亲就是个极有原则的人，绝不允许商会的势力范围内出现毒品，甚至连瘾君子都不欢迎。他真诚对待每个商户，不是自己应得的钱绝对不会要。也正是他的榜样，才树立起了高超刚直不阿的性格。

在车上，周语一定看出了自己的忧虑，如果没有后面的事情她也许会追问下去。面对这个直率的女孩子，高超真感觉到既无奈又好笑。只是陆星和他的手下打断了他们的对话，将两人的注意力吸引到现实中来。

陆星的车阻住了路，问周语是不是来艋舺拍片的，看样子他似乎已经知道了周语的身份。这不是什么奇怪的事情，无论商会有什么新鲜事第一个得到消息的往往是宫北帮的人。之前的Jimmy是这样，现在的陆星也是这样。就冲这一点，高超在第一回合的较量中其实已经输了，但这有什么办法呢？高超确实为查出内鬼的事头疼不已。

“记者小姐，你知道我们艋舺有个很有名的‘宝斗里’吗？也就是俗称的红灯区啦，我们这里的人都叫它‘查某间’。以前生意好得不得了喔，当年阿超他爸为了帮一个欠债的老太婆出头，搞得附近的兄弟都不爽，最后被人打死在那里的……”陆星有意在周语面前丢高超的人，一上来就把高世元的事情说了出来。

被人当众揭开伤疤，高超当然不干，他立马打断陆星，问他到底想干什么。他记得陆星当时就摆出一张挑衅的面孔，不屑一顾地望着他，冷笑着告诉高超，从今往后起他一定要在商会的地盘上插支旗，无论高超同意不同意都得与他合作。

“你凭什么？我们这是正当生意，用不着你来负责。”高超回复得铿锵有力，亦有意在周语面前炫耀。

陆星却没有买他的账，他对高超的说法不屑一顾：“生意就是生意，没有什么正邪之分。商圈归我，才能赚大钱。你放一百二十个心，现在做生意的该怎样就怎样，我还固定把钱分给你们商会。这种省事、安全又稳赚的生意，聪明的话，你应该马上答应。”

“商会是所有商家共同支持成立的，以前我们用不着黑帮，现在也不会需要。更不会让你们把脏东西带进来。”说这句话的时候，高超眼前闪动的是父亲刚毅果敢的面孔。

“超哥，钱就是钱，哪有脏不脏的。说到底，我也是想带着兄弟做点儿正当生意。你有钱不赚，没关系。你敢保证其他人都不赚吗？”

“你可以试试。”

“好啊！我一定会试试。”陆星离开的时候，神色颇为倨傲。

恍惚之间，面前的李直仁将他又拉回了现实。

“好啊。我一定会试试。”李直仁站起身，微笑着与高超对视。他略一停顿，然后又道：“老街拳馆，我们周五见。”

老街拳馆，一个多么熟悉的名字啊！高超的眼前仿佛又出现了李直仁那稚嫩的面孔。

“超哥，打拳最重要的是什么啊？”

“当然是速度和力量，这两样都要不停地练习。”高超说这番话的时候，李直仁总会瞪起眼睛非常认真地听他讲，而妹妹理欣则站在他身边，轻轻地挽着李直仁的臂膀。

“好啊，那我一定努力。”李直仁挥着拳头说道。高超记得自己当时问他为什么要这么努力练拳，他是怎么回答来着。

“追上你啊，你是我的偶像，况且我还要保护理欣呢！”李直仁与理欣四目相对，柔情似水。高超见状，笑了：“不能欺负我妹妹。”

“怎么可能呢！”李直仁握着理欣的手回答他。那时候，老街拳馆对他们而言是个多么美好的存在啊！兄弟几个帮高超办完商会的事情，就分别赶来练拳，然后喝酒到半夜，直到某个人喝吐他们才舍得离开酒桌，被其他人架回房间。

那是一段多么美好的岁月啊，好像他们真的成了一家子。

直到那件事发生，把李直仁直接推到了高超的对立面。事实上一直到法庭的结果出来之前，高超他们都没有意识到李直仁会转变得这么彻底，事情会变得如此糟糕。

那是个风和日丽的下午，高超巡视完街区，正琢磨是不是回商会喝上一通茶然后再找个地方打发时间，却看到李直仁匆匆从身边走过，好像有什么急事。在他身后不远处，小许、大厨和小山西三人的脸上都挂着诡异的笑容。

理欣从远处走来，同样充满了疑问：“阿仁去哪里了？”

“他去考试了，一会儿就回来。”小山西和大厨、小许对视一眼，三人一齐大笑起来。高超知道这三个家伙一定是想了什么办法整了李直仁，遂有些无奈地摇了摇头。对于兄弟们的玩笑他无意深究，只要无伤大雅就好。可理欣却有些不依不饶，坚持问个究竟才肯罢休。

“直仁问我们怎样加入商会，我们就和他开玩笑说去把整个宫区的大街小巷走一遍，把任何生意上的纠纷、不合理的事情都拍下来就可以了！”小山西说道。

“你们好坏啊，这样整人家。”理欣埋怨道。

“开个小玩笑嘛，再说这也是让他熟悉宫区。一会儿他拍完给他办个入会仪式，请他吃东西。”大厨说道。

“好，我出钱，我们一会儿去吃大餐。”高超说着拍了拍理欣的肩头，“他这么聪明一定不会出事，放心啦！”

“你看他来了。”小许说话间指着行色匆匆的李直仁对大家说道。

高超这时候才看到李直仁已经跑到了众人面前，脸色微微有些潮红：“出事了。”他这句话是对高超说的。接着他拿出手机，给大家放了一段刚刚录制的视频。

视频中，一个汽车仓库里某个年轻的小弟正悄悄地从一堆汽车轮胎中拿出几袋白色的东西，另外一个胖子则警惕地帮他放风。他们用很小的声音说了几句闽南话，似乎是在确认货物的品相。

“这是什么东西？”小山西紧张地问道。

“摇头丸。这都看不出来？”小许说道。

高超抢过手机又仔细看了一遍，然后问李直仁在哪儿里拍的，就见他指着对面宫头街口说道：“在那里啊，一间很不起眼儿的仓库。”

“我们必须把这个东西拿给邱叔，让他给出出主意。”高超口中的邱叔就是指当年和父亲交情甚笃的邱礼桢，虽然如今他双腿已经残废，但经验尚在，现任商会理事长，与高超搭档，将商会管理得井井有条；甚至可以说整个商会的管理思路和手段依旧是靠高世元在世时的那一套，而维持这套秩序的则是邱叔。高超虽然是会长，但能做的也只是签字和协助而已。

在看过李直仁的视频后，高超肯定毒品出自宫北帮。

“这些年陆星取得 Jimmy 的信任，逐步控制了宫北帮。只是和老成持重的 Jimmy 不同，他的野心很大，想在商会的地盘动心思，这自然要有大量资金才行。Jimmy 死后陆星当了角头，为了巩固地位，他又极力拉拢帮里有地位的前辈，这也需要很多钱，所以他开始贩毒牟取暴利。”邱礼桢慢条斯理地说道。

“我们艋舺的宫头区商会已经成立几十年了，一向和警方联系密切，有着非常不错的口碑，是商户们生存的基础。要是被毒品搞臭了，整个商会的生存都有威胁。”高超看了眼身后义愤填膺的兄弟们，咬了咬牙说道，“必须遏制住这股势头，否则会有更多的毒品渗透进来。”

邱礼桢点了点头，闭着眼睛沉默了片刻：“我去一趟警察局，找徐警长说明情况。你们看着他们，记住千万不能轻举妄动，只要看着他们就行了。”

布置完任务，邱礼桢带着手下两个兄弟强仔和阿杜前往警察局报案。高超则和李直仁等人前往仓库盯着那些毒品。李直仁见情况危险，想让理欣先撤，却遭到了她的反对。

这时，几辆前来取货的汽车停到仓库门外，一群宫北帮的小弟簇拥着一个头目和买家前来验货。高超咬着下嘴唇，警惕地望着一群人进了仓库。

“超哥，怎么办啊，他们进去了？”小山西紧张地问道。高超看了眼兄弟们，显然自己也没啥好主意。在他看来，兄弟和妹妹的生命最重要，无论发生什么事情都不能贸然行动。但李直仁显然不认同他的观点。

“要立功我们就必须冲进去, 否则的话就失去了这次千载难逢的机会。”他说着从地下找了一段铁管当武器, “我们进去拖延一阵儿, 等警察来。”

“太危险了吧！”高超犹豫道。

“这——”就在他们争执的时候, 里面传来一阵窸窸窣窣的声响。李直仁激动地站起身, 咬着牙喊道: “你们不去, 我去！”

“阿仁, 你别乱来。”高超还想交代几句话, 用大哥的身份压一压对方, 谁知道李直仁已经冲了进去。他们几个人对视一眼, 无奈之下只得跟进去。

宫北帮负责警戒的几个小弟都拿着刀靠在仓库门前抽烟, 冷不防被凶神恶煞的李直仁和高超打个了措手不及, 没来得及做出什么反应就让他们冲了进去。此时正在交易的双方都吓了一跳, 还没掏出武器就被李直仁打散了。就在李直仁带着大伙儿冲进仓库一分多钟以后, 远处隐隐传来警车的蜂鸣声, 宫北帮的小弟们更无心恋战, 一哄而散。李直仁则勇猛地狂追猛砍, 却一不留神踢翻了地下的一个口袋。

瞬间大把的美金像泼翻的水一样流了满地, 使李直仁和高超看得目瞪口呆。这个口袋约有小半个人高, 最少都有几百万美元。

“好多钱……钱……”小山西气喘吁吁地在高超身后说道。理欣移到李直仁身边, 轻轻地抓住了他的手。

就在他们发呆的当口, 一个宫北帮的小弟突然操刀从后面向理欣砍来, 正被旁边的大厨看到。

“小心！”

众人回首皆愕然, 危急中李直仁一把推开理欣, 眼瞅着对方的刀向自己面门砍来。

第二章

一

危急时刻，李直仁抬起右臂要磕开刀身，却没想到被对方一刀砍在了手腕上。也多亏他的钢链手表，不偏不倚地将砍刀弹开。在众人一片惊呼中，李直仁才下意识地发现自己险些遭受断臂之祸，立时火起，劈面一拳打在持刀小弟的脸上，同时绕到对方身畔，双掌一错想将砍刀夺下。

被李直仁反制的小弟知道手中的砍刀如果掉落，必将成人鱼肉，于是坚决反抗，却没料到刀身一滑不慎刺入了他自己的身体，鲜血瞬间喷溅而出。

“啊——”理欣一声尖叫，继而被高超捂住了嘴。李直仁发现周围已无敌人，俯身提起半袋钱想离开。

“你要干什么阿仁？”高超厉声喝问。

李直仁不慌不忙地抬起头往后摆了一下：“趁没人我们赶快走，这些钱可以做我们起家的资本。”

“你疯了，这是赃款，你拿走了，就是警察不找你麻烦，陆星也不会放过你。”高超弯腰看了看蜷缩成一团的宫北帮小弟，发现他浑身都是血，似已疼昏过去。

这时警笛声更近了，看样子马上就要有警察冲进来。理欣一把拉住李直仁："不拿这些钱最多只是个伤害罪，而且我们还占理，要是拿了可就麻烦了。"

"阿仁，你带着兄弟们和我妹妹走，我来处理这里的事。"高超说着脱下外衣给受伤的宫北帮小弟按住伤口，然后大声道，"快走！"

"不行，一起走。"李直仁拉起高超就往外走，几个人跌跌撞撞地冲出门时正好遇一帮前来接应的宫北帮帮众，又免不了一场混战。此时众人的体力已至极限，眼瞅着就要不行了。

"从后门走，快点儿。"高超推了李直仁一把，示意他们从仓库的另一个方向离开。李直仁则让小许带大伙儿先走，他要和高超一起殿后。理欣哭哭啼啼的，不想和李直仁分开。

李直仁一把拥过理欣亲了一下，然后说道："没时间了，快点儿走，伤人的是我，不能让超哥替我扛。"他说着示意小许快点儿拉走理欣，然后头也不回地返回了仓库。这时高超由于寡不敌众，已经退守回刚才李直仁误伤宫北帮小弟的地方。

此时回想起来，高超依稀记得他们第二次返回这里的时候，那个宫北帮的小弟还躺在地上昏迷，遍地是美金。可现在那个钱袋却怎么也找不到了。紧接着警察包围了仓库，将高超和李直仁带回了警局。李直仁扛下了所有的罪责，才使得高超无罪释放。

可接下来的事情超出他们的意料，由于有那个受伤小弟作人证，法官有理由相信那袋赃款是被李直仁藏起来了。甚至还为此搜查了整个商会乃至李直仁的家，虽然后来没查出什么结果。可宫北帮方面一口咬定钱是李直仁拿的。于是双方各打五十大板，宫北帮那个受伤的小弟既然承认贩毒、运毒都他是一手操办，直接被判刑入狱十年；而李直仁则以伤害罪和非法占有罪被判刑四年。伤人的和被伤的都同时被判刑，还分到同一间监狱服刑，也算是造化弄人。

入狱后李直仁刚开始还能和高超等人保持联系，除了不见理欣之外也没什么异常。可随着时间的推移，他们见面的机会越来越少，小许、小山西多次探视都被他以各种理由拒绝了。

虽然没有见面，可高超却能感觉到他们之间那愈发疏远的感情。在直仁出狱之前导致他们疏远的原因对于高超等人来说一直是个谜，直到昨天他亲口说出的时候高超才知道直仁在狱中一定是受到了别人的挑唆，以为是高超出卖了他。

当然，高超和直仁地位上的差距也是李直仁疏远他的原因之一。李直仁骨子里非常自卑，高超对这一点十分清楚。一阵嘈杂的鼎沸声把高超从回忆中拉回现实，他无奈地叹了口气，和老板打过招呼后慢慢来到更衣室换衣服。今天是和他李直仁约定的比武日，无论谁输谁赢都会有一方出局。想到在仓库里李直仁对他的袒护，他又有些怀疑今天的决定是否正确。

如果直仁赢了该怎么办？纵然他能答应将商会会长的位置让给他，可包括邱叔在内的几个老人也未必同意。最起码没有走完必要的程序之前商会会长的位置不会有什么变化，这一点是李直仁所不了解的。难道仅凭拳头就能让会长易主？那也未免太儿戏了吧。

想到这高超无奈地叹了口气，觉得自己还是不成熟。可转念想来，无论直仁曾经在监狱里如何骁勇，他也不可能在拳脚上胜过自己，高超可是秘密拜师学了四年拳，用拳头说话他非常自信。

高超的师傅季大诚是邱礼桢生意上的朋友推荐的，也是台湾登陆 UFC 第一人。退役后季师傅在台北定居，只教了部分熟人推荐的子弟，这其中就有高超。自从李直仁入狱后，高超一直感到焦虑和不安。宫北帮虎视眈眈让他下定决心跟季师傅苦学拳术，这样就可以保护兄弟和妹妹了。可现在自己的拳头却用在了自己兄弟身上。他哂笑着戴上拳套，无论如何这一场架在所难免，他决心和李直仁认真打一场，在消弭彼此仇恨的同时让李直仁有所成长。

门外一阵脚步声，就见小许、小山西和大厨陪着李直仁走了进了更衣室。这几天李直仁一直住在热炒店，没事的时候就让几个兄弟陪着在宫区闲逛，虽然不再惹事，可他们毕竟还是商会的人，这样大摇大摆地游荡在宫北帮的地盘上，着实让人懊恼。就见李直仁看了高超一眼，然后旁若无人地走到自己衣柜前脱下衣服。

大厨他们过来打招呼，高超看了看时间问他们怎么来迟了。大厨悄悄地看了眼正在换衣服的李直仁，小声说道："和直仁去修表了，一直在等。"

"修表？"高超脑海中立时泛起那块被砍坏的手表。大厨点了点头，说道："就是被砍坏的那块，理欣也有块相同的情侣表。"

"还能修好？"想到那块表的惨状，高超不仅有些好笑。

大厨自然知道高超在笑什么："是啊，不过直仁很固执，不肯买一支新表，花多少钱也要修好。"

高超看了看低头换衣服的李直仁，猜他一定听见了他们的对话。他用戴着拳套的手拍了拍大厨的肩，然后慢慢踱到拳台热身。不多时李直仁也跳了上来，两个人迅速交换了一下眼神，然后像两只狼一样像对手扑了过去。

开始时李直仁的攻势很猛，但时间久了见高超似乎有所保留，他也就不再全力以赴，二人开始僵持。

"我要做商会会长，你已经被时代抛弃了。我要让商会重现生机。"李直仁突然怒号着猛扑过来又展开一段攻势，拳头像雨点般打在高超身上。高超连连后退避其锋芒。

"你凭什么，就凭你的拳头？"高超灵敏地躲开李直仁的拳头，显得游刃有余。

李直仁却执着扑了一步，继续保持攻击的态势："商会脱胎于群魔乱舞的六十年代，台湾经济起步百废待兴，借着增长的经济和艋舺的混乱商会可以存活。但现在呢，二十一世纪都已经过去快二十年了，商会如果不变革迟早会被时代抛弃，这是商会会长的使命，不能坐以待毙，让人家欺负到头上去。”

李直仁的一番话听得高超一阵阵犯愣，他完全没想到曾经毫不起眼儿、性格粗犷的李直仁从监狱里出来有了这么大变化。之前他听小山西他们说过，李直仁不知道受了谁挑拨对自己有了些误会，在监狱里还喜欢读书。可无论如何没想到他对艋舺和商会能有如此见识，真是“士别三日，当刮目相看”。

就在高超疑惑的同时，李直仁的拳头雨点般地落了下来，打得高超眼冒金星，同时他的攻击也开始缓和下来：“你怎么不说话，我说得不对吗？商会是个社团，也是个企业，地球村的时代都已经是过去式了，你怎么可能还守着那几个老家伙定来的规矩管理商会。”

李直仁继续进攻，高超只有招架而无力还手。

如果他真的能带商会走出困境，让他试试又有何妨？高超正惊愕间，周语和理欣外面走了进来。

“你们两个给我住手。”理欣大喊着想上台阻止他们，却被一旁的小山西拼命拽住。她一把推开小山西，转身冲向门外。而此时台上的战斗已开始进入白热化阶段，连刚才心态平和的高超都有些浮躁，开始认真起来，他的拳头如刀劈斧凿般将季师傅授予的绝招一式式地发挥了出来。

如果真这样打下去，李直仁必输无疑。虽然他有着高超不具备的激情，但他们之间的实力终究差距太大。可就在两个人即将上演生死斗的时候，理欣提着一桶水冲了进来。

“都给我住手！”理欣大喊着奋力将水泼向拳台上的两个人，李直仁和高超立时被浇醒。他们惊愕地望着台下愤怒的理欣，终于停了手。

理欣跳上台，径直来到李直仁面前，目不转睛地盯着他：“你为什么不见我？”

“我……我……”李直仁痴痴地看着理欣，一瞬间百感交集，几欲流下泪来。

“四年不见，这个见面礼好啊！”理欣哽咽着转过身，扔下水桶转身跳下拳台，“你们都给我滚开，我再也不想见到你们了。”

李直仁往前走了两步，又怔怔地停了下来。高超把这一切都看在眼里，沉默不语。他长叹一声，摘下拳套跳下台，转身回到更衣室，用最快的速度换好衣服，然后来到门外，望着漫天星斗点了支烟。

夏夜的九点，正是银河当空、万家灯火时分。李直仁独自离开，小许和小山西等人也一一悻离。高超点头和每个人示意，直到最后周语来到他面前。

“你没事吗？”周语关心地问道。

“没什么。”高超故作轻松地说道。不过他的掩饰显然没有骗过周语，她仍然很不放心地坐在他身边，用关切的目光打量着高超。

“小时候父亲很忙，经常没空儿管我们。所以总由我来照顾妹妹。”高超很平静地回忆着儿时的点点滴滴，淡淡地说道，“后来父亲去世，妈妈从南边过来想接我们过去。她很早就和父亲分开了，虽然他们没有离婚，但一直也没有生活在一起。她是个很老实的本分人，不太喜欢父亲的工作，他出事后妈妈坚决反对我来接替商会会长。那时候我已经十八岁了，正处在叛逆的年龄，怎么都不听她的话。”

“那后来呢？”周语问道。

“理欣拗不过妈妈，遵照她的安排去南部读书，我则一心一意在邱叔的安排下接替了商会的会长。这几年台湾经济不好，我们想了很多办法，甚至通过网路为商户们拓展业务，刚刚有了点儿起色就遇到宫北帮大换血，正值野心勃勃的陆星崛起——之前无论是Jimmy还是他父亲陈明贵其实都和商户相处得很好，各自平安无事守着自己的地盘。虽然也不乏小冲突，但上升到角头和会长的层面总能很好地解决争端。”高超叹了口气，此时的他把面前的周语当成了普通的倾诉对象，甚至觉得他们像是十多年的好朋友。

“我听说台湾的黑帮都是子承父业，难道陆星和陈家无关吗？”

“不一定啊，陆星和Jimmy是表亲，是陈明贵夫人弟弟的儿子。自从Jimmy沉迷于赌博以后，一直在澳门住，台湾的事就交给了陆星。后来陆星搞毒品、放高利贷，我父亲就找Jimmy说希望来管一管，就有了Jimmy回台湾收权、斥责陆星的事情。”

“那后来陆星怎么又成了宫北帮的角头呢？”

“因为Jimmy死了啊！”高超面带微笑，淡淡地说道。

二

“Jimmy死得很蹊跷，但没有人能说得清到底是怎么回事。我父亲疑惑是陆星搞的鬼，但那时候又没有什么证据，况且人家家人都没说什么，你一个朋友还能怎么办？我父亲和Jimmy关系不错，冲着这层关系还去送了他最后一程。后面的事情我就不十分清楚了，只是听邱叔说陆星约他们谈判，地点是红灯区，他们一去就被人暗算。”

“陆星在你父亲和Jimmy分别去世以后这么久都没有打商会的主意，怎么这几年才突然做起这件事呢？”周语是个思维缜密的女生，听完高超的故事很快就发现了问题。

高超点了点头，对她的问题表示嘉许：“Jimmy的死引起了不小波动，他也需要时间来平定内部。当时Jimmy的旧部本就尾大不掉，之前Jimmy活着的时候还能勉强听话，待Jimmy一死自然要和陆星过不去。再说还有Jimmy的家人和两个儿子，都需要一一安抚，所以陆星腾不出手来对付商会。直到几年后他完全取得了宫北帮的控制权，成了名副其实的角头，才开始打商会的主意。”

高超说着看了看拳馆里已经没人，便给周语挥了挥手：“跟我来，我带你去看样东西。”

“什么东西啊？”周语好奇地坐上高超的汽车，径直来到了商会办公室。这时候所有人都已经下班回家，只有他们二人橐橐的脚步声回荡在狭长的走廊。高超用钥匙打开一间不起眼儿的书房，带着周语走了进去。

这是间并不十分宽敞的房间，除了硕大的书架和办公桌以外，墙上贴满了各式各样的昆虫标本，大到蜻蜓小到蚊蝇，琳琅满目，仿佛某个研究昆虫的学者的实验室。这倒出乎周语的意料，她饶有兴趣地看了一圈，问道：“看不出来，你还有这个爱好。”

“我小的时候就喜欢昆虫，喜欢小动物。我有时候想，如果有一天商会不需要我了，有足够的钱生活的话我会去专门做研究，当个昆虫学家。”高超摆弄着每一件标本，微笑着说道。周语用嘉许的目光盯着高超，半晌没有说话。

“现在谈这些还太早了，总有人要和陆星这些角头打交道，搞不好还要付出巨大的代价。当年是我父亲，现在轮到我了。”高超说着叹了口气，“时间不早了，我送你回去吧！”

“那你呢，今天不再去找直仁了吧？”周语紧张地问。

“放心吧，我们不会再打了。”说到这里高超心下却隐隐有些遗憾，要是自己真输了纵然不能让直仁当会长，趁机让他在商会谋个职位也并非不可能，也好借此实现他的抱负。就在这时，小山西焦急地从外面冲了进来。

“超哥，不好了，直仁和宫北帮的人打起来了！”高超心里一惊，忙让小山西把话说完。原来自拳馆分手后，直仁跑去宫头的酒吧街喝酒，不知什么原因就和几个宫北帮的小弟起了争执。对方人多，他和小许已然吃亏。

“大厨呢？”

“从拳馆出来就回热炒店了，只有我们三个去喝酒。”小山西老老实实地回答。高超不再耽搁，问明地点后让小山西先送周语回家，然后自己独自一人前往宫头的酒吧街。

这个李直仁，真能给他惹事。高超边跑边想，还顺手在街边找了一根用来防身的棍子，后来感觉自己对付几个小弟还不至于用这东西，就又把它随手丢到了路边。待他赶到小山西说的酒吧时，小许和李直仁给对方七八个人逼到墙角，正在做最后的抵抗，眼见两人已经到了山穷水尽的地步。

“闪开！”高超突然冲上前一拳打在为首的小弟胸口，同时左手竖掌推开了另一个人，一下就让两个看上去高大威猛的家伙疼得龇牙咧嘴。也许是今天憋得太久，高超竟然一反常态连出重拳，将另外几个人打得满地找牙。

见高超如此凶猛，宫北帮的小弟都大惊失色。其实不仅是他们，在场的每个人其实都没有见过素日里温文尔雅的高超这样恐怖，俱瞠目结舌得像不认识他一般。紧接着宫北帮的人瞬间就逃得干干净净，只留下李直仁和小许站在原地喘粗气。

“原来你刚才没用全力啊？”李直仁喃喃自语般说了一句，吐了口混合着血丝的唾沫，从桌上端起一杯冰水一饮而尽，然后头也不回地跑了出去。小许看了看黯然神伤的高超，也默默地走了。

眼见酒吧里已经空无一人，高超看了眼蜷缩在墙角的服务生，从口袋中掏出一张名片扔到了吧台上：“我是商圈自治会的高超，明天把账单和损失一并报给我，我开支票给你。”说着慢慢踱出酒吧，正准备回家时却看到李直仁又踅了回来。

“明天是商会的例会日，我要参加。”他大声对高超说道。高超微微一愣，随即很从容点了点头，并未感到吃惊：“好啊，我支持你。”

从刚才比赛时的谈话来看，高超倒真希望李直仁能给一潭死水的商会带来一点儿活力和生机。

“很好，那我们明天见。”李直仁好像平静了一些，脸色也变得正常起来。他走了几步，又回过头看了看一直盯着他的高超，似乎有什么话想说却又说不出来，最终还是转身离去。

高超知道李直仁明天肯定会来，只是不清楚他们之间会在商会上爆发什么样的冲突。

从小到大，李直仁都很好强，无论是学拳还是协助自己管理商会，一丝不苟的精神完全超过了他身边的其他人。也许这与他的生活环境有关吧。自从一直呵护他的哥哥死了以后，李直仁只在亲戚家待了两年，然后就结识了他们这帮兄弟，从此混迹于艋舺的街头，成了商圈自治会的管理团队成员，一直帮助他工作直到入狱。

电话响了，是周语打来的。高超在电话里告诉她，明天李直仁要参加商会的周例会，应该是要宣布参与商会会长的选举。

“商会会长多长时间选一次？”电话里周语关切地问道。

“通常是两年一次，但如果遇到特殊情况可以由商会理事长与两个特别顾问——丁叔、秉叔投票决定是否重新选举会长。”

“那直仁认识他们吗？”

“可能吧，应该不是很熟。但现在有一个问题是，无论是丁叔还是秉叔，其实他们对我都不太满意。尤其是秉叔，一直对我任商会会长耿耿于怀。如果直仁参选的话他们也许会站在他一边，把我弄下去以后再通过控制直仁来控制商会。”

“那怎么办？”周语不禁有些着急。

“没关系，我应付得了。其实我倒希望直仁可以试试，刚才打拳的时候他说了很多东西，我感觉他变化很大。就是怕商会的老头儿们不同意，除了丁叔、秉叔以外，邱叔也不是一个能接受新鲜事物的人，好在他还站在我这边，方便讲话。”

“刚才你们说什么了？”周语好奇地问道。

“几句话而已，我觉得直仁有自己的想法，监狱里的书也没白读。”

“是啊，我听小山西说他很刻苦，谁知道是为了和你斗气。”

高超又安慰了周语几句，放下电话信步走回商会；在自己的办公室里坐下，抬头盯着满墙的昆虫标本出神。今天晚上他不想动弹，静静地坐在这里等待着明天早上的到来。

办公桌上有一个相框，里面是年轻的父亲抱着他的合影。那时候高超只有十岁，是全家一起到垦丁度假时照的。就在这张照片之后没多久，高世元就离奇地死在了宫头的红灯区。

如果父亲遇到这种情况，他会怎么做呢？邱礼桢说他年轻的时候和父亲都在同一所中学读书，那时候除了他俩之外还有个叫杜大伟的和他俩极为交好，被戏称为“三人帮”，在学校颇受关注。在他们当中，杜大伟的出身最好，他父亲杜璟更是商圈自治会的创始人之一，也是宫头最大的典当行老板。

出身富庶之家的杜大伟，生就一副豪爽与侠义的秉性，和素日谨慎的高世元及邱礼桢完全不同。在国三之前，杜大伟一直是“三人帮”的负责人，而不是后来的高世元。至于父亲高世元开始染指杜家的事务以及成为他们的实际领袖却缘自杜大伟自己。

原来某一天杜大伟在酒吧认识了一个叫海晴的漂亮女孩儿，开始了平生第一次恋爱。谁知道海晴却是毒赌均泽，没几天就把杜大伟带到了沟里。于是，杜大伟不断和父亲要钱赌博、买毒品，开始的时候杜璟还给他拿一点儿，后来发现他赌博吸毒后不仅不给钱，还要把他送到戒毒中心去。杜大伟无奈之下只得离家出走，以借高利贷为生。

终于有一天，没有偿还能力的杜大伟被人绑架了向杜璟要钱。而高世元得悉此事后带着邱礼桢怒闯绑人的“南合帮”，两个人力斗数十人，高世元更是在被人砍了七八刀的情况下把杜大伟带了回来，为此杜璟感激涕零，之后竟将商圈自治会会长的位子破例传给了高世元。

晚年的杜璟生活并不如意。儿子杜大伟由于被毒品掏空了身体，过早地离开了人世。杜璟将会首一职转让后就移民澳洲，与台湾很少往来。但每次回台，他总要过来看看高世元，一直到九十年代逝世为止，他俩都情若父子。

如果不是高世元对杜大伟的感情，杜璟不可能这么看重他。在杜大伟被雨晴迷得五迷三道的时候，高世元力排众议，私自做主拿钱给雨晴，把她送到了菲律宾。为此杜大伟险些和他翻脸，甚至因此带人打得高世元一个星期都没下床。但是后来杜大伟被“南合帮”绑架的时候，刚刚伤好不久的高世元还是带着邱礼桢把杜大伟带了回来。

那是一种什么样的情谊啊，他对兄弟的感情远非高超与李直仁能比。在此之前，高超完全不能相信男人和男人之间竟然也会有这种纯粹的、完全的友情存在。他们之间没有任何世俗的纠葛、利益的羁绊，有的只有最伟大的兄弟之谊。

比起他们，自己能为兄弟做点儿什么呢？想明此节，答案在高超心里其实已经呼之欲出了。他相信凭着自己的努力一定可能让李直仁感动，一定把商会带出如今的阴霾与低谷。

他做好了一切准备，如果直仁真的有能力他愿意全力协助。

三

一大早，商圈自治会的理事长办公室就格外热闹，偌大的屋子烟雾缭绕，混合着汗臭和雄性荷尔蒙气息，每一双眼睛都盯着中间的位置，静待着座位上的年轻人发言。

与会人员分成两派，左边是各商户的代表，并不固定，谁有时间谁就来参加例会。右边则是理事长邱礼桢、会长高超和特别顾问丁健、秉海深等商会管理团队。最外面的一圈椅子上面坐着和高超关系不错的小山西、小许和大厨等人，只是今天多了一个前来旁听的周语。

邱礼桢正把头靠在轮椅上半闭着眼睛沉思，他刚刚做了发言，显得非常疲惫。高超坐在他身边，低头抽着烟一语不发。

此时邱礼桢把目光集中到了正中间的李直仁身上，清了清嗓子道："今天的例会本来我想讨论一下宫区高利贷泛滥的事情，因为已经有几个商户找到我反映过这个问题了。不过刚才我又得知了另外一件事情，所以我想先解决这件事。"

邱礼桢说到这里的时候将目光投向了坐在正中的李直仁，使某些聪明人自然而然地想到即将发生的事情一定与直仁有关。

作为高世元时代硕果仅存的老人，邱礼桢无论在管理风格还是行事方法上都与高超有着较大的差别，尤其是他一直非常反感李直仁，好像他是引诱高超犯罪的罪魁祸首一般。这次直仁出狱前几个月他就反复提醒高超不能让其在商会任职，甚至一度因为此事和高超口角了几句。在此之前，邱礼桢对高超照顾有加，两人关系一直相对融洽；就算有不同意见也是持保留态度再试图协调，从没搞到发生冲突的地步。

只有李直仁是个例外，高超能明显感觉到李直仁的出现让邱礼桢有些懊恼。除此之外，他还从未见到邱礼桢对某人如此紧张及愤怒。想到这儿他的脑海中不禁升起一连串的问号：难道流传于艋舺，因李直仁母亲导致邱礼桢残废的那个传说是真的？

"我听说刚出监狱的李直仁对商会的现状不满，要我们让出位置由他来干。我觉得这件事大可以讨论一下，看看大家的意见都是什么。当然商会是很讲民主的地方，既然有人质疑就应该给他机会，我们请他说说。"说话的时候，邱礼桢有意将"监狱"两个字加重了语气，然后点了支烟，慢条斯理冲着李直仁微笑着点了点头，仿佛在鼓励他。

高超明白李直仁不了解商会内部盘根错节的利益纠葛，更不清楚每个人在商会的实际位置和他职位的区别。李直仁对商会的不满在某个角度来说是对邱礼桢的不满，是想把邱礼桢和他代表一切旧势力从商会驱逐，这无论如何不能让邱礼桢同意。现在商会的经营思路都是延续邱礼桢的办法，高超自己能完全做主的地方不多。昨天周语询问的时候，高超却不敢也不能直言相告，但他觉得这是个机会，自己已经找到了一个可以帮助李直仁的人。

那个人就是秉叔——在整个商圈自治会、整个宫区甚至在整个艋舺都拥有一定影响力的秉海深。虽然他和高超的关系未必像邱礼桢那么深厚，但高超知道这是个唯一能和邱礼桢抗衡的人。商会每次革新，即使是邱礼桢也要征求秉海深的意见才能放手去干。

从某种意义上说，表面上与邱礼桢站在同一条船上的高超这样做似乎是在造邱礼桢的反，是在打翻自己作为既得利益群体一员的饭碗。但他也知道，为了商会的未来他不得不这样做。也只能通过这次的契机才能让邱礼桢意识到社会在变革，商会如果不跟上形式迟早要被人远远地甩在后面，被宫北帮踩在脚下。

“……二十一世纪都已经过去快二十年了，商会如果不变革迟早会被时代抛弃，这是商会会长的使命，不能坐以待毙，让人家欺负到头上去……”李直仁的话犹在耳畔，像一记重拳一样敲打着高超，他没想到自己一直深藏于潜意识中的变革思维会被李直仁以这种方式唤醒。

“对不起邱叔，今天要得罪了。”高超望着邱礼桢的方向微微嘟囔了几句，也算是让自己心安。恰逢此时，邱礼桢也向他投来了深邃的目光，似乎是想在高超的神色中得到某种支持。与平时不同的是，这次高超并未抱以诚恳的敬意，而是选择了把头低下去。

高超并非没有反抗精神，更不是宫区传言的“傀儡会长”。对于邱礼桢，他有着深深的敬意，那是一种从小到大被他照顾习惯以后产生的一种奇妙感觉，类似于一种心理惯性。另外不得不说，高超与李直仁不同，他不喜欢过多的思考，更讨厌麻烦，也许简单自由对他来说才是最好的选择。

可惜天不遂人愿，既然他当不成温水中的青蛙，那就只能适当地改变一下。邱礼桢还算是自己人，迟早可以明白自己的苦衷吧？想到这儿高超眯着眼睛往周语坐的方向瞅了一眼，正巧她也往自己这边看，高超在她的目光中读出了一份深深的鼓舞，好像在告诉自己：放手去干，我无论如何都会支持你。

李直仁终于开口了，声音有些嘶哑，整个人的精神头与昨天相比似乎略显消沉："现在外面都传言说商会想把地盘让给宫北帮，搞得人心惶惶。之前和我哥要好的九伯在宫区做食档生意，他和我讲很多人都担心会费白交，又要缴双倍的保护费给宫北帮那些人。况且现在高利贷和毒品越来越严重，都是我们不认真做事的原因。我想既然这样，也许就是会长不称职了。不如把商会的会长位置交出来，由我来做好一点儿，我想给大家一个交代，把商会的事情搞好。"

李直仁说得很诚恳，虽然理由稚嫩，手段几近于无，但听上去还是颇具诚意的，让不少商户都有些心动。邱礼桢待李直仁说完，看他没有补充才回首问高超有什么意见。高超知道邱叔的心思，自然不肯先说。

"我想再听听大家的意思，一会儿再讲。"高超小心翼翼地说道。

果然邱礼桢对高超的表现不太满意，冷冷地说："人家都要踩到头顶了，还这么'俗辣'啦！"

说着他又问身边的丁健："丁哥，你怎么看？"

丁健今年六十六岁，是整个商会年纪最大也是资格最老的人。他十八岁就加入了商圈联盟，看着商圈自治会成长起来，又见证了宫北帮和商圈自治会的恩恩怨怨。如今，宫北帮又把触角伸向宫头西区，众人对此拿不定主意，所以他的态度极其重要。

如果再年轻二十岁，丁健绝不会允许这种现象在眼前发生。只是他老了，十余年的甲状腺癌虽然没能夺走他的生命，却已经把他凌厉的棱角打磨得无比圆滑。

所以无论是十年前外省帮的陈明贵带人踩入艋舺，拿走商圈一半地盘成立了宫北帮；还是如今觊觎整个宫区，威胁商圈自治会生存的陆星，他都觉得和自己无关紧要。此时的丁健无欲无求，只是个希望过一点儿安稳日子的老头儿罢了。

对于邱礼桢，丁健比谁都清楚他要干什么。之所以让自己做先锋自然还是冲着他这张老脸和对商户来说薄得像纸一般的余威了。他清了清嗓子，左右瞅了两眼，故意端起架子，慢悠悠地说道："商会有商会的规矩，会长有会长的资格。要是谁都能当会长那岂不乱了套？虽然我看直仁不错，但就会长来说他并不够资格。不然这样，先让他帮高超做一年事，待时机成熟了再行定夺。另外现在也不是选会长的日子，我不同意临时罢黜会长。"

丁健说完端起茶杯喝了口茶，闭上眼睛不再说话，完全一副舍我其谁的意思。邱礼桢对他的发言显然很满意，微微点了点头就把目光投向了秉海深："阿秉啊，你怎么看这件事情？"

"我看这个年轻人很有闯劲儿，可以给个机会试试。"秉海深从不讲普通话，无论对方是谁也无论他听得懂听不懂，到哪儿都是一口正宗的闽南话，"只不过会长还是要斟酌，毕竟他没什么经验。另外我这个老头子说了不算，还得听理事长的嘛！"他一句话把又把皮球踢给了邱礼桢，好像整个商圈发号施令的是理事长而不是会长一样。

秉海深的话软中带刺，直接把皮球踢回邱礼桢手中的同时顺带黑了一把邱礼桢和高超的关系。不过他这一击好像打在了棉花上，不仅高超无动于衷，邱礼桢亦未为其所动，只是不咸不淡地点了点头。

他迟疑了片刻，将目光投回到李直仁身上："商会是会长拿主意，我只是为大家服务的理事长而已，还是请会长说吧。只是我觉得直仁的入狱虽然也有冲动、不成熟的原因，但我们商会也应该负有一定的责任。另外丁哥也说了，会长还是需要一定经验的，再加上直仁我们还不是很了解，不如先设立个副会长的位子，让他熟悉工作，待半年后有了成绩再干个会长，这样也能让大家认识。否则谁识得你是哪个鬼？怎么让你当会长咧？”

不得不说，邱礼桢的主意相对圆滑，既在一定程度上满足了李直仁的要求，又照顾了秉海深的态度给足了他面子，让所有人都无话可说。反正这商圈自治会的副会长也没啥权力，更没定额，想怎么设就怎么设。待李直仁干上一年半载再给两个不可能完成的任务去做，总有理由让他当不成会长。而且如果以后成了惯例，会长都由副会长升上去，那自己的寻租空间就大多了。

李直仁虽然觉得这事不太靠谱，但对于所谓副会长的提议说不出什么反对意见，他甚至还从刚才邱礼桢的话中似乎听出了点儿希望，于是缄口不语。一时间房间鸦雀无声，只有抽烟、喝水和偶尔的窃窃私语。邱礼桢左右瞅了瞅，继续问道：“大家觉得怎么样，有什么意见可以提嘛，我们是很民主的商会。”

停了一阵儿，见无人应答，邱礼桢干脆又直接向高超点了名：“阿超，你说说吧！”

刚才的一幕高超已经完全看在了眼里，他故意最后发言也是希望反制一下几个老头儿，让他们先说话然后再托出自己的想法以让他无从辩驳。此时见时机已成熟，高超才悠然道：“几位前辈刚才说得已经很好了，我本来不应该发表自己的意见。只是邱叔让我说，我要不讲讲倒显得不懂事，那么我来说说我的看法吧！”

他停顿了一下，把一直筹划的方案在脑海中迅速过了一下，继续道：“最近外面的风言风语很多，商会的名声也不是很好，这都是我的责任。正所谓‘长江后浪推前浪，一代新人换旧人’。李直仁虽然才出狱，可我听说他在里面读了不少书，还考了经济学位。这也是所谓的‘后生可畏’吧！既然他有这么高的积极性，我倒觉得不如把我们的宫头西一分为二，以中青街为界，他和我分别管理一部分，期限是一个月，到时候由所有商户评选谁来当会长合适。”

说到这里高超把目光投向了正自狐疑不定的李直仁，心里暗暗叹了口气：“直仁，我已经把能做的都做了，这次就看你的了。”

第三章

一

高超所说的私心其实就是想借这个机会来打压一下丁叔和秉叔的守旧势力。别看他俩发言的时候说得头头是道，好像一个唱红脸一个唱白脸，其实高超心里清楚，他们连自己当会长都不服，就更不愿意支持李直仁上位了。而邱礼桢出于对李直仁的偏见，也不会明面上挺他，所以现在重中之重都落在自己身上了。

高超实在搞不懂，商会这条大船如果倒下所有人都会随之倾覆，为什么上面的人仍然能无动于衷。难道他们每个人都找好了退路？高超不这样认为，他只是觉得他们像是井底的青蛙，安逸习惯以后无法随时代做出变革，只觉得井下之大已是天下之冠。

望着坦然自若的老头儿们，高超蓦地想到了苏洵《六国论》里的一段话：今日割五城，明日割十城，然后得一夕安寝。起视四境，而秦兵又至矣。然则诸侯之地有限，暴秦之欲无厌，奉之弥繁，侵之愈急。故不战而强弱胜负已判矣。

如今陆星已经一统宫北帮，成了整个艋舺地区几十年来势力最大的外省帮派，虎视眈眈地盯着整个宫区垂涎欲滴。反观自己这边，这些所谓的本省角头、商会、联盟的表现着实让人失望，除了一味地妥协似也无甚真实本事，可到头来对付自己人的时候却下手尤狠。

高超用凌厉的目光往商会代表方向扫了一圈，知道他们不会有什么意见，现在最重要的其实是说服丁叔和秉叔，最少要让他闭嘴；而邱叔这边虽然也会反对，但性质无论如何也与他们不同了。

高超想到此处又道："自千禧年以来，经济疲软，多数商户勉强维持运营。我一直觉得照这个态势下去迟早大家迟早完蛋，很是让人头疼。思来想去，如果我们不适应时代的变化总会被时代所淘汰，届时必成麻烦。

直仁虽然在牢里出来，但其精、气、神还是所学都是商会所需，放胆让他试试也许还能博个头彩呢。我觉得让他分担一半区域也是取他之长，到时候那个区域的月会费我看可以酌情少收甚至不收。"

为了推李直仁上位，高超今天是豁出去了，一下子就放了个大彩蛋出来。这下商户们欢声雷动，都为高超的发言叫起好来。李直仁显然也吃了一惊，看了高超一眼然后默默地低下头。邱礼桢显然没有料到高超会来这么一手，疑惑地望着他半天没说出话来。秉海深和丁健对望一眼，多少有些慌张，不过他俩也是经历过大风大浪的人物，很快就稳住了心神，丁健马上把高超剩下的话堵了回去。

"高会长的意见是真知灼见，可以在会后详细讨论一下。只是现在这个阶段恐怕还不能如此试行。我们又不是拍电影，难道真要搞什么竞选那一套大煞风景之事吗？"他年龄最长，虽然在商会说话算不上一言九鼎，但也颇具权威，马上将叫好的声音压了下去。高超见状知道不最后搏一把不能推动这件事，以后更没机会撬开商会改革的缺口了，于是说："择日不如撞日，在这儿讨论就行，我们还是一人一票的妥当，既然商会民主，那我们就按民主的程序走。"

他这话真是厉害，要知道平时包括邱礼桢在内的商会老人都以民主自居。像丁健素日常常左一个民主又一个自由，实是把这东西持在嘴边，也成了他们维持老旧势力的幌子。此时高超突然发难，在没有和任何人打招呼的前提下等于是提前撕破了脸，又用民主的大锤狠狠地砸了丁健、秉海深甚至是邱礼桢一下。

“好啊，那就劳烦邱理事长给做几张选票，我们两人加上邱理事长和代表们，正好立时决定。”丁健临危不乱，见招拆招。

“既是一人一票，为什么不所有人呢？”高超一看形势，已经知道凭着自己和直仁、周语、小山西、大厨以及小许稳占了六票，加上趁乱想谋得利益的秉叔就是七票，剩下的商户代表无论如何也不可能被邱礼桢全数拉过去。

“他们也要投票吗？”丁健指着周语等人不耐烦地问。高超假装没有看到，很奇怪地回道：“在场的商会成员一人一票，为什么他们不行？”

“这个女人是外来的记者，不是商会成员。”丁健开始锱铢必较。高超只能同意，示意小山西做选票。小山西心领神会，马上裁纸为票，口中念念有词：“其实这也是多余的，既然会长同意我们直接就试行好了，还投什么票。”

话虽然这样说，可所有人还是在丁健和秉海深愤怒的目光中把票写好交还给了小山西，最终还是由他唱票，结果亦如所料，完全按高超设定的剧本走，丁健和秉海深彻底被抛弃，成了彻头彻尾的一对孤家寡人。丁健无奈之下最终把目光投向邱礼桢，看样子是想让他做最后一次努力。谁知道这时候邱礼桢突然像个木头人一样，对丁健的几次暗示都视若无睹，直至高超宣布结果。

高超把结果示众后斟酌着看了看众人，说道：“那就从今天开始，中青街以北还归我负责，以南则由李直仁管理，时间一个月。我晚一点儿会让林锦豪把结果通知没来的商户，其他一切照旧。直仁那边让秉叔和小许帮忙打理，人手不够的话可以再和我说，另行调派。”

“好啊！”李直仁淡淡地回答，这也是他整晚和高超说的唯一一句话。高超想了想，补充道：“你们在我办公室办公，我去父亲那屋。”

高超所谓的父亲那屋其实是高世元在世时设立的棋牌室。高世元一生不喜读书看报，却尤好麻将，所以在商会内部也设立了一间专门的棋牌室用来闲暇娱乐。自他去世后高超就把它当成了书房，没事的时候在那儿喝茶上网。

“既然这样皆大欢喜，我倒觉得直仁真能干出点儿什么成绩呢！”丁健酸溜溜地说完示意两个手下过来推他的轮椅，“阿秉，你开车没有啊，坐我车回去，我送你。”说完他也不再理会其他人，甚至没和高超他们打个招呼就和秉海深离开了。看得出来，这两位素日里一贯颐指气使的特别顾问恼怒得很，等着看高超和李直仁的笑话。

事实上也怪不得丁健这样想，在场的所有人或多或少都有这种想法。他们知道仅凭热情是管不好商会的，更不可能对付得了来势汹汹的宫北帮。这一点高超也清楚，但他就是想借着李直仁这个契机打破桎梏，竭力让商会走上变革的轨道。作为表面上的对手，他不可能帮李直仁太多，最起码他得努力跟上节奏。

邱礼桢一语不发地站起身，和高超点了下头就带着手下离开了。高超知道邱叔今天给足了自己面子，能做到这样已经相当容忍了，所以非常感谢。他往前走了几步，想和邱再说点儿什么的时候却发现他已经头也不回地上了汽车。

就这样，李直仁开始了他的代理会长生涯。可只过去两天时间，高超就觉得自己把事情看得太简单了。李直仁虽然有热情，但他不可能在一无粮草、二无救兵、三无经验的情况下凭空让人们相信他，相信所谓的“商会改革”。当然，如果循序渐进、稳扎稳打兴许他还能博得某些商户的信任，继而将改革进行下去。可事情坏就坏在时间太紧和丁健、秉海深的不合作上面。

首先是丁健。不知他用了什么手段，成功地说服了秉叔，致使后者以身体不适为由请假一个月。这下李直仁立马唱了独角戏，和小许在办公室商量了半天整出个雷厉风行的大清理行动，被他自己称之为“花轰阵”。

所谓清理的第一步，李直仁批的是指如今宫区无孔不入的高利贷。在宫头，高利贷通常是指合法贷款利率数倍以上的私人钱庄，这些暴力团伙通常由宫北帮的陆星手下负责，他们的利息高得惊人，一般借十万就要还六十万，逾期翻番。

但李直仁没有弄明白的是这种地下钱庄在宫头经营了二十几年，早已像病毒一样渗透到了整个宫头的方方面面，错综复杂，其中牵扯的利益链盘根结错，基本上是打断骨头连着筋，用常规手段根本无法去除。所以当他和小许把想法告诉每个商户代表的时候，得到的是一张张冰冷的面孔。

好在李直仁在监狱练就了一身滚刀肉的本事。他仔细分析了利弊之后，决定从两个部分着手解决高利贷的问题，首先选了一些急需资金周转的商户，把自己和小许的全部积蓄借给商户帮助他们。他的那部分是入狱这四年来高超给他的薪资、年金等收入，总计有两百多万，借贷的利率比银行略低，这样就让一部分人可以不用从高利贷处借钱了。当然这些还远远不够，他又和小许找朋友帮忙，到处筹钱应急，最终还是小山西、高超和大厨三人拿出积蓄以小山西的名义借给他们一千万。高超则通过自己的人脉从比较有实力的两个商户：做古董生意的乔老和干茶庄连锁的田妈妈那里秘密地筹措了一些有时限的低息贷款，瞒着邱叔和丁秉二人通过小许借给了商户。

有了这些钱，李直仁片区的高利贷果然大为收敛，最起码明面上再也见不到了。但这只能说是治标不治本，要想彻底改善宫区的经济活力就得从根上下手。于是他动起了所谓宫区“创业者基金分会”的主意，准备扶持片区最有潜质的三个青年创业者从电竞、区块链和运动健身项目入手进行融资创业，这亦是目前最容易从创业者基金分会拿到钱的项目。当然这些钱不可能另作他用，但这几个项目可以由商会来宣传从而盘活整个商圈的经济活力，吸引更多的项目入驻，这样银行、私募甚至天使基金等机构对宫区的支持就能加大，无形中减少高利贷的影响。

不得不说李直仁的脑袋很灵活，他的这份东西颇具时代特点，使充斥着毒品、红灯区、高利贷元素的艋舺宫头一下子有了点儿时代感，好像立时搭上了驰向风口的顺道车。只是对于这种东西，能在多大程度上影响高利贷，又要多长时间？这个问题，李直仁不知道。虽然他坚信自己一定可以让宫头摆脱高利贷，但他始终给不出正确的时间节点。

连一个李直仁自己都不能得到答案的项目，按理说是不会引起陆星注意的。只是最近商会的动静太大了，陆星想不注意都难。另外就是负责李直仁这个区域高利贷的是陆星手下八大战将中最能打的一位，绰号“风筝”的王启龙。

王启龙出身于平民家庭，父亲王光耀是台北开出租车的司机，由于嗜赌如命与其母离婚，其时王启龙十一岁，选择跟随父亲生活。中学毕业后由于王启龙身材魁伟又擅拳脚，被当时 Jimmy 手下的头号战将，负责中青街区域的李月鹏收了当小弟，从而踏入黑道。后来李月鹏因扫黑入狱，王启龙成了宫北帮的中青街大哥，跻身八大战将行列，颇受陆星青睐，独领手下小弟近百人。

王启龙虽然做了帮中战将，可他的思想却并没有跟上时代，反而年龄愈长愈显落伍，除了放贷、赌博、代客泊车、开三温暖、收保护费、开歌厅、酒吧、餐厅等传统项目以外，最近他的片区只有收售摇头丸一个新业务被拓展开来，而且维持其势力和利益的工具也仅有武力一条。

所以当听说李直仁搞什么电竞区块链的时候他都听迷糊了，根本不知所云。但当小弟告诉他，李直仁这一举动极有可能影响到他们在宫区的高利贷业务时，王启龙着急了，决定用传统方式阻止李直仁。而他的传统方式很简单，就是把李直仁搞掉，最不济也得把他弄残。

二

当然鉴于李直仁的身份，王启龙也不敢轻举妄动。他先是让一个小弟给李直仁送了份邀请函，约他在洪盛酒家见面，然后又布置了人马摆下鸿门宴，本着先礼后兵的原则逼李直仁就范。

接到邀请函的时候，李直仁正带着小许从秉叔家出来。这几天为了秉叔的事他前后跑了数次，不厌其烦地去找他出山帮忙，可每次都徒劳无功，不是秉叔不在家就是不舒服在睡觉，连话都没说几句。此时正是中午，连饭都没吃的李直仁顶着火辣辣的太阳站在头区街头，手里把玩着两颗核桃和小许闲聊。他们身后就是卖杂货的市场当口，稀稀拉拉地陆续有人出来。

“这个老狐狸，一定是收了丁健的好处，知道‘风筝’这帮人不好对付，干脆当起了缩头乌龟，真是扫兴。”满腹牢骚的小许脖子上像是安了个转轴，不停地左右打量着来来往往的人群。其实他比刚从监狱出来的李直仁强不了多少，对这一片的商户所知有限，也不认识几个人，而且这几天他俩想搞掉高利贷的事情已经把自己推上了风口浪尖，整个艋舺除了他们本人没人不知道。这时候还哪有人敢过来说话？

就在这时，一个行色匆匆的半大小子从远处走来，看样子也就是十三四岁的年纪，手里拿了一封信交到李直仁手上：“叔叔，有人让我给你一份东西。”

他拆开信封，却见是一份邀请函，约他今晚七点到洪盛酒家喝酒，以叙旧论今，落款是王启龙。

“王启龙是谁？”李直仁问道。

“就是‘风筝’啊。他打架的时候行动敏捷，像风筝一样飘忽不定，所以就得了这个外号。他是宫北帮的战将，负责中青街往南的区域。”小许介绍说。

“战将，听上去好像很厉害的样子！”

“直仁，现在的宫区已经和你进去的时候不一样了。如今宫北帮独大，号称为台湾第五大帮派。与传统的艋舺黑帮完全不同。”

“传统是什么样子？我只记得我们之前被陆星欺负的时候他也不过是个普通的角头，和别人没什么不同。”李直仁说道。

小许点了点头，笑道：“是啊，那时候他还是Jimmy大佬手下的马仔，宫北帮也没这么大的规模。其实这个陆星蛮能干的，在他手里宫北帮已经不是那种传统意义上的艋舺黑帮了。他占领了半个宫区，小半个艋舺，在台北和南部都有生意，手下的八大战将加起来有数千小弟。你说我们商会怎么是对手？”

“不是对手也不能乖乖地听他摆布，那样我们不就更没有存在的价值了？”李直仁叹了口气，幽幽地说道，“我第一次见他就知道这家伙不是好惹的角色。”

小许没有说话，脑海中却出现了当年的情景。那时大家都二十岁上下，高超带着直仁他们去夜总会跳舞。他们都是第一次去这种场所，对灯红酒绿的夜总会既好奇又紧张。

“长大真好啊，满二十岁就可以不用听老人们唠叨了。”理欣略显激动地随着劲爆的音乐在舞池里扭动。今天她打扮得很漂亮，俏皮中略带一点儿性感，还淡淡地化了妆。她身后有些木讷的李直仁正和高超左顾右盼，看样子他们两个人对新环境的适应程度还不如理欣。

“是我们二十岁，不是你啊理欣。要是你被人发现是未成年可麻烦了。”小山西故作惊愕状，气得理欣狠狠地踩了他一脚。接着她转过身，像小孩子一样拉了拉李直仁的衣袖：“这里好热，我们喝点儿东西吧！”

“可我们今天出来没装多少钱。”李直仁有些为难地从口袋中掏出几张零钱，问小山西和小许：“你们带钱出来没有？”

“当然没有啦！”小山西无奈地摊开手臂，“不过话说回来，花钱那是没本事，要是没钱喝到东西才算有真本领。”

“那你有什么本事，说来听听。”高超冷哼一声。

小山西的脸有些挂不住，忽然站起来指着远处的调酒小妹说道：“马上让你们看看我的能力，让她们乖乖地把酒给我们端过来。”

“你还有这个本事啊，我倒要看看！”在李直仁的唏嘘声中，小山西大步走向吧台，笑容可掬地和调酒小妹聊了起来。开始的时候调酒小妹可能还对他有些戒心，可没几分钟她就笑得直不起腰来，接着两个人交谈甚欢，最终调酒小妹真的拿出一打冰啤酒给小西山提了过来。

“不会吧，他还有这个本事？”理欣惊愕地望着小山西提酒过来，神色像是胜利归来的战士。他把啤酒一一分给众人，得意地说道：“大家尽量喝，不够我再去拿。”

“真没看出来，小山西以后可以做金牌销售，一定比那个美国人卡什么还强。”高超喝着酒对小山西竖起了大拇指。

这小许像从地底下冒出来一样突然在人群中出来，脸上带着灿灿的坏笑，手里拿了瓶啤酒：“这个酒好喝吧，你们一定要珍惜，这可是小山西答应人家调酒小妹一会儿帮忙刷杯子换来的，为这他还……”小许刚说到这儿就被小山西跳起来封住了嘴。

“哈哈——”一阵狂笑声不约而同地从众人嘴里传出。大厨慢条斯理说道：“我就说嘛，小山西的把妹技术哪有这么好，要是有，就不会跟我一样到现在还是处男了。不过看在酒的份儿上，一会儿我倒可以考虑帮他刷几个杯子。”

“用得着你吗？”小山西狠狠地锤了大厨一拳，正想继续攻击的时候大厨却灵活地闪开了。小山西顺手抄起高超的半瓶酒甩向大厨，慌得高超连忙抢过来：“我还没喝完呢，别浪费！”

就在这时，众人谁也没注意夜总会外面走进来一群人，为首的正是宫北帮角头Jimmy大佬的助手陆星。陆星一进门就看到了这群正在嬉戏打闹的孩子。大厨在这当口已经展开了反击，拿一杯不知道谁留下的清水往小山西身上倒，却被小山西躲过。

水洒在一个魁伟的中年胖子身上，他转过头，用凶狠的眼神打量着小山西他们："小孩儿！冲三小！"

"对不起，我不是故意的啦！"大厨连忙道歉。

可胖子没消气，一把将大厨推倒在地："干！我身上都湿了，你道歉有屁用！拿钱来赔啦！"

"可是我没有钱。"大厨嘀咕道。

"没钱，没钱就去死好啦！"胖子突然拽起大厨狠狠摔向入口处，多亏了他身后的李直仁一把将他接住。

"小心。"李直仁说着往前走了两步，用凶狠的目光盯着胖子。

"你想干什么？"胖子伸手去抓李直仁，谁知道李直仁早有准备。他倒完酒后右手并没有离开酒瓶，此时闪电般挥出，使酒瓶在空中划了个完美的弧形，"砰"的一声砸在了胖子头上。

酒瓶被砸得粉碎，碎片甚至打到了身边小许手上，那个胖子血流满面地栽倒了。

所有人都惊呆了。

李直仁握着露出锋利茬口的瓶颈向胖子的同僚晃了两下，然后突然把桌掀翻，拉着理欣就往外跑。

就在李直仁一伙跑出十余步远，七八个大汉和受伤的胖子才警醒过来，大喊着向他们追了过去。他们在门口展开了混战，并成功地打伤了大厨。大厨被划伤了腿，在高超的帮助下一瘸一拐地逃出了夜总会。

李直仁当时和众人跑散了，看后面没人追便停了下来，在街角喘气，同时掏出烟来抽。这时陆星带着几个小弟朝他走了过来。

“第一次来夜总会，好玩儿吗？”

“你是谁？”

“我是陆星。你不如到宫北来帮我。在我这里只要有本事谁都有出人头地的机会。”

“我是商会的人。”李直仁冷冷地回答。

“我知道，那儿有什么好的？有那几个老头子在你什么时候才能上位？”

李直仁没理会陆星的话，却自己笑了起来。陆星微微皱了皱眉，问道：“你笑什么？”

“你们宫北帮的名声不好，不顾江湖道义，阴险狡诈，我是不会去你们那里的。”李直仁毫无惧色地嘲讽道。陆星听了却什么都没说，反而大笑起来。

“说得好，够胆。我很欣赏你。你开个价吧，我绝不还价。”

“没兴趣，我先走了。”李直仁分开陆星的小弟，从他们中间穿了过去。

说到这里，小许突然转过脸问李直仁：“当时就你一个人，难道你真不害怕？”

李直仁吐掉口中的烟蒂，伸手拦了一辆出租车：“害怕是有一点儿，但那会儿只有我一个人在现场，要是被他们小看了丢商会的人。”

“超哥说你有当杀手的潜质，陆星也一定是看中了这一点。”

李直仁冷笑了一声，只吩咐司机去洪盛酒家。谁知道司机用很奇怪地眼神盯着他们，然后蓦地发动了汽车。

三

“洪盛是宫北的地盘，你们去不是自找麻烦？”司机突然张口说道。真没瞧出这位并不起眼儿的司机能说出这种话。

可能是看出李直仁和小许的困惑，司机爽朗地一笑："我也是艋舺的人，怎么不认识你们两个。都是高超的手下嘛！"他的口音很重，很像是南部某个地区的普通话。

"没关系，我们又不是去搞事，只是逛街，走啦走啦！"李直仁不耐烦地吩咐道。

小许见他的神色有些反常，便把准备劝他的话咽到了肚子里。下车的时候小许故意磨蹭，趁找钱的时候用极低的声音告诉司机："我是小许，他姓李，都是商会的人。你一会儿去商会找一下高超，告诉他我们去洪盛酒家谈判，记住了吗？"

"我伯母就在商会做生意，这个你放心，一定转达。"司机说着和小许摆了摆手，开车离开。

王启龙三十多岁，有些大腹便便，李直仁带小许进屋的时候他正坐在酒店门口的沙发上抽烟，身边站着两个小弟。见李直仁进门，王启龙满脸堆笑地起身迎接："李会长，真讲信用啦！欢迎欢迎。"

"这是兄弟小许。"李直仁拉了把椅子在王启龙身边坐下，摸出烟来点了一支，二人默默地注视对方，半晌不说话。

终于，王启龙先开口了："听说李会长最近把商会搞得风生水起，很有气势哦！"

他说话声音不高，不过这种没有客套直接切入主题的方式倒很合李直仁的口味，他也不太喜欢兜圈子，于是两个人的对话就成了简单直接的火并。

"是你踩过界了，这边是商会的地盘。"

"从下个月开始，在你的区域内，我所有高利贷的生意都给你百分之十五的抽成。如果你要预付也可以。"王启龙一摆手，身后一个小弟给他递过一叠钱，看样子大约有十万新台币的样子。

"你先拿着，我每个月都会给你送钱过来。"

"你这是什么意思？"李直仁显得咄咄逼人，完全没有把王启龙和他的钱看在眼里。

王启龙很不屑地笑了笑，指着手中的钱道：“你不是需要这个嘛，要不然选什么会长啦！”他说着看了眼身后的小弟，用眼神下了个命令。接着就见酒店大堂里几桌吃饭的人突然同时站起，异口同声地喊了声“大哥”，然后坐下来旁若无人地吃饭。

说实话，要不是他们如此整齐划一地行动，还真没人知道这些人竟然都是宫北帮王启龙的手下。

“吓唬我，以为在你的地盘就可以乱搞啊。要是我不同意呢？”

“那你试试啊。今天你一定走不出这个酒店。”王启龙很放肆地笑着，“这个钱你今天拿也得拿，不拿也得拿。”

“好，我拿。”李直仁无奈地伸过手，就在王启龙把钱即将递给他的时候，他突然猛地抓住王启龙的手腕往自己怀里一拉，接着右手已经抄起桌上的烟灰缸连烟头带烟灰扣到了王启龙脸上。站在他身后的小许也是反应敏捷，一看李直仁动手就把桌子踢翻，跟着李直仁就往外面逃。

王启龙显然没有料到李直仁会突然发难，被扣了一脸烟灰。他气急败坏地抹了把脸，一个箭步蹿到李直仁身后，抬腿就踢，被李直仁闪开。虽然李直仁和小许相当勇悍，但鉴于双方的人数差距太大，几个回合下来，俩人最终被人家合力绊倒，结结实实地摔在了地上。

“白目啊！就这两下子也敢在老子地头撒野，今天非废了你不可。”王启龙从一个小弟手里抽过一柄尖刀就要对李直仁下手。

“大佬，这个人高超提过好几次。”一个小弟提醒道。

王启龙看了他一眼，冷冷地哼了一声：“怎样啦？这个家伙跟女人一样，废了他我再解释。”说着拿刀就要动手。

“等一下，我可以接受那百分之十五。”躺在地下的李直仁突然大声喊着。

王启龙愣了一下，然后又慢吞吞地抬起了腿：“敬酒不吃你吃罚酒，钱是没有的，想要百分之十五看你这个月的表现再说。”说着他示意小弟们把地上的钱收起来，很不耐烦地摆了摆手。

“从今天起我的生意你不可以干涉。”就在李直仁转身要离开的时候，他再次吩咐道。李直仁点了点头，带着小许走出兴盛酒家回商会的时候，正遇到高超和大厨、小山四三人赶来。

“没事吧？”高超问道。

“没什么。”李直仁抹了抹嘴角的血，淡淡地回道。小许看他没有多说话，自然也不肯说。高超往屋里看了看，然后又把目光拉回了李直仁身上：“你俩和他们动手了？”

“他们要我收百分之十五的高利贷抽成。”

“你怎么回答的？”

“我要是同意还会这个样子啊？”李直仁指了指脑门儿的瘀青，“我会处理，你放心吧！”

说着他就要走，却又被高超拦住了：“你真的没事？”他很关心地问道。

“没事，有问题我会找你。”李直仁冷冷地推开高超，带着小许就往前走。自从接管中青街南部，李直仁和小许就搬到了办公室住。小许以为他可能会回办公室休息，谁知道李直仁却带着他来到了宫区的夜市，俩人找了个大排档坐下喝酒。

“你打算怎么办啊？”小许茫然问道。

“什么怎么办？”李直仁喝得醉眼蒙眬，拿酒杯的右手竟微微有些发抖。

“我又没拿钱，他王启仁难道还能咬我啊！该怎么办怎么办，大不了和他死磕到底。”两个人正说着话，一辆豪华的宝马汽车停在路边，接着陆星和几个手下从车里走了出来。

“这么巧。”陆星看到李直仁狼狈的模样，笑得有些意味深长。

“出来这么多天也不去我哪儿坐坐，你的‘见面礼’我可是收到了。多亏我让人在里面照顾你，否则你还要再多吃几年卤肉饭吧？”陆星的声音不高，却听得两人身边的小许一阵阵发愣。

小许知道陆星一直对李直仁青眼有加。陆星也多少感觉到了入狱前直仁对宫北帮多少有些向往。他不是从根本上讨厌陆星，这一点和高超他们截然不同。

可这个疑问随着出狱后李直仁挑战陆星的地盘时就已经释然了，小许完全没料到两人还有联系。所谓见面礼又是什么？这几天他一直和直仁在一起，却实在想不起直仁什么时候给陆星送过东西。

“我是商会的人，做事自然要向着商会。你的人在监狱里帮我对付南部那些烂仔，我个人还是很感谢你的。”话虽然这样说，可李直仁的语气中没有一点儿感谢的意思。

陆星点了点头，似乎丝毫不以为忤：“很好，我看好你这个人也和商会完全没有关系。”

李直仁看了他一眼，什么都没说。陆星自己给自己倒了杯水，然后坐下来一饮而尽，微微抬起头眯着眼睛问：“听说你和‘风筝’闹了点儿矛盾？”

李直仁犹豫了一下，还是点了点头。

“既然是你要选会长，我当然会支持你啦。比那些老古董强多了，也好过你那个古董大哥。”陆星又给自己倒了一杯，举到李直仁面前，“刚才我来晚了，你别往心里去，‘风筝’这家伙是这样没脑子。这样吧，你可以慢慢过来，我先让‘风筝’这个月把所有的生意都从你的区域里撤出来，怎么样？”

李直仁动了动眼皮，非常缓慢地点了点头：“好啊，不过这是你的事，我不会领你情。另外告诉你，我不会过去帮你。”

“好好考虑一下，有机会到我哪儿玩玩再做决定。”陆星微笑地站起身，意味深长地看了李直仁一眼，然后才上车离开。

小许望着陆星走远，不解地问道：“你到底送他什么见面礼啊？”

李直仁苦笑了一笑，仰头把杯中的酒喝干：“哪有什么见面礼，就是那天去砸他的场子啊！”

看到小许面露困惑，李直仁只好告诉他，自己在监狱的时候遭到南部帮派的欺辱，是宫北帮的人帮了他。他知道这出于陆星的授意，所以出来以后第一件事就通过挑衅他的地盘来表明自己的态度。

“原来是这样，他对你还真不死心，你之前不是说过也有动心吗？”

“很多年的玩笑，还提他干什么。”李直仁似乎不愿意再说起这个话题，两人一时无语，只好默声喝酒。

大约过了五六分钟的样子，一个熟悉的声音突然出现在他们身后：“直仁啊，是不是遇到麻烦了？”

李直仁和小许惊愕地抬起头，看到了秉海深沟壑纵横的面孔和蹒跚的身影。

望着他俩吃惊的表情，秉海深也笑了：“怎么，不欢迎我啊！”

“秉叔，这几天你去哪儿了？”小许想到吃了秉海深几次闭门羹，话里话外透着些许委屈。

秉海深给自己倒了杯酒，微笑着点了点头：“不能见你们肯定有我的道理，丁健的面子总要给一点儿。而且邱礼桢和高超父亲情如兄弟，现在又管着商会，其实也不愿意你们搞的这一套，完全是在颠覆商会的传统嘛。他没办法找高超的麻烦，却能找我的麻烦，我不能不做准备。”

“原来是这样，那你怎么现在又来了？”李直仁问道。

“我刚才听说你在洪盛酒家见了‘风筝’，我放心不下，就过来看看——刚刚看到那家伙离开，他想干什么？”

“唉。”李直仁叹了口气，把刚才的事简单地讲了一遍。秉海深听完想了一会儿，然后说道：“你听说过一句话叫‘以其人之道还治其人之身’没有？”

“什么意思啊秉叔？”小许插话道。

“我有一个小兄弟叫武豪，在给陆星做事。是陆星手下‘八大战将’

中的一员，比‘风筝’的资格要老多了啦！你要是相信我，我就给你把他约出来见见面，这家伙知道的事情很多。凭着我跟他的关系，他一定能帮我们想办法把那些高利贷和毒品搞出商会，最起码你的地头上没有。”

“武豪我听说过，绰号叫什么‘黑狼’，原来和秉叔很熟啊？”小许说道。

秉海深点了点头，无不得意地笑了笑：“我和他父亲是莫逆之交，这些年多亏了他我才有消息给高超，商会才能知己知彼。今天既然他让我帮你，自然要帮到底啦！”

李直仁被秉海深说得满脸兴奋，刚才的阴霾一下子都抛到了脑后。秉海深也显得颇为激动，拿出手机拨通武豪的电话，约他见面，然后说道：“那就明天下午，在老地方吧，我有兄弟要介绍给你认识。”

“你们不知道，武豪的父亲武家骏刚来台湾的时候人生地不熟，做生意都没人理他。有一天他找到我们会长，就是高超的父亲高世元，说：‘会长你帮我啊，我的蚵仔煎都没有人过来吃了。’高世元说：‘做生意没钱我可以借给你，缺什么我可以买给你，有人捣乱我可以帮你赶走。但没人吃要我怎么帮你啊，难道我用刀顶着每个人的后心，让他们买你的蚵仔煎吗？’”秉海深说到这里大大地呵了一口气，和李直仁两个人哈哈大笑。

“我见他挺可怜，就在第二天约了几个朋友过去吃他的东西。说实话他的蚵仔煎做得很不错，就是没人知道，地点又不好。我就跑到高世元那里说商会旁边有块空地，原来给残疾人卖口香糖，那个人死掉了就没人用，不如让武家骏过来卖蚵仔煎，生意还能好一点儿。会长看我态度很坚决，也就同意了。”

“后来呢？”李直仁问。

“我给他推荐的地方是块宝地啊，后来武家骏发了家，还开了餐厅娶媳妇儿，后来我们成了非常好的兄弟。他跟我说交了我这个朋友很好，让他在台湾有了亲人的感觉。只不过武家骏去世得早，否则武豪也不可能惹出大祸。”

第四章

一

武家骏活着的时候，对武豪的管束甚是严厉，通常连他来往的朋友都要一一甄别，唯恐儿子交友不慎成了小太保。他对武豪的学习自然也是事必躬亲，所以那段时间里武豪还算中规中矩，没人会把他与日后声名远播的艋舺黑帮打手联系起来，更不会想到他还能成为管理数百名小弟的黑帮头目。

事情要从武家骏得病住院说起。那时候台湾还没有全面实施全民健保制度，武家骏又不属于四大保障（军人、公教人员、农民、劳工）范围内，所以没有任何医疗保险。心脏病住院后，以他的条件不可能有钱享受太好的医疗资源，所以他选择了收费较便宜的医院，但高昂的医疗费还是成了他们头上的一座大山。

那时候武豪还在上学，每天和姐姐武珍来回十余里路给父亲送饭，回家做完功课后还要再去医院帮忙，苦不堪言。再往后武家骏病得越来越重，餐厅自然是不能开了，甚至连家底也要花光了，两个孩子马上就要陷入无学可上的地步。

面对如此窘境，上大学的武珍一咬牙退学去红灯区做了陪酒女郎，以牺牲自我为代价供弟弟上学和父亲看病，咬呀维持生计。这时候，有个叫梁文斌的青年富豪经常来找她，出手阔绰，从一定程度缓解了武家的经济危机，但也为日后的祸事埋下了隐患。

大约与梁老板认识三个月以后，武珍辞去了陪酒女郎的工作，开始成了梁老板的职业情人，这时候武家骏的健康状况逐渐好转，开始进入调养阶段，所以相对平静。谁知道好日子没过几天，就在武珍以为可以和梁老板长相厮守的时候，有人拿了杂志告诉武珍，梁文斌要结婚了。

原来这个梁文斌是台中建材大王梁萧声的小儿子，是个花天酒地的纨绔子弟。像武珍这种类型的情人，仅仅台北一地就有四个，所以他不可能和每个人结婚，但情投意合之时这些涉世未深的女孩儿都会如武珍一般天真地等着梁文斌来娶她们。过了几天，梁家派了个律师过来，给了武珍一笔钱，还要她签个协议：以后与梁家再无往来。此时武珍已经怀孕，便以此为条件希望梁家让她把孩子生出来。

谁知道梁萧声会错了意，以为武珍想趁机讹诈梁家，自然对此极不满意，甚至扬言就是把孩子生下来梁家也不会认，言外之意自然是指武珍做过陪酒女郎，不承认孩子的父亲就是梁文斌。那时候台湾还没有普及 DNA 亲子鉴定，普通人甚至没有听说过种东西。武家骏因武珍出事后失去了药物来源，情急之下要武珍立刻把孩子打掉，收钱了事。

武珍不愿听从父亲的建议，她当时是否真有嫁入豪门之心只有她自己知道。于是她挺着大肚子去台中武家讨要说法，却和管家起了争执，连梁文斌的人都没有见到，回来后又气又急，竟一时想不开投河自尽，搞出一尸两命的惨剧，轰动台北。那时候梁萧声已经开始考虑从政了，觉得这种事情不好声张，便让人拿了一大笔钱给武家骏，还让他前往最好的医院重新检查，并承诺以后药费由他支付，只要武家不闹事。

武家骏得了偌大的好处，自然不再说什么，甚至在家中将女儿所有的痕迹都抹得一干二净，好像武家从没有过女儿一样。那时候武豪正在准备联考，开始的时候并不知道姐姐的事情，却没想到就在这时姐姐竟然死了，而父母给他的理由却是失足落水，无论从哪儿想都是疑窦丛生。

后来武豪见武家骏刻意抹掉武珍存在过的痕迹，心里极为不满，于是他开始暗中留心姐姐的事。也正巧此时梁家的律师过来送钱，武豪在暗中窥听了事情经过，一时间怒意陡生，想到姐姐之前对自己的种种好处，他再也无法抑制胸中的愤恨，竟然提了把刀到处寻找梁文斌。

就梁文斌看来其实他和武珍的事根本就不叫事，虽然发生过不止一次，但他是世族豪门，所以从未担心。当时若他能稍微吸取教训，纵然不回台中哪怕在台北换个地方都不会让武豪找到。他一个中学生又没什么钱，自然是寻了一阵儿暂时放下，以后的事情谁能说清楚？可偏偏这梁文斌过于托大，一没保镖二没随从就敢继续出没于艋舺，在认识武珍的那个酒廊挥金如土，一来二去让武豪正好堵个正着。

仇人见面分外眼红，此时的武豪看到梁文斌恨不得生吞了他。那天现场除了梁文斌和武豪外就是几个女人，这些女人被武豪掏出的刀吓得尖叫迭起。喝得浑身瘫软的梁文斌就这样被武豪捅了十多刀，一声不吭地栽倒在酒桌底下，血从屋里流到了屋外。

接下来的事情没有什么悬念，武豪因此获刑十八年；当时他还是个中学生，没有成年，所以还算轻判。之后武家骏病发身亡，妻子被送进安养中心，家产也都散失殆尽。而武豪在监狱里也是九死一生，屡次遭到梁萧声买通的杀手的暗算，多亏一个狱中大哥将他收入麾下才免得一死。

“这个人难道就是陆星？”李直仁听到这里，忽然插言问道。秉海深哈哈大笑，指着李直仁叹道：“怪不得阿超说你是个人精，果然精明得很，一下子就被你猜到。没错，这个人就是陆星。那时候他在监狱中替 Jimmy 蹲苦窑，还没发达，正是用人之际。像武豪这种无家无业又涉世不深的年轻人最受欢迎，没过几天武豪就成了他的心腹。其实也正是这样才算保全了武豪一命，要不然他就算不死恐怕也是个残疾人了。”

“那后来呢？”小许问道。

“后来陆星把武豪培养成了最能打的手下，绰号‘黑狼’，就是说他心狠手黑又工于心计，非常难对付。但武豪一向知恩图报，对我们几个老家伙还算尊重。尤其是我当年帮过他父亲，后来他在里面的时候还帮过他母亲，所以商会上面很是照顾，又买我的面子。”

说到这儿秉海深意味深长地看了李直仁和小许两眼，似乎在看他们的反应，然后才悠悠继续说道：“对付‘风筝’甚至是陆星这种人，其实还是得以毒攻毒。我觉得武豪还是靠得住的兄弟，而且他还肯帮我们，这也是非常难得。这几年黑狼的名字在道上非常响，虽然说还是陆星的战将，但无论是手下还是面子其实都已经不输于陆星了，只是他是陆星带出来的小弟，就和当年陆星与 Jimmy 的关系一样，尊重陆星而已。”

“既然这样，他图什么呢？为什么要帮我？”李直仁突然问，“难道就仅仅是和秉叔的关系？就算这样，对付王启龙这种人我觉得还不一定够。再说他们都是陆星的手下，难保将来陆星不出面，这样我们商会又怎么办？”

秉海深点了点头，似乎对李直仁的话非常认可：“这就是武豪帮我们的理由了。现在是什么年代？难道他能在陆星手下干一辈子吗。他不止一次和我说过，要转型干高科技，手下就要有人。有人要先用其德而再用其才。他不愿意重蹈 Jimmy 的覆辙，希望找到可靠又有头脑的人帮他，将来自立门户的时候才可以有人捧啊！”

“我不可能做他的手下，我是商会的人。”李直仁冷冷地回答。

“谁说让你做他的手下了？你这样的人做他的手下也屈才了嘛！我看武豪的意思是交几个朋友，将来用得上的朋友。你也别太把这东西当回事，先见见面再说，要是干得过就借他的手把‘风筝’这种人搞下去，待你做了会长还怕什么黑狼白狼。就是凭着我们商会几十年来和警方良好的合作关系，哪个警长不给个面子？”

秉海深后面的话显然打动了李直仁，他和小许互相对视了一眼，然后陷入了良久的沉默，直到前者再次给他们增加筹码：“阿超人很好啦，但比起来其实你更适合做商会的会长。我挺你的原因是你不像他那么柔弱，就像清朝时候康熙皇帝选继承人一样，若选了相对性格柔弱的八皇子或十四皇子都对整个国家不利，那时候积弊丛生，必须有一位像雍正那样手腕强硬的人施展铁腕手段才能继续保持国家昌盛。国家是这样，商会也是这样，我们现在需要的就是你这样的人啦！”

秉海深点了支烟，眯着眼继续说道：“秉叔看人不会错，你一定能把商会做大做强，就冲你之前搞的那几条，什么电竞、区块链、运动健身，别说宫区，整个艋舺都没几个人懂啊，还能让你搞得有声有色。就这一点他们谁都比不了，将来你做了会长可以让阿超给你把控全局，毕竟你们又是兄弟，又有人买他的面子。”

“这样啊，那我们什么时候见面？”李直仁终于被秉叔说动了，和王启龙接触后，他感到自己势单力孤，确实需要强有力的人支持他。

和武豪的见面由秉叔安排在宫区一个不起眼儿的小火锅店中，店主据说和秉海深是老相识，所以安排得相当周到。再加上这个地方既安全又安静，所以非常适合谈事情。他们到来的时候正是晚上七点，比起喧闹聒噪的宫区，这儿好像成了一块难得的净土。

揣着忐忑的心情坐下没几分钟，武豪就带着手下出现在了李直仁和小许的面前。与秉叔介绍的一样，这位身材高大魁梧，面皮发黑的中年大汉一见李直仁就开心地张起了双臂做拥抱状，还大大咧咧地拉过李直仁的手笑道：“秉叔说你很有头脑，是个宫区难得的才子。我早就想见见你了，今天一看果然气质出众，与我们这些粗人不一样啊！”

武豪在李直仁对面坐下，然后让手下退出房间关上门，才又说道：“你选会长的事情秉叔给我说了。你放心，你的事情就是我事情，我一定全力帮助。到时候商会和宫北帮就成一家人了，我们就夜夜笙歌，天天能开心到死！”

说着话他端起杯子和李直仁碰了一下，一口将啤酒喝干：“现在能让秉叔看上的年轻人很少，你一定行。”

他说着指了指屋外远处的街道，忽然把话题转了过来：“我听说你见过‘风筝’了？”

李直仁没想到他会问这个问题，犹豫了一下点了点头：“是的。”

“他说什么？”

“他不同意撤出商会的地盘。”李直仁淡淡地说道。此时他还不知道武豪的葫芦里卖的什么药，所以也不敢多说什么。况且同为陆星手下的战将，他不觉得武豪能因为这事和王启龙对着干。

“好，一会儿吃完饭我带你去找他，要是他不同意撤离宫区，”武豪突然把杯子重重往桌上一放，大声说道，“我就干他娘，不信他不给我‘黑狼’这个面子。”

二

虽然不太相信武豪的大话，可李直仁还是对他有所期待。前天在洪盛酒家，被王启龙逼着接受条件让李直仁感到奇耻大辱，他知道弱肉强食的道理，也明白要得到商会的支持就必须忍辱负重。坐上武豪的宾士车，李直仁跟着浩浩荡荡的车队前往宫头东见王启龙。其实说起来路程并不算太远，他们仅用了十分钟就到达了约定地点：王启龙小弟的大排档外面。

此时王启龙已经带了几十个人分坐在三张桌子后面等待武豪；相较之下武豪这边只有十几个人，显得有些势单力孤。不过很快李直仁就发现在这里实力似乎和人数不成正比，最起码王启龙的态度与前几天截然不同。

“风筝，听说你最近很忙啊，生意做大了，一直在发财喽！”武豪一坐下就和王启龙聊了起来，却始终没有介绍身边的李直仁和小许。王启龙自然也知道他冲什么来，但既然对方不说他也没什么要讲的，有一搭没一搭地和武豪闲扯。

“哪里哪里，我是刀头上舔血，吃碗辛苦饭。哪里像狼哥在宫区有头有面，孝敬的兄弟那么多。”王启龙的话软中再刺，阴恻恻地盯着武豪。李直仁也听说过，陆星手下的八大战将各不统属，虽然都是宫北帮名下，但无论是生意还是小弟都自顾自家，只向陆星交钱而已。不仅他们之前来往很少，甚至有些势力较大的战将如黑狼这样的连陆星的账都不怎么买，暗地里甚至和其他帮派眉来眼去做着不可告人的利益交换，只是陆星求个太平，睁一眼闭一眼罢了。

譬如眼前的王启龙与武豪，虽然同为八大战将，可几乎无甚往来，就地盘来说其实武豪远离宫区，和艋舺都离得很远。按理说本来武豪是没份插手王启龙和商会这些事情的，只是如今黑狼的势力在宫北帮最大，王启龙不愿招惹而已。

“你知道我的脾气，我讲话不讲第二遍。这个李直仁是我朋友。他和我讲，他要做商会会长，正在和那个高超竞争，所以不希望有人搞事情出来引起注意。这边最多的就是你的生意，所以我希望你可以帮忙，先把人撤出来。”武豪说着点了支烟，目不转睛地盯着王启龙，等待他的答复。

王启龙面无表情地望着武豪，似乎在考虑如何答复，足足过了有一分钟的时间，他才微笑着点了点头：“好啊，既然这样那我就让兄弟撤出来。”

他回答得相当干脆，丝毫不拖泥带水，又说道：“我王启龙也是交朋友的人，既然狼哥让撤那我没得说。”

“好，那我多谢了。”话虽然这样说，可武豪仍然大剌剌地坐着，丝毫没感谢的意思。王启龙则丝毫没有在意，很小心地站起身和武豪握了握手：“那我先走了，狼哥。”

说着他还扭过头向李直仁打了个招呼："不打不相识，以前的事情就过去了，以后要是有什么用得着我风筝的地方就过来宫头东找我。"

王启龙说完话站起身，在一群小弟的簇拥下离开。看样子他完全不像是一个和武豪平辈的宫北帮战将，倒像是武豪的小弟。不过此时的武豪丝毫没有在意李直仁有什么想法，只是得意地拿了瓶啤酒给李直仁："明天开始我给你拿钱借给那些商户，让他们以后不再借任何高利贷，这样整个街区不就清净了？"

李直仁吃了一惊，武豪能帮他把王启龙那些卖毒品的手下赶走就已经很够意思了，谁知道他竟如此好心，一帮到底。整个宫区放贷的除了宫北帮以外还有不少外来的帮派和地头蛇，这些人虽然都是些乌合之众可资金规模极为庞大，如此一掷千金无异于向所有高利贷开战。

"恐怕他们不太愿意吧！"李直仁说道。

"放心吧，我们借钱给他都是免息的，他们怎么能不乐意。你记住周期不能太长，最多一个月。到时候还可以再借，但一定要保证资金的安全。"武豪说道。

"免息？"李直仁惊讶得差点儿掉了下巴。武豪得意地点了点头："明天介绍一个朋友给你，绝对是我们的大金主。他不做高利贷生意，但要把艋舺所有的高利贷打垮。"

武豪说这话的时候李直仁并没有理解他的意思，可第二天见到那个叫陆子铭的人时他才一下子明白他想做什么。

这个陆子铭不属于艋舺，对于本土帮派来说他同样是外省帮。这个被称作东门帮的新兴势力刚刚成立不久，老大就是这个陆子铭。作为一个地道的二代移民，陆子铭的父亲陆浩文曾经做过三十七师师长吉星文的警卫队长，随师长来台后任澎湖防卫部内卫队长。退役后陆浩文在台东生活，一直到去世都没去过台北。

只是陆子铭天生不是个安分的主，早年做过电子设备的生意，后来将公司做大，股票套现后成立了几个金融公司。因与当地的帮派争地盘，一来二去心狠手辣的陆子铭就成了当地帮派的实际负责人。虽然年过天命，可是统一全台地下金融行业的抱负还是让陆子铭充满了斗志，他觉得自己是为此而生的人，东门帮的使命就是完成他的抱负。

如今从台东到台北，陆子铭第一站就看中了艋舺的宫头地区。这里虽然龙蛇混杂，但发展潜力极为巨大，是站稳脚跟的首选。但宫区的大小帮派和商会势力在此根深蒂固，想除掉是不现实的，于是陆子铭选择合作，从李直仁的半条街向整个大艋舺地区扩展。

“我们的合作完全是良性的强强联合，我出钱、他出人、你出地盘，到时候大家一起把宫区变成第二个西门町，集商业、住宅和购物为一身，成为新时代的台北中心。”坐在咖啡厅里的陆子铭面对一直茫然的李直仁说出了这番话。虽然他没有完全打消李直仁的疑虑，可一想到利用这些资金可以打败那些地下钱庄，李直仁就兴奋不已。

于是，合作就这样展开了。除了秉海深，李直仁没有通知商会的任何人，甚至连高超都不知道这些事。之后他按照陆子铭的意见，带着几个新面孔的小弟开始在自己负责的区域内清理整个街区的高利贷和地下毒品，甚至包括那些不太健康的成人产业都变得少了许多。

一个星期之后，李直仁的街区和高超的街区形成了鲜明的对比。这也让李直仁在商会的周例会上出尽了风头。包括邱礼桢在内的所有人都开始对李直仁刮目相看。

“直仁的商区很多商户反应不错哎，把自己的钱拿出来借给他们做生意还不收利息，这个主意虽然很好但不值得推广。”邱礼桢微笑着拍了拍李直仁的肩膀，慢悠悠地走出了会议室。

他身后的高超则一脸疑虑地望着李直仁：“我听说你在和宫北帮的人合作，利用他们来清理街区。有这回事没有？”

“怎么可能，地下钱庄和那些毒贩子大多是陆星的手下，我就是和他们合作，他们也不可能帮我对付他们自己人啦！”李直仁无不得意地对高超做解释。

“那样最好。”高超无不担心地望着李直仁，“商会有商会的规矩和手段，几十年来一直是这样过来。外面很多人惦记，你要小心不能上了人家的圈套。”高超说完又意味深长地看了李直仁一眼，皱眉走远了。

李直仁孤独地坐在办公室宽大的椅子上，望着窗外熙熙攘攘的人群和看似平静却暗流涌动的宫区，一时感慨无限。这里曾经是高世元的书房，不知多少决策都是他和邱礼桢在这儿定下的。他们为什么冒险帮助一个陌生女人而得罪身边所有的人呢？

李直仁想不清楚，也不愿意想清楚，他需要做的是面对现实，把商会的控制权搞到手。就在这个时候，理欣突然出现在他的面前：“你到底想怎么样啊，我听说你和外省的帮派合作？”亭亭玉立的理欣让李直仁立即丧失了独立思考的能力，他有些木讷地望着面前的恋人，不知如何回答。

“说话啊。到底是不是？”

“我只是想把宫区搞好一点儿。”李直仁说道。

“这么说这件事情是真的了？”

“是你哥让你来的？”

“他很担心你，这可是引火烧身。”理欣担忧地说，“我也很担心你，无论是你胜还是我哥胜，其实都无所谓。我们只在一起不好吗？”

“我很想证明自己，也不愿就这样活着。”李直仁叹了口气。

正要继续说下去的时候小许从外面急匆匆地走了起来，看到理欣在他有些惊讶：“理欣，你怎么在这里？”

“我为什么不能在啊，难道你们有什么不可告人的秘密？”

“让你说的，我们怎么可能有什么秘密。”小许灿笑道。

“我来告诉直仁，也顺便通知你一声，小心玩火自焚。”理欣阴沉着脸走了，留下一脸茫然的小许和无可奈何的李直仁。

“怎么样，商户们都还满意吗？”李直仁开口道。

“商户们还好啦，虽然大家觉得麻烦，可由于是无息贷款，所以也都接受了。只是我听说了一件事情，感觉应该告诉你。”小许有些忧心忡忡的样子。

李直仁愣了一下，忙问道：“什么事？”

“我听说过几天东门帮和宫北帮要举行结盟大会，到时候陆星会带人参加，而且那个‘黑狼’武豪不仅是宫北帮的战将，同时还是东门帮的话事人，位列‘宫门四少’之一。”小许说道。

“有这样的事？不过这和我们有关系吗？难道他们要共同对付商会不成？”想到这里李直仁又觉得有些可笑，商会又不是黑帮，怎么可能让两个帮派联手对付。

果然，小许摇了摇头说道：“当然不是，这只是表面上的说法，但是据说黑狼暗地里和那个陆子铭联手想要做掉陆星。之后由黑狼出任宫北帮的老大。”小许悠悠地说道。

三

小许的话让李直仁吃了一惊，他几乎不敢相信自己的耳朵：“你是怎么知道这件事情的，没有搞错吧？”

“错是应该没有错啦，反正我就是知道啊！”小许的脸上忽然闪过一丝淡淡的尴尬，好像有什么隐私被人窥破一般。李直仁脸色微变，先是疑惑继而释然，紧紧皱起眉头说道：“你又去小红那里了？”他说的小红其实是指红灯区的一名陪酒女郎，一直和小许有联系。

小许脸色微微一红，说话有些吞吞吐吐：“我只是去坐坐啊，我们什么都没做。”

可是看到李直仁脸色不善，他又补充道："小红的一个姐妹被加了钟，要陪的人就是东门帮所谓的什么'东门四少'之一的关豹，听说是东门帮的四大话事人中最年轻的一位。那家伙喝醉说再过几天，整个艋舺就是他们东门帮的天下了。"

"然后呢？"李直仁目光炯炯地问道。他一定要确定消息的可靠性，所以问得非常仔细。小许搔了搔后脑勺儿，有些疑惑地说道："大概就是这个样子吧，反正过几天东门帮和宫北帮要举行结盟大会了，到时候我们看看情况就知道了。"

李直仁微吸一口冷气，脸色凝重地盯着小许，过了一会才焦急地说道："哪有这么简单啊，他们明摆着就是要做掉陆星占地盘啊。真是贪心不足蛇吞象。"

"你怎么这么着急啊直仁，陆星死活和你我有什么关系？"

"你怎么不明白？"李直仁叹了口气，"陆星是宫北大佬啊，是宫北帮真正的决策人，是坐馆。也只有他才能让八大战将听话。要是他挂了，那还有谁能服众？Jimmy 时代的人死的死、残的残，现在也只有陆星还压得住宫北，也在客观上维持着艋舺的和平。"

"艋舺会买他的账么？"小许嘟嘟囔囔地问道。

"当然啦，艋舺几十号角头，那个不买陆星的账？他一挂不仅手下的八大战将要开战，连艋舺也会乱起来。到时候商会还怎么搞？以前刘老会长创商会的时候，虽然是艋舺帮派大混战时期，但他有大角头'贼星'支持。现在呢，你我还是高超能撑起来？指望那几个老头儿，我看算了吧！"李直仁无不担忧地叹了口气，悲哀地说道。

"那我们还要去帮陆星不成？"小许问道。

"不是帮他，是帮我们自己。"李直仁站起身点了支烟，"如果这个消息确认属实，那我们必须得想办法通知陆星。"

说到这里他狠狠地把刚刚点燃的烟扔到地上，用力踩了一脚："真是令人不爽的消息。”

“我们真要通知他吗？”小许显然不太情愿。李直仁沉默片刻，然后说道：“你不是有个兄弟在宫北帮的那个什么饭店当厨师吗，把他约出来聊聊，先确认一下结盟的情况。”

“那是大厨的兄弟。”小许支吾道。

“那就让大厨和他说，就说你有事找他，不要提我。”李直仁走到窗前，望着漫天的阴霾陷入了长久的沉默。小许不敢多问，从乱糟糟的桌上摸出手机给大厨打电话，不过很快就挂掉了。

“大厨说，他们已经过来了。”小许惊愕地说道。

一分钟之后，高超就带着大厨和小山西从他的宾士车里走了出来。

高超的脸色不太好，一改平时恬淡的态度，显得有些焦急。他丝毫没有客套就直奔主题：“阿仁，你知道东门帮和宫北帮在下周要举行结盟大会吗？”

“怎么了？”李直仁脸色微变，他似乎已经隐隐察觉到了高超的来意。高超却没有客气，声音又脆又亮：“我听说黑狼要和陆子铭联手做掉陆星，然后控制整个艋舺地区。他们要推你做商会的会长，然后通过这种手段消除商会的影响力。”

“有这种事？”李直仁和小许对视一眼，都没想到竟然还有这种操作。高超意味深长地看了他一眼，继续说道：“你以为黑狼他们帮你没有目的？商会是老商户的根，只有控制了商会才能得到这些老商户的信任。这一点他们不可能不知道。如果强制使用暴力手段恐怕还会适得其反，所以必须用其他办法。”说到这儿高超停顿了一下，好像在重新组织语言。

“另外就是黑狼的野心太大了，不仅要做掉陆星，还要控制整个宫北帮。问题是八大战将之中明确能支持他的其实只有两个人，反对的倒是占了多数。陆星一死不仅宫北帮要乱，恐怕到时候艋舺也不能免祸。”

“那我们该怎么办？”李直仁静静地打量着高超。

事实上对于认识多年的兄弟兼大哥，他对高超并没有多少反感，只是一想到自己坐牢期间高超却在外面逍遥自在，李直仁就感到不公，总觉得心里有一口气。

当年是他主动选择承担所有后果，这一点毋庸置疑。但高超出来以后没有给他更多的补偿，甚至连声道歉的话也没有，有些让李直仁下不来台。只是这次推他做会长这件事看得出高超极为用心，直仁心里多少有了些许安慰。

他长叹一声，用低沉的声音告诉高超，这件事他已经知道了，并且有了自己的打算。

“阿仁，与东门帮的合作一定要停止，否则你是玩火自焚。”高超语重心长地劝慰了一阵儿，但李直仁并未立即表态，他只好摇头而去。

高超刚走，李直仁就催促小许让大厨联系他那个兄弟。虽然小许和高超的话都提到了东门帮要和宫北帮结盟，但对于推自己做商会会长的事仍旧有些将信将疑，直到两天以后的傍晚，李直仁在自己的商区巡视时遇到了迎面而来的黑狼。

“李老弟，正要找你。”武豪热情地拉住李直仁到一个茶楼坐下，然后亲自给他倒茶，“最近商会的生意还好吧？”

“哦，还好。”由于摸不透他的来意，李直仁不敢托大，只好勉强应付。武豪开心地和他聊了几句闲话，然后话锋一转，说起了正题：“两天以后，我们宫北帮要在恺撒酒楼和东门帮举办结盟大典，届时不仅有铁狮团助兴，还会请来嫩模和议员出席，现场抽奖，绝对热闹非凡。你一定要来捧场，我发红包给你。”说着他开心地拍了拍李直仁的胸口，好像两个人已经说妥了一样。

“这个……”

“什么这个那个，给我‘黑狼’个面子，一定要来。还有你回去告诉你们会长，就说这次商会就不用人来了，由你全权代表，到时候我们宫北帮挺你当会长，一起发大财。”说话间武豪举起了茶杯，“今天先以茶代酒，到时候我们一醉方休。”说完先把杯中热茶干了，一摆手让小弟递过请柬和礼物。

“不成敬意，这是我们陆星大佬的一点儿心意。他让我一定请你过去，他可是非常看好你哦！”

李直仁接过请柬，眼瞅着武豪拱手离去，却迟迟不肯坐下。他痴痴地望着人头攒动的街衢，搞不明白到底宫北帮的葫芦里卖的什么药。从茶楼下来，正琢磨找个地方好好清净一下，小许迎面走了过来。每天他俩从两个方向在街面上的巡查，碰头本是极为平常的事情。

“大厨那个兄弟已经联系好了，现在在热炒店等我们，要不要过去聊聊？”小许问道。

“怎么去那里了？”想到那里毕竟是比较惹眼的地方，李直仁并不太愿意去热炒店，万一让陆星的小弟看到少不了惹麻烦。只是人家既然是大厨的朋友，不过去就是不给大厨面子。于是无论李直仁愿意不愿意，他还是如约坐到热炒店的屋子里。只是除了这位叫大兵的厨师，店里没有任何人，一看就是大厨有意给他们留出时间谈话。

“最近很忙啊？”照例是个庸俗的开头，李直仁开启了他的套话之旅。大兵是个身高一米八开外的胖子，说话瓮声瓮气，显得中气十足：“还行，因为东门帮要和宫北帮结盟包了整个酒店，所以最近一直在搞这件事。”

“双陆结合啊，倒是难得，以后不知道艋舺会成什么样子。”李直仁试探地说道。

“当然是宫北帮一家独大了。别看整个艋舺几十号角头上万人马，可说到势力还是宫北帮最强。这次陆星把位子让出来，明摆着撑‘黑狼’大佬上马。”

“你说什么？”李直仁吃了一惊，“陆星要让位？”

“据说是这样啦，那天不仅是结盟仪式，还是陆星传位给黑狼的日子，到时候再由黑狼宣布和东门帮结盟，整个艋舺就成了宫北帮的天下。”

大兵说到这里很谨慎地往门外看了一眼：“只有你们商会控制的宫区在艋舺清白，油水又多，这一点所有人都会眼红。到时候无论是谁控制了艋舺一定会再向宫区下手，我劝你和超哥还是小心点儿吧！”

大兵后面的话李直仁根本没有认真听，他只是觉得整件事情异常奇怪。先是有传闻黑狼要在结盟典礼上做掉陆星，现在又说是陆星主动要让位给黑狼。想到之前几天见到陆星时他那自信的样子，李直仁怎么都不能相信他会主动让出宫北帮角头的位子。

送走大兵，李直仁一支接一支地抽烟，陷入了深深的沉思当中。

这个时候高超、小山西、大厨等人再一次走了进来，都像是在外面跑了一天的样子，每个人都大汗淋漓。

李直仁用疑惑的目光望着他们，不知道高超这葫芦里卖的是什么药。高超却完全没考虑李直仁的想法，直接说道：“直仁，我们确认过了，黑狼的确要篡位。”

虽然和高超在管理商会的思想上面还有不少分歧，可想到如今面临的问题，李直仁觉得先放下个人恩怨还是好一些，遂问道：“大兵和我说是要让位，不是篡位。”

“那是对外这样说。之前黑狼和陆子铭的确是想做了陆星，谁知道消息走漏了，整个艋舺都知道了这个计划，所以他们改变了方案，转而由陆星提出让位给黑狼，这样也好掩人耳目。”

“可大家都不是傻子。”小山西突然插嘴道，“黑狼吃里爬外，软禁了陆星让其他人投鼠忌器。陆星一倒，恐怕宫北帮真要分裂，到时候我们宫区不知道会涌进多少老鼠，商会能不能对付得了还是个问题。”

“我们也可以收小弟啊，否则我们几个人怎么行？”大厨说道。

“报警啊，还可以报警。”小山西又道。

“你以为商会是政府部门啊，派人给你看守？”大厨反驳道，“多找点儿人联合商家，要不然根本对付不了那些帮派。”

“钱呢，难道我们也要收保护费？那不也成了黑社会？”小山西冲大厨撇了撇嘴，“听超哥、仁哥的，你别瞎操心。”

李直仁把目光转向高超，看意思他似乎还有什么话要说。果然，就听高超说道：“我觉得我们现在最重要的一件事是阻止黑狼，然后找到陆星。不管以前和他有什么仇，现在帮他其实就是帮我们自己。”

说着他看了看李直仁，继续道：“这件事必须由直仁去办，否则商会真就完了。”

第五章

一

李直仁疑惑地望着高超，不知道他说要自己办是什么意思。就见高超仰起头看了眼昏暗的天空，微微叹了口气：“明天就是举办结盟大会的日子了，他们一定防范很严。不如到时候由直仁拿着请柬过去参加仪式，然后当众揭穿武豪他们的阴谋。”

“我去？”李直仁愣了一下，要不是亲耳听到，他完全没有想到高超会说出这种话。在李直仁的印象中，高超是个宽仁友善的人，无论是对待朋友还是兄弟，第一个考虑的绝对会是人的安全。可如今他提出的这个计划明摆着要把自己置于危险的境地，无论如何也不是他所认识的高超。

高超也意识到李直仁的内心反应，脸色微微一红，说道：“放心吧，我会带着商会的兄弟来接应你。另外邱叔答应到时候会安排丁叔和黎副队以商会的名义祝贺，就算是敲山镇虎也要让他们知道商会的厉害。这件事关系到整个商会的生存。我想我们所有人都不应该怀疑对方的动机，同仇敌忾最重要。”

最后这半句话，是高超说给李直仁听的，也为了打消他对邱礼桢的怀疑。早在没有入狱的时候，李直仁就知道邱礼桢与霹雳小组，也就是警察局保安大队的特勤中队关系很好，这也是商会面对艋舺几十号角头依然能屹立不倒、坐拥最富庶地区的原因。

“现在黎勋已经是副中队长了吗？我入狱的时候他才做上督练员不久。”李直仁点了支烟，淡淡地说道。

高超点了点头，继续道：“在艋舺，没有人比邱叔的消息更灵通。他告诉我的事情一定没有错，所以我们必须想办法阻止黑狼这帮人，这也是帮我们自己。”

“阿仁之前也是这样讲的啦！”小许在一边嘟囔道。高超看了他一眼，轻轻点了点头：“没错，就这样，我们救了陆星也等于让他领我们一个人情，到时候让他撤出宫区也没什么好讲。”

“他要是不撤呢？没有人和钱有仇，再说陆星也不一定听我们的安排，这件事还是有一定风险。”李直仁虽然在心里已经拿定了主意，可还是想听听高超的意见，所以说话的时候故意南辕北辙。

就见高超愤愤地拍了下桌子，说道：“他要是执迷不悟，那我高超就奉陪到底，必要的时候黎副队和姜队长都会给商会的面子，我不信他陆星敢和霹雳小组死磕到底。”

“这点儿事就动霹雳小组，小心人家说我们商会小题大做。”小许在旁边突然说道。

高超看了他一眼，冷哼了两声：“这关系到商会的生存，怎么是小题大做？我想邱叔那边也不会坐视不管。”

“好吧，我明天会过去参加结盟典礼。”李直仁知道邱礼桢的人脉是商会不败的撒手锏，也是高超最后的底牌，万幸现在还在他们手里。

“太好了。”高超忘我地拉过李直仁的手，“你不要害怕，我很快会过来。你到时候只要拖住时间就好了，我最晚不过九点三十分。”

“我九点以前到，九点钟开始结盟典礼，那个时候他们一定不会当场动手，最多是在酒会开始或结束的时候。你尽早带人来就好了，我会先拖住时间。”

“这样最好，当场揭穿他们对所有人都是个震慑，到时候黑狼不仅不能立即动陆星，连你的安全也能暂时得到保证。”高超说着对李直仁笑了笑，又语重心长地说道：“等这件事结束，我挺你做会长。你这次搞得很好，商户们都交口称赞，丁叔和秉叔我看也没什么好说的了。”

“再说吧，我看他们不找我麻烦就是好事了。”想到自己借用黑狼的势力来对付宫北帮，李直仁多少有点儿心虚。之前他虽然知道黑狼不是什么好人，可完全没料到他们竟有如此野心，所以心下一直惴惴，直到第二天早上坐出租车出发的时候还有些不太自然。

“你要是担心，我们不如等阿超过来以后再说，有黎副队在他们还不敢怎么样。”小许可能看出李直仁有点儿怯场，轻声说道。

李直仁转头看了他一眼，很用力地摇了摇头：“他们九点半才能过来，到时候按流程都剪彩完毕、开始舞狮了，有些重要人物也许会退场，所以我必须在高超来之前让他们都知道。”

“我怕武豪这帮人狗急跳墙，你得小心。再说今天宫北帮的八大战将和东门帮‘东门四少’中的三人都会到场，龙蛇混杂，一定要谨慎。”

“小许，你看过《古惑仔》没有？”李直仁突然问道。小许被他问懵了，迟疑了足有三十秒钟才点了点头：“看过啊，郑伊健嘛！”

“我说的是漫画，不是电影。你知道我在里面很无聊，唯一的娱乐就只有看书，所以我看了很多东西，连漫画也不例外。在《古惑仔》的漫画里面，陈浩南因为赌博和炒股亏洪兴很多钱，被蒋先生免去话事人的位子，自暴自弃地只身去闯东英和毒蛇帮的结盟大典，你看见没有，也是大典唉！后来差点儿死在那里，多亏了七个兄弟来救，却七去其六，都是当场惨死，他也不知所踪。”

“仁哥，你想太多了。你不是陈浩南，我也不是山鸡。”

“不学无术，我不是告诉你漫画不是电影嘛，他们是对头不是兄弟。”李直仁说完把头靠在座位靠背上不再解释，小许也知趣地闭上了嘴。此时汽车已经驶进恺撒酒楼的大门，正顺着树影婆娑的道路向楼门前进。路两边已经可以看到三二两两的工作人员正在忙碌，不少东门帮和宫北帮的人也到了。

硕大的红色灯笼已蓦然可见，彩带飘扬中一束烫金的宽条幅上“东门宫北手足同心”八个隶书写得大气磅礴，一看就是名家之作。李直仁和小许下了车，跟着两个西装革履的官员进了正门，有两个负责接待工作的宫北帮小弟过来迎接。可能是看二人年轻，请柬上又只写了“商圈自治会李直仁”几个字，所以招待相对怠慢，只是引他们在侧首一张桌前便匆匆离去。

李直仁发现，同桌的除了他和小许以外都是些须发皆白的老人，一问之下才知道这些人多是之前被兼并的帮派角头或早年的华探助理，空有其名而已，俱是无足轻重之人。一时间心下有气，极为恼怒。就在这时，一个打扮时尚的青年突然快步走到李直仁面前，毕恭毕敬地问道：“大哥可是商会的李会长？”

“你是？”李直仁看了对方一眼却不认识。

青年“嘿嘿”一笑说道：“我是宫北帮陆星大佬的兄弟，大佬吩咐我要是见你过来就接你去那边的单间，这边太乱，不合会长身份。”

“哦，谢谢你们大佬。”李直仁没想到陆星这时候还惦记自己，一时也有些得意道，“一会儿典礼的时候我还有点儿事，在这里也好办事。”说着他慢慢地端茶喝水，宫北帮的青年又嘱咐了几句才转身离开。

此时来宾已然到了十之七八，大部分李直仁都不认识，不仅没有商会的人到来，甚至连宫区的商户也鲜有出席。待八点五十分时，陆子铭拥着陆星从后台走出，两个人都微笑着在主席台前就座，看上去气色很好，与陆星被软禁的传闻似不相符。接着八大战将中的四大员与东门帮东门四少中的另外三人分列左右，结盟仪式正式开始。

主持仪式由东门帮请来的两个金牌主持人举行，他们先是上台相互调侃了一阵儿以缓和气氛，然后又开了几个不大不小的政治玩笑，最终才把话题转到今天的议题上来，从艋舺的角头讲到东门帮和宫北帮的历史，最终才进入主题，提出两帮强强联合，共建艋舺新辉煌等早已经准备好的台词。

“下面由我宣布，东门帮和宫北帮的联合盟主就是陆子铭陆先生，他将整合两个帮派的优势，打造出一个战无不胜的终极团队。”主持人说到这里的时候显得异常激动，整个身体手舞足蹈，不知道暗地里拿了东门帮多少好处。李直仁想到高超的嘱托，知道自己拖时间的任务必须完成，遂咬牙看了小许一眼，忽地站了起来。

“等一下，我有话讲。”李直仁突然站起来说道。

“你是谁？”两个主持人都被这突然的状况弄得有些局促，自然没有想到还有这个环节。

李直仁仰起头，冷冷地哼了一声：“我是宫区商圈自治会的李直仁，有话想问一下盟主陆先生。”

台下一片骚动，多数人都不认识李直仁，所以窃窃私语说什么的都有，不知道他想干什么。陆子铭虽然没有见过李直仁，但显然是听说过他，很和蔼地摆了摆手问道：“不知道李先生有什么见教？”

李直仁看这个陆子铭约有五十多岁，长得圆脸尖下巴，多少还有点儿鹰钩鼻子，一看就不是个好对付的主。想到之前自己用他的钱打理宫区，也算是受益人，此时突然发难着实有点儿恩将仇报的意思。

但一想到商会的永久荣誉，他便把心横了下来：“我想知道陆先生就任这联合盟主是经过谁同意的，为什么之前没有知会我？还有，我想听听你身边的那位陆先生的意见，他是不是也同意由你来做盟主，另外就是听听大家的意见，有没有人和我一样觉得应该投票？”

这几句话看似简单，其实却是李直仁和高超深思熟虑的成果。他们坚信情报的可靠，如今陆星已被要挟软禁，关键时刻也不敢讲话。可不一定所有人都是他东门帮的忠实拥趸，最起码八大战将中就有一多半不服，到时候定可将水搅浑，让他这个结盟仪式进行不下去。

陆子铭的脸瞬间阴沉下去，他眉棱微微一动，脸色瞬间又恢复了正常："结盟是我们两帮内部的事情，李先生既然是商会的人，肯定不知道。"

"那这么说东门帮和宫北帮的兄弟都参与了投票？"李直仁把目光投向身边，果见不少人向他示意并未投票。陆子铭脸色愈发晦暗。这时东门四少中的三个已经站起来，向李直仁投来暴怒的目光，看样子只要陆子铭一个号令他们就能冲过来把李直仁分尸。

二

"李直仁，你是不是疯掉了，今天头晕啊？！""黑狼"武豪第一个向直仁发了飙。平时二人还算有些交情，没想到这会儿他们在彼此眼中都成了个不守规矩的人。李直仁用余光斜睨了武豪一眼，忽然毫无征兆地大笑起来。

"好啊，你来替他们回答好了。帮里的兄弟们要是没参加投票该怎么办？"畅笑良久，李直仁突然问道。武豪显然没料到李直仁把问题抛给他，一时语塞："这——"

"李直仁，你今天是来捣乱的吧？"东门四少中的另一位，绰号"白熊"的关豹大声问。这家伙和武豪不同，说话的时候人已经冲下台，嚣张地站在了李直仁面前，看样子只要陆子铭一句话就能带人把李直仁扔出去。

好在陆子铭还算拿捏得住，这时候的脸色仍然平静，笑眯眯地望着李直仁，好像在思考如何应对。他抬起手来示意白熊退下，然后用很和蔼的语气告诉直仁，如果想知道确切答案可以在会后和他详细讨论。

“明白了吧？”白熊非常不满地撇了撇嘴，转身要走。可能是在他看来此事已经了结，李直仁的不满只是整个结盟大会的插曲而已。按照白熊或陆子铭的想法，他们会在结盟典礼之后马上找到李直仁，用最大的热情来填满他的好奇心。无论他的诉求是什么，他们都会用各种手段让他满意，以使李直仁在所有人面前闭嘴，从而塑造整个结盟的成功和陆子铭的宽仁。

当然这只是他们想让人看到的部分，至于私底下李直仁何时变成一具冰冷的尸体丢弃到下水道里只是时间问题。这件事一定是秘密进行的，而执行人甚至连白熊和陆子铭都不认识，也许他们自己还会去商会悼念一下李直仁，然后拿出一些钱来慰问补偿给商会，告诉别人李直仁是他们认识的最好的兄弟，将来有需要可以直接去找他们云云。

可惜李直仁已经不是四年前那个鲁莽的毛头小伙儿了。在监狱里得到了足够锤炼的他已经完全能透过陆子铭阴恻恻的笑容看到他的本来面目。李直仁也笑了，他在这一瞬间觉得白熊有些愚蠢，这种人竟然也能当上东门帮的话事人，真是滑天下之大稽。

“既然你们说不清楚，我们不如听听当事人的意见。”李直仁说话间已经把目光转到了陆星身上，也正是在这一刻，他竟有些提心吊胆的感觉。若是陆星真的是没有血性的脓包，今天的事情就麻烦了。此时距离九点半还剩下五分钟，空气中充斥着燥热和烦闷。

“来人，把他轰出去。”一个主持人可能看出陆子铭的脸色不善，立时越俎代庖，向台下的东门帮小弟们发出了逐客令。其实这些人早就跃跃欲试了，这时候就是一只狗下令他们也会扑上去把李直仁咬碎。

李直仁静静地望着冲上来的东门帮小弟，一言未发。小许站在身后，整个人看上去有些木讷，事实上他已经被面前的李直仁吓住了，不知道他为什么会有这样的勇气。而此时的李直仁早已将生死置之度外，最重要的想法就是当众阻止陆子铭，直到高超赶来。

“我听人家说宫北帮有人想联合别的帮派陷害自己大哥，取而代之。

如今结盟大典上大哥让人软禁，他竟然帮外人说话，你们说该问我的罪还是他的呢？”李直仁这几句话声音不高，却如同在人群中扔了颗炸弹，静寂的会场顿时沸腾起来。

“吃里爬外的东西。要不是老子帮你，你还不让商会那几个老家伙吃了？你脑子里装的都是大便，这会儿来给老子栽赃！”武豪气急败坏地分开人群，向李直仁扑来。这次他的脸色白得像纸一样，显然动了真气。

“黑狼，我又没说是你，你这么着急是想杀人灭口啊？”李直仁边往后退边紧张地看着手腕上的表。此时已经到了九点三十五分，可高超和商会还是没有现身。一瞬间一种不祥的预感掠过李直仁的心头，虽然迟疑可他还是对高超仍然抱以信心。这时候小许已经冲上去和几个东门帮的小弟动起了手，场面相当混乱。

“都给我住手。”陆子铭看了眼身边漠然的陆星，颇具威严地压制住了眼前的混乱局面。他虽然说话声音不高，但东门帮的小弟们都像听到圣旨一样往后退，把李直仁和小许围在了会场中心。他们二人背靠背地面对眼前的紧张形势，焦急着等待着援兵的到来。

很可惜，高超始终没有出现。

陆子铭冷冷地盯着李直仁，似乎在考虑该怎么解决他。最终，他还是很无奈地再次挥了挥手，示意白熊把俩人带出去。李直仁的内心深处一片死寂，已经开始预料到高超不会再出现了。小许也回过头望着他，双方同时在对方的眼中读到了失望。

万念俱灰的李直仁与刚才的强势形成鲜明的对比，在白熊带人走到他面前的时候，异常悲愤地叹了口气，转身就走。小许则默默地跟在他身后。他们完全不清楚接下来该怎么办，如何面对穷凶极恶的东门帮和宫北帮。

就在李直仁和小许即将离开会场时，一直没有发言的陆星突然开口了。他说话声音不高，语速低沉而有力：“难得有好朋友捧场，今天这么热闹的场面怎么能让大家扫兴呢！既然问我，那不如给他个答复，大家是不是支持我们宫北帮和东门帮结盟呢？”

“是！”台下突然暴起的轰鸣声不仅让李直仁吃惊，更让他身边的陆子铭感到诚惶诚恐，分明从眼神中流露出一丝淡淡的恐惧。这时候“东门四少”中的另外两位，“黄龙”李建南和“蓝狮”吴永立即跳出来向台下招了招手。一时间，宫北帮的八大战将中的四人已经悉数跳上台，一起将陆子铭、白熊、黑狼三人围在当中。

“这是什么意思？”陆子铭惊恐地问道。虽然没人回答，可从众人的表情中陆子铭依旧读到了一丝不安气息。

陆星看了他一眼，转头问白熊：“任务完成了，你是打算继续在那边还是过来帮助建南？”

“当然是过来了，跟着这家伙有什么意思？”白熊跳了一下，很快转身站到了陆星身边。这时候陆子铭和武豪二人显得更孤独了。台下的众人多是东门帮和宫北帮的小弟。宫北帮的人自不必说，东门帮中三个话事人的手下跟着自己的老大；武豪又是挂名，在东门帮没几个真正的心腹，而陆子铭自己的人也掀不起多大风浪，只好默不作声。少数聪明人已经猜出端倪，悄悄地站到了陆星那一边。

“今天是两帮结盟的好日子自不必说, 还是东门帮新帮主上任的日子。这事我是外人，还是几位前辈说了算。我也是过来帮忙而已。”陆星说着向台下第一排做了个请的手势，一桌九人中身材最高大的一位已经在小弟的搀扶下走上了台。原来这些人皆是东门帮的前辈宿儒，更有三人还是前帮主。其中绰号“耕耘机”的马九成辈分最长，据说如今七十有三的马老是东门帮的创始人之一，曾经两任帮主十余年。

“本来这事想放到下面说的，有点儿担心大伙儿笑话。不过既然有商会的朋友给冲了一下，就不如趁机一块儿办了。我早和大伙儿商量过了，我们一致决定今天起东门帮的帮主由李建南代任。至于陆子铭先生还是去做金融生意的好，东门帮干不了这个生意，我们不能因此丢了传统。”马老说话很慢，但字字铿锵有力，传到众人耳中清晰可闻。

道上很多人都知道，之前东门帮九老让陆子铭任帮主是因为正遇经济危机，美国投资银行大量破产影响了台湾的生意，东门帮因客源被断而陷入绝境。这时候陆子铭提出拿钱过来正合他们心意，所以也就顺理成章做了帮主。由于陆子铭野心太强，九老不约而同地感到了威胁，本着自保的目的，他们暗中和陆星不谋而合，选择了抛弃陆子铭。其实定下结盟口的那天开始，陆子铭的丧钟就已经敲响，只是他还不知道而已。

“你们这是过河拆桥——”陆子铭头上青筋暴起，面孔也扭曲到了极致。他身边的武豪则完全一副惊愕的表情，很不满意地盯着他：“干，本以为跟着吃肉，结果连口汤都没喝到。老子不干了。”说完便转过身，很麻利地又回到了陆星身后，真没想到这家伙反水比喝水都快。陆星则微微点了点头，却没有说什么。

“谢谢马老和众位前辈抬爱，诸位兄弟捧场。我‘黄龙’当帮主一定让大家过上更好的日子，兄弟们夜夜笙歌，争取每人在台北都有上三五个‘丢嗯’啦！”他开始说的是普通话，可最后这句闽南话一出，台下轰然而笑，所有人都激动地欢呼起来，场面极度喧嚣。李建南摆了两次手才让大家平静下来。

“‘东门四少’负责东门帮四个堂口的生意。我之前的位子提意由‘麻雀’陈淑颖来管理，并由她担任新话事人，她也是我之前的助手，精明能干，很得人心。”说到这里李建南示意陈淑颖上来，但见一个身材健硕的中年女子很敏捷地跳上了台，很泼辣地笑道：“三少都有颜色，我‘麻雀’却是清一色，以后只怕要和你们的牌了。”

“你是黄麻雀嘛，都知道你黄了啦！”李建南和陈淑颖开了几句玩笑，然后转身说道：“很感谢陆帮主的大力帮助，下面我们请他讲话。”他说话的时候，陆子铭和马老已经下了台。前者是自己羞愤而走，后者却是志得意满。

陆星抬手腕看了看时间，然后突然把目光转向了远处的李直仁，诚恳地说道："直仁，已经快十点了，你兄弟不会来了，你回去没什么好结果，不如稍等一下，我回头有话和你说。"

三

东方的天幕逐渐露出肚腹般的洁白。高超站在商会办公室的窗前，微微地吐出一个浑圆的烟圈。在他身后不远处，邱礼桢默默地盯着他，眼中充满了警惕。

"阿超，听邱叔的没错，真相本身也许很难让人接受，但这往往就是事情的真相。我之所以从前没有告诉你，是因为我和你一样，觉得直仁这孩子还算不错，想拉他一把。就算是他当年冲动入狱，也不过是个人生的小插曲，谈不上什么大污点。谁知道他现在竟然要去帮助陆星，无论如何我们商会是不能接受的。"

"这不是他的主意，这是我们大家的主意。况且那天邱叔你和我说今天要带黎副队以商会的名义前去祝贺的。现在你说改口就改口，让我怎么和直仁交代？"高超义愤填膺地质问邱礼桢，面孔甚至因愤怒而变得有些狰狞。

邱礼桢倒显得很平静，也算拿捏得住。他很从容地从雪茄盒里取了两支烟，剪掉烟头又取了火柴慢慢地点燃，将其中一支抛给高超，才慢条斯理地说道："那天是为了稳住你，我不得不这样做。你知道这个机会其实也很难得，可以让李直仁与陆星两败俱伤，对商会有利而无弊。所以我才承诺去和黎勋讲，这一点我是撒了谎，但这只能说是善意的谎言，出发点完全是为了商会嘛！"

高超接过雪茄，想了好久才悠悠地说道："如果陆星和直仁都死了，对商会有什么好？恐怕黑狼做了帮主，商会的日子更难办了呢！”

“怎么可能？我告诉你阿超，就凭我和黎勋的关系，哪个帮派敢打宫区和商会的主意？我老了，这些东西本来就应该交给你的，别忘记你才是商会的会长，但你太让我失望了。”邱礼桢说着摇了摇头，继而闭目不语。

高超也重重地叹了口气，说道：“邱叔，你怎么还不明白，现在时代变了，不是你们那个年代。我们和政府的关系好是好事，但只能是锦上添花而不是雪中送炭。像今天的情况也许需要他们，但不能事事依靠他们。否则，我们就会被别的帮派代替。”

“真是瞎讲，要是这样你还和我在这儿干吗？说来说去不是想让我去救李直仁嘛。我告诉你这不可能，我不能因小失大。你是商会的会长，将来是要继承大统的人，怎么这么不知轻重？”

“可这样已经失信于人了，我不能接受。”

“失信于人，难道正人君子就有好结果了？我刚才和你说过的事情你忘记了吗？你爸爸就死在他妈手里，你不能让我去救仇人。就算你不介意我也会介意，只是我替我好兄弟高世元感到悲哀，他的儿子竟然是这样一个货色。”

“邱叔，你——”高超怒气冲冲地甩门而出，“你不去我去，我必须把直仁带回来。他是我兄弟，我不能让他死。”

“你要去，我就和丁叔、秉叔商量换掉你，你不配当会长，你从来没有站在商会的角度考虑问题。”邱礼桢厉声说道。

在此之前，他与高超从未因为某件事产生这样大的冲突。他本人也从来没有对谁表现出这样强烈的愤怒。高超惊愕了，他犹豫着自己是不是做错了什么。因为面前的邱礼桢并不是自己认识的邱礼桢，甚至在说起李直仁的时候他好像换了个人一样。

彷徨良久，仍然选择了离开。就在此时他才注意到周语站在门外怔怔地看着自己。高超先是一愣，然后带着她穿过走廊，走进高超的私人书房。

高超如释重负地来到饮水机前，接了杯冰水一饮而尽，然后重重地陷入沙发抽烟。周语默不作声地坐在他身边，小心翼翼地打量着他。良久，高超看了周语一眼："你都听到了？"

"我刚来不久，想问你一会儿去结盟现场的事情，看我能不能跟着拍上两段视频。"周语说道。

高超点了点头："你看到了。我觉得你还是不要去的好。"

"阿超，你真的要自己去救直仁？"

"对啊，我答应过他的，必须去。我们的关系刚有了一些好转，怎么可能袖手旁观？我才不管他母亲和我父亲的事情呢，我们的关系不能因为我知道这些情况出问题。他是我兄弟啊周语，你知道不知道，我不能放弃兄弟不管。"高超痛苦地将自己的头靠在沙发靠背上，脸上写满了无奈。

周语轻轻地拉过高超的手，半天才问道："他母亲和你父亲有关系？"

"邱叔刚才说，当年我父亲高世元是个疾恶如仇的人，喜欢帮助商会里的孤寡妇孺，很得人心。有一次他看到街角一家卖豆腐的店几天都没开门，每天晚上都隐隐传出哭声，就敲门进去问，发现原来的商家已经走了，接店的夫妻俩是外乡人。刚赁过店铺当家的就因车祸去世。留下的女人姓杜，人家都叫她杜姐，她借了Jimmy手下的高利贷，没办法还钱被宫北帮的人逼债，说过几天再不还就拉她去红灯区卖身，所以哭得天昏地暗。"

"这个人是直仁的母亲？"周语问道。

"是啊，死的那个豆腐店掌柜就是他父亲李伟。当时两个孩子还小，家里一贫如洗。我父亲就动了恻隐之心，带人去和Jimmy手下叫'章鱼'的战将讲情，说愿意替杜姐还了本金。谁知道章鱼软硬不吃，一点儿都不买我父亲的账。我父亲一怒之下就找了当时负责宫区的陈警长，想了个办法把章鱼扣了几天。后来这笔账就由我父亲交了本金了事。"

"然后呢？"

"就因为这样，我父亲得罪了章鱼。之后他们约我父亲去谈判，地点是游廓区的一个夜店。我父亲和邱叔进去以后有个女人突然跑过去抱住我父亲，说她受人袭击，我父亲正想帮忙谁知道却中了计，他和邱叔被人当场砍倒。邱叔当时神智还算清醒，拖着两条伤腿爬出夜店，进了宫区才被人救下，腿也因为失血过多而废掉。我父亲却由于头被击伤而昏迷，当场就让人砍死了，听说死后还被扒了衣服，栽赃说他是来干那种事被人杀的。”

“这些人真坏。”周语愤愤地说道。

“更让人感到悲哀的是后来指证我父亲来嫖妓的妓女竟然是杜姐。她收了章鱼的钱，又被人用两个儿子的安全要挟，所以只好诬陷我父亲，说我父亲救了她后她愿意用身体还偿，我父亲就过去找她云云。”

“这种无中生有的东西怎么能让人相信呢？”

“问题是大多数人都信了啊，最后连会里的人都信了。偏偏邱叔没有听到 Jimmy 打给我父亲的电话，所以他的证词只能做旁证引用。我父亲也受了这个不白之冤，死得很窝囊。”

高超说着大口吸烟，烟雾将他的脸笼罩得完全看不清。周语听说过，之前他忌讳谈及父亲的死因，完全无法想象他会像今天一样开诚布公，也从侧面反映了高超对自己的信任，不禁心下感动。

说完了父亲的事，高超的心情好像变好了一点儿；他丢掉烟蒂，起身走了几步：“阿仁的事情由我开始，所以必须由我结束。之前我和他说邱叔会去，现在看就算邱叔不去，我也要和他一块儿对付那些浑蛋。”

“可是这不会很危险吗？”周语担心地说道，“你多找点儿人吧。”

“人多了也没用，再多能多过东门帮和宫北帮吗？”

“那怎么办，我跟你去吧？”周语说道。

高超哑然失笑，说：“你去能做什么，难道要我分出精力来保护你吗？”

“我是个记者啊，他们会因为这个不敢动你吧！”

“你太天真了，别说记者，就是警察他们也未必害怕。我有办法，你别管了，结束以后我会打电话给你的。”高超说完又嘱咐了几句，然后离开商会前往台北老街区季大诚师傅的拳馆找他帮忙。

高超把事情简单跟季大诚说了之后，季大诚认真地点了点头，用赞许的口吻说道："不向黑势力低头，是我辈习武之人的本色。你既然决定了，那我更不能拒绝你，帮你就是帮我自己。我马上打电话召集你的师兄弟们集合，看看能来多少人。"

话是这样说，季大诚也是这样做的，他一番电话之后不到九点已经来了二十一个人，都算是和高超平辈的师兄弟。与他们谈话说明诉求后，有三人不愿帮忙而退出，剩下的十八人俱是悍勇的青壮年。大家在季大诚的带领下穿了宽松的衣服，暗带利刃前往恺撒酒楼。

众人到达门口的时候，时间已经接近上午十点，高超不知道里面的情况，一急之下出手推翻两个守门小弟，"呼啦"一下和季师傅带着十几个人闯进了结盟仪式的会场。

这一下他们惹了众怒，要知道今天来这结盟会场的没几个是好脾气的主。两个帮派小弟一下子就将高超等二十人围了起来。

"干，你们是什么人，要干什么？"有人大声喝问。

"我是商圈自治会的会长高超，我要见陆星。"高超边说边左右踅摸，他担心这时候李直仁已经遇害了，所以非常紧张地扫视了一圈，没有发现尸体和血迹，心下稍平，估计李直仁和小许被押起来了。

"帮主是你想见就见的？你带这么多人来明摆着不安好心。"有人说到这儿认出了季师傅的身份，于是注意力又放到了他身上，"哦？还带武师来哦！UFC嘛！很厉害啊！"

说着话东门帮的一伙人竟然推起了季大诚，你一巴掌我一下根本没把这个搏击冠军放在眼里。季大诚则碍于高超的脸面，一直隐忍未发，他身边的徒弟却有些承受不了了。

"干，都是攒鸡毛凑胆子，有种和老子单挑。"

"单挑就单挑，以为怕你UFC啊，我来。"东门帮最能打的"白熊"

关豹先火了，他分开人群来到高超面前，望着说话的那个师弟说道，“单挑啊，我陪你，来——”

眼瞅着一场争斗蓄势待发，一个声音突然在他们耳边响了起来。

“白熊，你和他们计较什么，还是给我个面子下去吧！”接着陆星出现在高超面前。他不阴不阳地笑了几声，然后道：“难得高会长赏脸，带这么多人来捧场，怎么能这样待客呢，里面请。”

第六章

一

“陆星大佬，我兄弟李直仁呢？”高超说话的时候有意往前走了一步，和陆星只在咫尺之间。

陆星却对高超的挑衅古井无波，笑着说：“高会长，您说笑了？李直仁又不是个孩子，去哪儿怎么可能跟我汇报？”

“别废话。你要是今天不把他交出来我就让你好看。”平时温文尔雅的高超今天突然能说出这样的话，倒也大出陆星的意料。

他往高超身边看了一眼，除了季大诚以外其他人都不认识，但他们似乎都是有备而来，真打起来：一、不会占多大便宜；二、也和今天的气氛不符。

想到这里陆星深吸了口一气，语气明显缓和了许多：“高会长一口咬定李直仁在我这里，不知道你有什么证据没有？”

“笑话，要是有证据我还让你在这里和我说话？恐怕黎副队早就请你去喝茶了。”高超停顿了一下，又往前走了半步，几乎和陆星的鼻尖就要撞到一起，“陆星大佬，我知道你现在兵强马壮，手下人多。但我高超也不是软柿子，你我心里都清楚对方的底线。你要是今天不交出李直仁，我绝不放过你。”

陆星突然往后退了一步，用极为夸张的表情盯着高超，故意惊愕地说道：“哇！霹雳小组啊！好吓人。”

接着他又站直身体问身边的手下：“霹雳小组要来抓人啦！你们怕不怕？”

“怕！”宫北帮的手下突然异口同声地回答道。他们虽然嘴上说害怕，可每个人的脸上都挂着笑意，显然是有意在拿霹雳小组开涮。高超身边一直没说话的季大诚此时再也忍耐不住了，出手如电，一拳打在跟前一个粗壮的宫北帮大汉胸口。

大汉脸色铁青，几欲发作，但没有陆星的命令他不敢擅做主张。陆星看了大汉一眼，淡淡地说道：“高会长，你们什么意思，还想动手吗？”

高超看了眼身边的季大诚，知道季师傅一向火爆脾气，今天已经忍耐到极限了，又加上自己在这儿屡受屈辱，他自然想给自己出口气。遂没有直接回答陆星，而是继续追究李直仁的事情。

“把李直仁交给我，我马上就走。”

陆星无奈地叹了口气：“高会长，我说我这儿没有什么李直仁，你快走吧！”

高超见陆星执意不肯说出李直仁的下落，而眼前的情况似乎也不像是械斗过的场景，遂估计李直仁没遇到什么危险，便想先回商会再做打算。谁知道他带着季大诚等人刚要离开的时候，无意发现远处的屏风面后有个人影一闪而过，依稀就李直仁的样子。

“直仁？”高超突然分开人群向那个人冲去，一把将正欲离去的人推倒在地上，正是李直仁。他凝神望去，只见小许也在身边挺立，正直勾勾地瞅着自己。

“直仁，你没事吧？”高超一把拉起李直仁，仔细地打量着他，想看看他是否受伤，“邱叔不肯带霹雳小组过来，我和季师傅过来帮你，没受伤吧？”

“我没事，你走吧！”李直仁似乎有意躲避高超，低着头不愿正视他的眼睛，然后匆忙带小许转身离去，两人都不愿多说话的样子。

高超呆立当场，好半天他才反应过来，发疯似的向后台冲去，想把李直仁找回来，却被宫北帮的小弟们拦住了。这时候陆星分开高超，很不耐烦地说道：“一个商会会长怎么和个癞皮狗一样，人家不理你就死缠烂打。你原来对男人有兴趣啊，我这儿可多得是，不行你再换一个？”

“陆星，你不是说直仁没在你这里吗？”高超厉声喝问道，“你今天要不把他放了我就和你没完。”

“没完，你想怎么样？”陆星也强硬起来，“我不认识什么李直仁，我只知道这位阿仁是我宫北帮的人，我正要把宫区话事人的位置交给他，何况他还是自愿帮我的，你有什么意见吗？”

“放屁，八成你有用什么卑鄙的手段来骗人。”想到今天一来就受到的屈辱，甚至想到在商会里和自己日渐疏远的手下，高超那积攒多日的积郁终于如同火山一样爆发了。他顺手抄起桌上的茶壶就向陆星扔过去。

陆星显然没有防备一向谦恭拘谨的高超会主动攻击他，所以被打了个手忙脚乱。虽然最终还是躲开了茶壶，可还是被壶边蹭了一下，右耳朵火辣辣的痛。

“找死啊！”他一句话刚说完，手下就呼啦地向高超冲了过去。而高超身边的季大诚等人自然要保护高超，双方肢体冲突由此展开。

虽然宫北帮和东门帮今天来的人数众多。由于今天是两帮大喜的日子，所以多数人并未携带武器；而季大诚等人则是有备再来，再加上他们在体力、格斗技巧、战斗意志等方面均远胜一般帮众，所以双方实力此消彼长，开始的时候尚能打个平手。

时间一长，对方人多的优势就发挥了出来，车轮战之下季大诚等人腹背受敌，渐感不支。高超则急得七窍生烟，最终打电话给邱礼桢求援。

不多时，几个能力稍低的师弟率先支撑不住，被宫北帮的人打倒在地，只剩招架之功再无还手之力。季大诚见状知道对方人数太多，今天无论如何不能占到便宜，于是带着剩下的徒弟拉着高超且战且退，想往门外跑。

“今天让你们跑掉我们宫北帮就太没面子了，都给我干掉！”关豹大声叫嚣着指挥他的手下继续往前冲。而李直仁和陆星早都没了踪影，只留下高超等人苦苦支撑。

若没有人来救，今天的高超恐怕还真凶多吉少。要知道无论多厉害的人在如此的环境下也不可能独善其身，更何况此时的高超和季大诚一众其实都已极度疲惫，堪堪只能勉强招架。

就在这时候，门外警笛长鸣，一群身着黑色警服的霹雳小组成员果真如神兵天降一般出现在众人面前，每个人的枪口都对准了正在挥舞拳头的宫北帮小弟。为首的警察身材高大健壮，正是邱礼桢的好友黎勋副队长。

“都给我住手，统统带回去！”黎勋一抬手，气势汹汹地制止了械斗，此时除了已筋疲力尽的季大诚、高超等人，刚才被打倒的四个季大诚的徒弟也被人抬了过来，浑身上下鲜血淋漓。

“报告队长，有两个已经死了。”一个警察过去探了探鼻息说道。他的声音虽然不高，可仍让高超和季大诚惊愕不已。而对方阵营里的人倒都显出一副无所谓的样子，闭着眼睛仰着脸，好像死去的人和他们没关系一样。忍无可忍的季大诚突然出手，又是一拳打在了刚才打过的那个大汉胸口。

虽然看上去这一拳没多重，但实际上却凝聚了季大诚多年的苦修。结果这个看上去无比结实的大汉软绵绵地倒下去，同时停止了呼吸，几乎是被一拳毙命。

这下整个宫北帮的阵营都乱成了一锅粥，所有人先是震惊，继而像潮水般冲向季大诚，场面再次失控。而警察则组成人墙将双方拦住，最终不得已举起了手中的武器。

枪声大作，随着头顶扑簌落下的尘土，黎勋突然恼羞成怒地指着所有人大声呵斥，这才制止了一场更加激烈的冲突。高超和季大诚等人都被带到了警局，经过一天一夜的审讯后高超由于未涉及直接伤人被担保了出来。

担保高超的是小山西、大厨和周语，他们一见高超出来就立即围了上去，七嘴八舌地问他是不是在里面受了委屈。周语显然最是关心，一个劲儿地拉着高超嘘长问短。高超无精打采地安慰了三个人几句，看小山西开了他自己的小车过来，便问道："我把车钥匙放在办公室了，你们怎么没开我车子过来啊！"

"你的车已经被邱叔收回去了啦，说要给新任会长……"小山西刚说到这儿就被大厨狠狠地掐了一把，只好将后面的话咽了下去。其实他不讲高超也听明白了，只是对突然收车这种行为感到有些伤心。另外，今天商会没有派人来接自己也从另外一方面印证了小山西的话。

当年李直仁被陆星陷害入狱，他和众兄弟也是被关进了警局。记得那天下着大雨，邱叔完全不顾自己身体不便，硬是带着两个手下冒雨等他出来。当时丁叔、秉叔也在邱叔的安排下行动起来，到处为高超找关系脱罪，之后高超正式就任会长。那时候大家上下一条心，都鼓足了劲儿想把商会搞好，谁知道今天竟然会是这样的结果。

"我们要不要先回家商量一下啊？"周语小心翼翼地问道。

高超知道她的谨慎和担心，也不愿让她失望，轻轻地拉过手安慰了一下，然后问道："季师傅那边怎么样了？"

"季师傅没什么事情啦！商会已经替他做了担保，又是失手应该没大事；只是你那些师弟中已有三人死了，还有一个昏迷。另外，宫北帮也死了几个人，伤了十几个。目前邱叔他们正在处理。我觉得还是先回避一下的好。"小山西嘟囔道。

“那好，我们先回商会。”想到邱叔对直仁的态度，高超觉得这个时候的他脾气肯定不太好，便决定先回去稳定自己的会长之位最重要，他却没想到如今的自己已经开始陷入一个万劫不复的沼泽当中。

二

邱礼桢异常严肃地坐在轮椅上，透过落地的大玻璃窗望着窗外浩瀚汹涌的大海出神。他身后不远的地方站着从年轻时代就跟随他的两个手下：阿杜和强仔，他们此时虽然皆已人入中年，却仍然身手矫健。

俩人的忠诚着实让邱礼桢放心。这是位于淡水区的别墅，也是他自己的家中，也只有到这儿以后邱礼桢才能真正放松，将自己所有的烦恼和工作都丢到脑后去。

可今天邱礼桢知道自己无法逃避了，因为二十分钟以前高超已经坐到了他客厅的沙发上等他。他迟疑了一会儿，终于吩咐阿杜推他出去。

可能是等得太久的原因，高超这时正在宽敞的客厅里踱步，脸上明显流露出焦急的表情。看邱礼桢出现了，他的神色立即从凝重变成了希望，很快冲了上来：“邱叔，我出来了。”

邱礼桢点了点头，示意他坐下，然后让保姆给他重新倒了饮料，说道：“我也是刚从警局回来不久，所以就没去接你。当时你那个兄弟——林锦豪是吧？和我说要去接你，过来拿车钥匙。我就和他说车子已经被收回了，让他先开自己的车——你得清楚现在的情况，无论是警方还是宫北帮，甚至连季师傅那里都在盯着你，低调一点儿没什么坏处。”

“季师傅也在盯着我？”虽然心里不太痛快，可高超仍不愿意现在就和邱礼桢搞得太僵。他此行的目的其实是想弄明白自己会长的情况，他不愿将父亲一手传下来的会长之位在自己手中弄丢。

“你害得他失去了三个徒弟，还有一个重度昏迷，他怎么能不记恨你。虽然表面上季师傅还算客气，可是我听说三个人的家属已经搞得很厉害了。如果我们拿不出切实可行的方案，恐怕你还要被告上法庭。到时候不仅要赔钱，入狱也恐怕不能避免。”邱礼桢端起面前的茶喝了一口，然后眯着眼睛死死盯着高超，使后者有些毛骨悚然。

“那邱叔，你看我该怎么办？”高超听邱礼桢的意思，知道事情仍有回旋的余地。果然，邱礼桢点了点头，很从容地又喝了几口茶才说道：“你去救李直仁之前我就和你说过，这件事没这么简单，一定不能鲁莽。况且李直仁自愿离开商会加入宫北，你也应该为他高兴才对——也许这对他来说并非坏事。”邱礼桢语气虽然平淡，但仍听得出事情过去几十年，他心里仍然有一丝怨恨。

他叹了口气，才又道：“这件事很棘手，死者中叫有个叫李敬凯的人，是民意代表张锦堂助理于佩佩的独子，现在于佩佩不仅提出了巨额索赔，还口口声声要把相关的涉黑人员都送进监狱。”

“涉黑人员？”高超疑惑地问道。

“对于她来说，无论是宫北帮、你，还是季师傅，都算涉黑人员。现在季师傅因此惹祸上身，你说他能不记恨你吗？本来之前李敬凯是他最得意的徒弟，有个民意代表秘书做他季大诚的人脉资本，多少人求都求不来。谁知道这一转眼就成了仇人，资本变成了威胁，是不是因你之故呢？”

“原来是这样，不知道她要多少钱？”

“现在于佩佩是四个受害家庭的代表，她要求我们赔偿死亡的三人每人五百万新台币，现在昏迷的那个考虑到后期的救治费用，要求是五百五十万新台币。”

“这么多，活的竟然还比死的要高。”高超无奈地苦笑道，“四个人就要二千零五十万新台币，这简直是狮子大开口嘛！”

“你知道就好，明白为什么我要你和季大诚保持距离了吧？这些还不包括你要补偿季师傅和那些没出事徒弟的损失，算来这次你要大出血，没有几千万新台币恐怕不能完事。”

“我哪有那么多钱啊！”高超惊愕道。

邱礼桢没理他，自行把轮椅移到窗前，望着外面的海水说：“商会的钱恐怕不能动，不过那辆宾士车却是不到三年的新款，记我名下也好处理，再加上这套房子绰绰有余，恐怕还能给我剩下点儿养老钱。”

“这怎么行，怎么能卖邱叔的房子呢。我自己来想办法。”高超激动地说道。

邱礼桢冷笑两声，没理他，自己点了支雪茄，好半天才说道：“我听听你的办法，你打算怎么办？”

“我——”高超一时语塞，他的确不知道自己怎么去凑够几千万新台币的巨款。

邱礼桢遂笑道：“你知道我在台北还有房子嘛！淡水这一套独栋是当年和你父亲在南合帮救出杜大伟以后，杜璟奖励给我们的。这也是杜璟一家在台湾的住处，他们给了我们不久就搬去了国外。开始我和你父亲准备卖了它，谁知道后来我不争气地有了女朋友，你父亲就把这房子给了我，让我在这儿结婚。”

“我听父亲说过，可是你也给他钱了嘛！”

“唉，我当时才结婚，还是奉子成婚，能有多少钱？就算是按当时的价格也赚够了，这么多年还不值？卖掉它还能剩不少钱，到时候孩子们也不至于有意见。”说到这儿他转过轮椅，目光炯炯地盯着高超，“这件事就这样办吧！你的房子还是留下来。要不然周语和你结婚的时候难道还住在商会？”

邱礼桢的一番话说得高超面红耳赤，一时也说不出什么话来反驳。就听邱礼桢又道：“于佩佩那边我会安排人搞定她，你可能还需要回避几天。”

“回避？”

“对，暂时出去躲一躲。”邱礼桢郑重其事地说。高超心里一沉，知道自己这次恐怕真要跑路了。

就见邱礼桢把轮椅往他这个方向移了几步，目光充满了无奈：“我帮你安排一下，你可以和周语去日本玩儿几天。等这里的问题解决了再回来。商会的事情这段时间我来帮你打理。”

“不要紧吗？”虽然只有短短的四个字，可是看得出来高超有些不放心。

邱礼桢自然也清楚他话中的意思，爽朗地一笑说道：“放心吧，你会长的位子不用交出来；我不同意，他们没人能罢黜你。”

说到这儿邱礼桢用非常异样的目光看了高超一眼，话中有话：“年轻人有冲劲儿是好事，讲义气、为朋友两肋插刀也可以，但要有分寸，考虑得当。我不是反对你去找李直仁，但如果你再谨慎一点儿，还有今天的事情吗？陆星一直想拉李直仁入伙你也是知道的，他甚至还让人在监狱里面照顾李直仁，你不都默认了吗？”

“可毕竟情况不同了。我们当时也和直仁打过招呼，他说过会平衡这个关系。我就是担心他太年轻，出来以后被陆星潜移默化地影响，然后加入宫帮毁掉自己。”

“笑话，宫北帮那么多人难道都被陆星毁了？每个人的际遇不同嘛！不是所有的工作都适合他做的，他李直仁又不是小孩子，不能自己分辨是非？”说来说去邱礼桢对直仁的成见还是没能消除。

高超沉默不语，虽然不愿在这与邱礼桢做口舌之争，心下去隐隐下定决心一定把李直仁从虎口中救回来。在他心中，加入宫北帮的李直仁真是落入了虎口。

到底是谁把有人要在结盟大典上杀陆星的消息透露出来的？这个问题一直让高超困惑。

邱礼桢见他发呆，有些疑惑地问候了一句。高超恍然，将自己的想法说了一遍，邱礼桢点了点头，思索良久说道：“陆星早就知道陆子铭要和黑狼联手在结盟大典上发难，却有选择地把消息透露给了商会，你说这是为什么？”

“难道是刻意说给我们听的吗？”高超问。

“现在来看他一切在掌握之中，自然不怕陆子铭和黑狼反水，透露给商会就是想让你和李直仁有所行动，他想得到直仁，得不到的话也可以当场废了他，反正他不愿意让李直仁留在商会。”

说到这里邱礼桢叹了口气，有意停顿了一会儿：“说实话，我并不喜欢李直仁你也知道，我一见他就很不舒服。当天他母亲的样子总出现在我的眼前，而且我双腿残废也是拜她所赐。所以当日你来请兵的时候我并没有同意，但看你执意要去，我后来还是给黎队长打了电话。只是李直仁会加入宫北帮，倒大大出乎我的意料，不过事已至此，也不必太过纠结。我觉得如果能善加利用，对李直仁来说未必是坏事。他若能让陆星有所收敛，无论对谁都是善举一件嘛！”

话虽然是这么说，但高超知道邱礼桢也仅仅只是在安慰自己而已。

现在最让高超担心的还是陆星这个人。他可不是省油的灯，为了钱和野心他可是什么都做得出来，到时候李直仁恐怕也只是他的一颗棋子。他如此处心积虑地把直仁弄入宫北帮绝不是想让他当个打手这么简单，恐怕真会有什么阴谋在等着直仁。

邱礼桢没有看出高超的心思，只循着自己的思路继续说道：“我在札幌有个叫佐仓宏的朋友，开了两所日式酒店。你们俩可以去他那儿住一段时间，等这边的事情结束了我再召你回来。到时候你恐怕还得和丁哥、阿秉他们解释一下。”

“好吧！”

“我会和佐仓宏说明情况。你准备一下，明天就出发吧！”

高超又和他坐了一会儿，见无其他事吩咐便打车离开。途中他打电话给周语，两个人约了个咖啡厅见面。

“去日本，怎么这么仓促啊？”周语惊愕地问道。

“其实就是邱叔安排我跑路啦！他害怕季师傅找我麻烦，让我先去躲躲。我顺便带你去玩儿喽！”说到这儿高超叹了口气，“没想到我高超会和陆星那些黑帮的角头一样，成了涉黑人员。”

周语见高超神色黯然，便一把拉过他的手安慰道：“就当放个假吧，我也会安排一下休息，然后我们飞去就好了！再说我早就听说札幌的拉面很好吃，一直想去尝尝。”

“好啊，那我们明天出发。”高超随即收敛了不悦，随便吃了点儿东西送周语回家，然后自己也回去收拾东西。由于高超的母亲和妹妹不在台北居住，所以也没有什么可交代的，倒是需要向小山西和大厨说明情况，免不了又是一番聒噪。

“超哥，你要早些回来哦！直仁不知去向，你又要去日本，只留我和大厨在艋舺，很孤独唉！”在送高超和周语去机场的路上，小山西依依不舍地说道。

“好的，我知道了。你多注意一下直仁的动静，有他的消息告诉我。”高超又嘱咐小山西几句，然后才带着周语登上了前往日本的飞机。可在北海道等待他的又是什么呢？高超心里其实一点儿底都没有。

三

与台湾夏日的盛气凌人不同，北海道虽然也是暑气逼人，可往往一到夜晚就会泛起阵阵的寒意。这个两百年前的不毛之地，如今却成了美丽的度假胜地，着实让人不禁感叹岁月的神奇。

高超带着周语从机场出来，在绵密的人群中找了许久才看到一个羸弱的年轻人正伸着脖子找人，手中拿了张“接洽台湾高超先生”的纸板，混杂在人群中颇不显眼。高超往前抢了两步，伸手拍了拍年轻人的肩头，然后往纸板上比画了一下。

“我就是高超。”说着他回过身给周语做介绍，“这就是佐仓宏先生派来的导游，应该会讲普通话是吧？”最后这半句话明显是对年轻人说的。

年轻人忙迭声点头，把纸随手一揉扔到地上，然后笑道：“我叫董记，也是台湾人啦，只是九岁就来日本，一直没回去过而已。”

“那你还有亲人在台湾吗？”高超好奇地问道。

“有啊，只是通常都是他们来日本，我们很少回去。”董记说着带他来到一辆半旧的黑色丰田 SUV 跟前说。高超和周语放下行李，然后跟着他坐上汽车前往酒店。

“佐仓宏在家吗？”高超问。

“他在等你啊！”董记笑着把车开上公路，沿着一条绿树成荫的小路开了约有半个多小时，路边隐隐现出一栋三层的哥特式小楼，看样子似乎是个汽车餐厅，外带加油站和旅馆，在这绿意盎然的荒郊野外颇为显眼。

“我要去放水，你们不介意等我一下吧？”董记说着向高超和周语龇了龇牙，拿起自己的手包三步并作两步地往小楼走了过去。高超和周语对望一眼，均无奈地摇了摇头。

谁知道董记这一去就好像肉包子打狗，再也没有回来。最后高超终于按捺不住了，他让周语在车里等着，自己去餐厅找人。

待走进那间喧嚣的日式快餐厅时，高超才发觉原来他们从公路一侧进去的是个后门，可以直接从餐厅穿过前门来到停车场。他在餐厅里面转了两圈，并没有发现董记的踪迹，便又踅回来问服务员，谁知道每个人都说没见过董记。

“奇怪，难道是嗑药嗑昏了头吗？”高超疑惑地在楼上客房又找了一圈，甚至还去了卫生间，仍然没有找到董记，无奈之下只好先回去找周语商量对策。

当高超回到公路的时候，却看到之前停在路边的丰田车竟然不见了，他几乎不敢相信自己的眼睛，甚至以为走错了路。于是高超又返回餐厅前的停车场，逐一检查了汽车后再次回到公路，仍没有见到董记的SUV。

“这两个家伙，难道找不到我就自己走了？”高超生气地拿起手机给周语拨电话，却发现对方已经关机了。

“搞什么鬼，这家伙。”他边嘀咕边拿出之前佐仓宏发给他的联系电话，询问怎么联系到董记。谁知道电话里普通话讲得磕磕绊绊的佐仓宏也正在找他，说是董记并没有接到他和周语。

“没有接到？”高超宛如丈二的金刚般摸不着头脑。佐仓宏也对他的询问感到莫名其妙。他电话里告诉高超，董记在找不到他们之后已经先回来了，说并没有在机场找到他们，电话也没有打通。

“那接我们的人是谁？”刚说了这么一句话，高超就突然有种毛骨悚然的感觉，他这才意识到自己和周语被骗了。

“佐仓宏先生，我该怎么办？”高超拿着电话有些不知所措。他完全没料到自己才踏上日本土地没两个小时，就把女朋友搞丢了，真是滑稽。

电话里佐仓宏似乎也很着急：“你在那里等我，不要走开。我马上派人去接你过来，顺便报警，等会儿你和警察说清楚事情经过。”

“好啦好啦，你快来。”放下电话，高超正准备再找找的时候，手机突然响了，是个陌生的电话号码。

他接起电话，里面传出一个非常标准的台湾男声：“高超会长，你女朋友在我手里。”

“你是谁，你想干什么？”高超激动地问道。

“我是谁不重要，重要的是你想不想找回女朋友。”男人问道。

“你想怎么样？”

“很简单，你只要打一个电话给邱礼桢，说要辞去艋舺宫区商圈自治会会长的职务，让他立即启动会长选举程序就好了。只要邱礼桢选出新会长，我马上把你女朋友还给你。”

“我要是不同意呢？”高超强忍着愤怒，已经开始猜测是谁在背后找自己麻烦。

对方冷冷地笑了两声，然后说道：“那也简单，你要是舍得把漂亮的周小姐让给我，那不打电话也罢。”

说到这儿他有意停顿了几秒钟，然后说道：“会长和周语，你只能选一样。”

“我怎么知道你说的是不是实话？”高超刚说到这里电话里就传来一个女人的声音，似乎是周语，又听不太清。

他不能放弃周语，不愿意让她受一丁点儿委屈，所以电话必须得打，无论对方算不算话，高超都要照做。可电话那头的邱礼桢的反应完全出乎高超的意料。

“这一定是个恶作剧，你要以商会为重，不能因此而放弃商会会长的职务，你要知道现在商会中你是最适合的人选，其他无论谁上台都会对如今脆弱的商会造成不可估量的损失。”

“我只要周语安全，为了她我可以不做商会会长。”

“你太让我失望了。周语失踪我也非常痛心，但你不能因此而不顾大局。”邱礼桢大声说道。

“邱叔，你前几天不说让我留着房子结婚，难道今天就忘了？你们再选一个新会长吧，我不干了。”高超激动地挂了电话，然后用颤抖的双手点了支烟，直到佐仓宏的电话进来。

“周小姐回来了，你快点儿回来。”

“她没事吧？”问这话的时候，高超的心简直提到了嗓子眼儿。

好在佐仓宏的回答颇让他放心：“她没有事情，你快回来。”

高超揣着激动的心情在停车场拦了辆出租车，火速赶回到佐仓宏的日式酒店，果然看到周语正站在酒店前左右张望，显然是在等他。

“周语——”高超激动地扑上前去抱住她，泪眼几乎就要夺眶而出，“你去哪儿了？”

“我哪儿也没去啊？”周语奇怪地说道，“你刚走那个董记就回来了，说自己的手机丢了，要用我的手机打个电话。我说你去找他了，他说他知道，见着你了，然后就用我的手机给你打了个电话。”

“你给我打电话了，我怎么不知道？”高超奇怪地问。

“是啊，的确是你的手机号码。”

周语拿出手机给高超看，高超很奇怪地看着周语道：“我没有接到你的电话，怎么了？”

“你在电话里和我说让我先回佐仓宏先生那儿，你有点儿急事处理，一会儿再和我说。”周语说道。

“你确认是我吗？”

“当时的电话里的信号不太好，杂音很大，我听着有一点儿像，一大意就跟他走了，谁知道这一走就回到了酒店门外，他说这就是佐仓宏先生的酒店，让我先进去，他要去打电话。我还奇怪他为什么不进来打。见了佐仓宏先生才知道你在找我，真对不起。”周语认真地说道。

“没关系，你没事就好了。”高超简单地讲述了经过，然后说道，“如果你的确给我打电话我又没有收到的话，他们一定在周边设立了伪基站一类的设备，然后来模拟我的手机号。这种设备也不是很贵，经常用来诈骗，他们虽然设了圈套，但应该还不想伤害我们，否则你我今天都有危险。”

周语一愣，这才问：“他们是谁，这么做的目的又是什么啊？”

“我不知道他们是谁，目的嘛……应该是一种威胁。”高超一屁股坐在酒店前台的沙发上。

周语看了他一会儿，忽然说：“既然有人不欢迎我们来日本，那我们干吗不识相点儿回台湾呢？”

高超一愣：“可我们刚来啊！”

“我知道，但我对这里已经没有什么兴趣了，反而有些害怕。”

“好吧，真委屈你了，才来就要走。”此时的高超也无心在日本逗留，恨不得长对翅膀马上飞回台湾。周语收拾好东西，又和佐仓宏解释了经过，然后两人又打车回到机场。可饶是如此，他们还是晚了一步，当他们赶到商会的时候，才发现事情的变化之快完全超出了他们的估计。

“高超，我和你邱叔、丁叔已经一致决定要选一个新的会长出来，我想你不会有什么意见吧？”秉海深坐在商会理事长的位置上阴恻恻地笑道。

高超环视一圈，却并没有看到邱礼桢：“邱叔呢，我要找邱叔谈话。商会里除了会长以外，只有理事长的提议才能另选新会长。”

“邱礼桢已经把理事长的位置交给我了，明天开始丁叔的兄弟阿权会接任我的顾问位置。至于新会长则由郭晋全来担任，这个人你一定不陌生吧？”秉海深得意地说道。

高超当然知道郭晋全，此人早年混迹于艋舺，擅长打架，据说曾经孤身挑战 Jimmy 和他的宫北帮，被父亲高世元相中做了商会的监事。那时候郭晋全还不到二十岁，正是年轻气盛的时候，也正因此他的上台才引起了宫北帮和商会的大混战，郭晋全在这期间因误伤人命而被判了十七年徒刑。

自从前年出狱以后，年近不惑的郭晋全在宫区做电器生意，从来没有参与商会的事情，没想到秉叔会和他密谋做会长。高超迟疑了片刻，仍然固执地要邱礼桢出来主持大局。

此时的高超已经隐隐看出些许不妙，甚至怀疑他们和自己在日本的境遇有着千丝万缕的联系。

秉海深可能没料到高超如此强硬，脸色微微有些变化，他歪着头和丁健咬了一阵儿耳朵，然后说道：“这件事是我们大家商量的结果，我现在既然是理事长那我就有这个权力。你如果不服，我们就投票。我们商会是很民主的嘛！”

“好啊，我会找邱叔商量。”高超咬定了秉海深和丁健在里面有暗箱操作，微微冷笑一声转身就走。就在这时候会议室的门突然被人推开了，邱礼桢坐着轮椅走了进来，他身后跟着形影不离的阿杜和强仔，强仔手中还提了一个黑色的 TUMI 旅行包。

“阿秉啊，郭晋全给国华的五百万在这里。”邱礼桢说着话一摆手，让强仔把 TUMI 旅行包扔到桌上拉开，露出里面崭新的一包钞票。

“看来商会真是个块肥肉，好多人惦记，搞不定我就来搞我儿子，还好我没有听国华的话，否则的话这五百万会让我一辈子不安心。你们这招釜底抽薪的确厉害，儿子儿媳一起上阵，这先斩后奏之计差点儿就搞成，把我搞到美国去。”

说着邱礼桢意味深长地看了高超一眼：“不过我在世元临终前说过会照顾高超。如果他的事情没完我怎么走呢？”

“这……”秉海深脸色微变，他完全没有想到邱礼桢会当众揭短，而打邱礼桢儿子邱国华主意的人的确是郭晋全，也是他拿了五百万让秉海深和邱国华谈，想办法把邱礼桢搞到美国去，将理事长位置拿下来。秉海深本人其实也只是挣点儿辛苦钱，从本心来说也并不太愿意和邱礼桢硬怼，此时见他一出现就已经开始心虚了。

“好了，这件事就先这样，我不想再追究。国华那边越俎代庖我已经批评过了，他哄我去美国度假想让我让出商会理事长的位子——理事长的位子我不会交出来，高超在日本的事我也会查清楚。”邱礼桢在商会可谓一言九鼎，一发话就没人再有疑义。

“邱叔怎么知道我在日本的事情？”高超奇怪地问道。

“郭晋全拿钱出来搞你搞我为了什么，我还不查清楚啊？不过他怎么说还是个小生意人，很胆小啦，所以你我都不会有危险。”邱礼桢说着对高超摆了摆手，继而转移了话题，“你刚回来就不管商会的事情，这里有我照顾，你还是送周小姐回去休息吧！”

高超犹豫了一下，本想和邱礼桢再谈谈秉叔的问题，他总觉得秉叔最近一段时间的情绪非常不稳定。但鉴于此时的形式，估计只能另择时间，便轻轻地点了点头：“好吧，我先送周语回去。”说完领着周语离开商会。

“你没事吧，要和他们怎么说？”周语显然不愿意离开，又拗不过高超，无不担忧地问道。

高超其实心里也没什么底，但此时又不敢和她说实话，只好含糊其辞地解释了两句：“有邱叔帮忙怕什么？再说就是明天重选，有我在那个郭晋全能当选吗？”

“你还是小心一点儿好，虽然说现在商会只有以前的一半地盘，但无论繁华程度还是收入都远高过艋舺的其他地方，所以宫区才被这么多人惦记。”周语无不担心地说道。

“所以嘛，其实被人惦记也是好事，说明商会还是蛮受欢迎的。如果真有一天……”高超刚说到这里的时候，突然从侧面冲出一个戴头盔骑电机车的人，经过他们身边的时候掏出手枪对准高超就是一枪。

“砰——”静寂的台北夜晚，枪声响彻整个苍穹，高超随着这枪声缓缓倒下去，胸口绽放出一朵瑰丽的红花。

第七章

一

当高超再次醒过来的时候，已经是傍晚时分。他睁开迷蒙的双眼，望着面前晃动的人影，怎么也弄不清楚自己到底在哪儿。他用了很长时间才记起自己好像中枪了，枪手是个矮个子的年轻人，戴着黑色的头盔，看不清他的容貌。

高超茫然四顾，却看到周语正用哭得和桃子一样的眼睛看着自己，看他醒了显然开心不已，激动地抓住了他的手："阿超，你醒了吗？"

"这是哪儿啊周语？"高超感觉自己胸口空落落的，提不起气，却不怎么痛。周语如释重负地松了口气，虚按了一下让他别动："这是医院的急救中心。你刚才被枪击了。好在枪手没有击中心脏，手枪的威力又相对较小，才捡回一条命。"

"是什么人干的？"

"邱叔他们都来了，正在查。"

周语说到这里，阿杜推着邱礼桢从外面走了进来："阿超，你醒了吗？"

“邱叔，我没什么事。”高超挣扎着想坐起来，却突然感觉到胸口像被大石击中一般疼痛，不由得叫了出来。周语连忙扶他躺下：“小心点儿。”

“阿超，你还是多休息，这件事我会处理好。”邱礼桢扭头问身后的阿杜，“小强去警局还没有回来吗？”

“是的邱叔，我打电话问问情况。”阿杜转身出去。

邱礼桢转过来看了看高超的伤势：“对方用的是气手枪，威力有限，所以在这么短的距离才不致命，这也是不幸中的万幸。不过台湾的控枪是很严格的，用这条线索一定可以找到人。”

“谁会用气手枪去杀人呢？”高超迟疑了一下，心里闪过一丝疑窦。这时候病房的门又开了，商户代表乔老和孙女小乔姐从外面走了进来。恰逢护士又过来查房，屋子里显得很乱，邱礼桢则起身安慰了高超几句先行离开。

乔老今年快七十年岁了，一辈子都在艋舺做生意，自从几十年前把古董店搬到宫区以后，他的买卖越做越大，已渐成宫区最有影响力的商户之一，顺理成章地做了商户代表。如今的乔老资产数千万，早就不指望着宫区这几摊生意过活了。只是不肯忘本的他从没有关闭在艋舺或宫区的任何一处营生，仍然在商会任职。

“阿超啊，你还好吧？”乔老慢慢地走过来，低下头握着高超的手略显激动地说道，“非常时期，一定要小心。你知道有些人为了蝇头之利都可以杀人，都是鼠目寸光之辈。”

“乔老，这几天我没有到宫区去，商会都还好吧！”高超问道。

“还好，商会一切都好。”

乔老刚说到这儿他身后的小乔姐突然推了爷爷一下，看样子明显表现出一丝不满：“好什么嘛，爷爷你怎么不和超哥说说那件事。”

“小孩子懂什么，大人说话你不要插嘴。”乔老责备了孙女一句，很不满意地瞪了她一眼。高超见小乔姐脸色不悦，忙问是怎么回事。乔老支支吾吾地顾左右而言他，半天才在高超的追问下说出了实情。

“其实也没什么，就是最近阿仁总去捣乱，带小弟砸了很多商家的东西。”说到这里乔老叹了口气，“你和阿仁都是我看着长大的孩子。如今他跑去宫北混黑道，很让我伤心。损失什么的其实也不重要，我可以出钱打发了他们，但以后怎么办还需要你来主持啊！阿超。”

“有这种事。”高超重重地叹了口气，“怪不得丁叔、秉叔他们要换掉我，我真是没用！”想到李直仁去宫区捣乱的画面，高超的心里像刀割一般难受。

乔老也知道他此刻的心情，轻轻地叹了口气：“你也不用为难，我看还是每月出点儿钱算了，只要商会同意我们都没意见，其他人的工作由我来做。”

“那怎么行呢乔老。”高超有些激动，“我是商会的会长，现在连自己的商户都保护不了还算什么会长？再说这个人还是我曾经的兄弟，我无论如何也不能让你们出钱。”

“就因为是你的兄弟，才知道你不好做。你知道很多人讲话不好听的，说现在连直仁都去了宫北帮，你这个会长很衰呀！”

“是啊，就因为这些原因我才不能让大家出钱。”高超说到这儿想再多说两句，谁知道门一开，李直仁竟然从外面走了进来。这下不仅乔老他们吃了一惊，连高超都有点儿措手不及，和周语呆呆地望着他。

“超哥，你不要紧吧？”李直仁提了不少东西，身后跟了七八个小弟，毕恭毕敬地给高超鞠躬敬礼。高超皱着眉头挪了挪身子，冷冷地问道：“你怎么来了？”

“我来看看啊，有人要伤害你，我李直仁第一个不答应。”李直仁大刺刺笑道。

高超瞟了他一眼，微微摇了摇头，非常凝重说道：“没有人要伤害我，这是个误会，谢谢你的关心。”

李直仁用非常凌厉的目光打量高超很久，然后轻轻点了点头：“好的，有需要的话打电话给我。”

说着他转身就走，高超犹豫了一下，还是及时叫住了他。这时候乔老他们已经先走了，屋子里只剩下高超和李直仁兄弟俩。

“你为什么要离开，商会这边有好多事情需要你处理。”高超点了一支烟，点着后扔给李直仁，自己又从烟盒里抽出一支。

李直仁接过烟，犹豫了一下：“只要你不嫌弃，我们永远是兄弟。”说完他避过高超的目光，转身就想往外走。

“阿仁——”高超一把拉住了他，“是兄弟就说清楚。”

李直仁停住脚步，却没有回头。

高超起身来到他身前，重重地按着他的双肩把他拖回到了椅子上：“告诉我，你为什么要去宫北帮？”面对李直仁，高超的双眸中闪烁着无比的困惑与愤怒。

李直仁没有直面他的目光，而是选择了躲避：“无论到哪里，有问题就去找我。”他仍然不愿意正面回答高超。

“告诉我，你为什么要去宫北帮？”高超加重声音，一字一顿地问道。

李直仁愣了一下，他已经感觉到了高超神色中氤氲着的愤怒，他完全相信如果自己再拒绝回答他的问题这家伙会一拳打过来。

犹豫了片刻，李直仁把烟蒂踩在脚下狠狠地搓了两下：“如果有一天你真的当了会长，我一定回来帮你。”

他吸了口气，继续道：“现在我在这边更能保护自己，也能保护你。”

“保护自己，保护我？”高超迷惑地望着李直仁，“什么意思，你说清楚一点儿。”

“没什么，我先走了。”李直仁推开高超，快速跑出了商会，好像高超随时能变成猛兽吃了他一般。高超愣了一下，刚追了两步和欲进来的小山西、大厨撞了个满怀。

“直仁怎么了？”小山西问道。

“没什么。”高超无力地挥了挥手，他不愿意在没弄明白事情原委的情况下多说什么。

小山西可能也注意到了他的态度，遂把话题从李直仁身上挪开：“那个杀手的身份已经搞清楚了。”

“这么快，他是谁啊？”

“方家颌，无业，台北射击学会的会员。”小山西从手机中调出一张照片给高超看，从外形看果然像是开枪打自己的那个人。

“怪不得他用射击枪，原来是射击学会的会员。”高超若有所思道。

“是啊，不知道是不是脑子进水了，用这种枪杀人，难道不会被查吗？”大厨神秘兮兮地说道，“我们还有一个发现，这个方家颌曾经在宫区的‘咖啡叔叔图书旅店’做过兼职店员，时间大概是在前年夏天到去年秋天。”

“咖啡叔叔图书旅店？”高超心里一惊，这不是邱礼桢儿子邱国华开的连锁图书旅馆吗？难道这事又是郭晋全搞的鬼？

小山西把一张手机图片递给他看：“这是他在咖啡叔叔图书旅店工作时的照片。”只见照片中穿着蓝白相间制服的方家颌笑容满面地给一个男人介绍店里的设备，背景是咖啡叔叔图书旅店的大堂。

“你们的意思是邱叔？”

“这个我们说不好，但从这些证据显示邱叔有嫌疑。”小山西回答道。

“你们两个的工作效率好高，怎么得到这些东西的？”

“有人发到我 line 上面的，就在你出事以后。”小山西老老实实地回答。

高超点了点头，又拿起手机看了看，然后把它交给周语：“你有什么看法？”

“我觉得这些东西好奇怪，为什么突然要把这些信息发给小山西呢？

好像是刻意想让你知道一样。”一直沉默的周语认真地说道。

高超点头赞许，笑道：“我第一个想法就是这个。好像他们怕我不知道方家颌在邱国华那里工作过一样，我想这件事应该是真的，但是不是与邱国华有关就不一定了。邱叔嘛，我觉得他不一定有问题。”

“不用查一下吗？”大厨问道。

“不用，小山西一会儿把这些东西拿给邱叔，他会帮我们查清楚。”高超说完用下巴虚点了一下门外，“邱叔刚走不久，你一会儿去商会找他，我想他这几天应该很忙。”

“明白了。”小山西又和高超坐了一会儿，然后起身去商会找邱礼桢。谁知道他们走了没五分钟，邱礼桢就不请自来，再一次出现在了高超的病床前。

“阿超，你见过这个人没有？”邱叔将自己的手机递给高超，却正是方家颌的另外一张照片，看样子应该是在澳门赌场的偷拍，虽然不是很清晰但仍然可以看出是他没错。高超疑惑地望着邱叔，然后说道：“小山西他们在外面遇到邱叔了？”

“没有啊，这和小山西有什么关系？”听邱叔这么说，再加上他的样子又不像装的，高超本能感觉到这件事情并不那么简单。邱叔看他没有反应，又问了几句才从高超口中得知刚才小山西也送来了方家颌的照片。

“这就对了，应该是有人想陷害我。”邱叔悠悠地说道。

“谁啊？”高超下意识地问了一句，见邱叔没有回答，就知道此时最好就是聆听。

果然就见邱叔叹了口气，才说道：“方家颌在国华的旅店做过店员，人还算勤快。其实我并不认识他，不过他父亲方展技却是我的旧识，很早就在艋舺讨生活，做过很多营生。”

“有人雇用他当枪手杀我，然后栽赃给邱叔，不会又是郭晋全吧？”高超半信半疑地问。他又想到在北海道时的那个假董记，觉得这后面像是一个人或一个组织在搞猫腻儿。

“其实对方的手段还不算低劣，只是他们忽视了一个重要的问题。”邱礼桢信心满满地说道。

“什么？”

“谁都知道在这个世界上，赌徒和瘾君子的话是不能相信的。恰恰方氏父子都热衷赌博，这不能不说是他们的失算。而且当方家颔与郭晋全的银行账户都与一个人有关系的时候，我肯定会查一查这个人的背景。”邱礼桢说道。

“这个人是谁？”高超激动地问。

“一个叫郑泰博的普通商人，甚至和艋舺都没什么关系。但恰恰就是这个往返于大陆和台湾的食品商，在厦门买的房产却只有我们商会的人去住，这个人甚至和郭晋全以及之前那个陆子铭都有往来。”

“商会的人？”高超越听越糊涂了。

“商会的管理团队一共几人？”邱礼桢问道。

“如果不算那个一直空有其名的监事郭晋全，其实是你、我、丁叔和秉叔四人而已。”高超老老实实地回答，同时脑子里已经有了初步的人选。

“那你说这个秘密接受郑泰博房产的人应该是谁？”邱礼桢笑眯眯地问。此时高超心中已不再疑虑，瞬间就说出了那个熟悉不过的名字。

二

秉海深坐在自己位于商会办公楼二层的办公室里，虽然冷气开得极足，可浑身上下仍湿得净透，燥热难当。他面前的茶台上放着两个功夫茶杯，坐在他对面的是刚刚被东门帮罢黜帮主之位的陆子铭。

“秉叔，我早说过郭晋全不行啦，志大才疏。这次的事情不太好，不如跟我去泰国躲上一阵，等风平浪静了再回来也不迟。”陆子铭一口喝干了杯中的茶，咂摸着苦涩说道。

秉海深却一脸平静，一口接一口地啜着上好的乌龙茶，好像这比指甲盖大不多少的茶杯中永远也喝不干一般。

“躲什么躲，我秉海深生在艋舺长在艋舺，跟着商会成立又主动把会长的位置让出来。如今就算我夺回又有什么不对？我拿回自己的东西而已。”

“话是这样讲啦，但秉叔你要留心，高超可不好对付。当日他在例会上推李直仁上位，甚至利用你的影响力帮助李直仁管理宫区。都让人觉得你是高超的后台，如今你对付他，不成了自己人内讧？”

“笑话，我秉海深什么时候怕过一个毛头小子？我本来就要出手对付他，要不是你说可以试着利用一下郭晋全，我早就把他摆平了，况且你关键时候自己还搞砸，要不然我们里应外合不仅能把商会搞到手，他陆星和宫北帮也早被撵出艋舺了。”

“这件事百密一疏，没想到身边藏有陆星的人。是我的失误，要不是这样李直仁也不会到他那边去。”陆子铭愤愤地说道。

秉海深站起身续了点儿水，又坐下来换茶叶：“李直仁差点儿就上了钩，有些可惜。”

“话说回来秉叔，如果事情真的泄露，你打算怎么办？”陆子铭小心翼翼地问道。

秉海深却冷冷地哼了一声，说：“失败就失败，做事情有几个人没有失败过？论年龄我不如丁健大，但论起资历我不输于他。他加入商会还不是我介绍进来的？商会是我家的商会，只是让给他高家而已。那时候商圈联盟才刚刚成立，你知道是谁做首任联盟主席吗——我大哥秉海厚啊！”

“哦，不是说丁叔最早加入联盟吗？”

“丁健比我大三岁，入联盟之前和我都是校棒球队的成员。他辍学以后想到艋舺求生，又不认识那些角头，想让我找我大哥推荐一个。那时候恰巧商圈联盟成立，大哥身边正是用人之际，自然就让他进了联盟，一直干到现在。那会儿我还在上学，加入联盟却是我大哥死了之后的事情。”

“他是怎么死的？”

“被人害死的啦！当时外省的帮派在艋舺已经遍地开花，我大哥就成立了商圈联盟，想把它做成宫区第一大社团，谁知一开始就得罪了宫区三大角头：宫北帮的陈明贵、青记的张笑城和南合帮的杜奎，其中杜奎的‘南合帮’实力最大。他们联手向我哥哥开战，几次失败以后竟然起了歪心，雇用一个枪手用射击枪暗杀了我哥哥。”

“用射击枪？”陆子铭恍然大悟，终于明白为什么秉海深执意要找一个运动员来对付高超了。

“对啊，那时候比现在还严，能找到射击枪已经很了不起了。我哥哥死后，商圈联盟几近覆灭，多亏我临时接过主席的位置，选了最有势力的商户来帮我。”

“谁啊？”

“他叫杜璟，当时在艋舺开了几家典当行，相当有钱。这个人一上来就与几个帮派打好关系，还让我和陈明贵、张笑城、杜奎他们一起吃了个饭。这些人都是害死我哥哥的凶手，我怎么可能去嘛！谁知道就这一件事，杜璟就在例会上说我因小失大、因私废公，把商圈联盟陷于众矢之的。商户们于是转头支持他做了会长，我却成了特别顾问。”

“后来呢？”

“后来杜璟把商圈联盟更名为商圈自治会，解散了许多跟随我哥哥多年的小弟，成了名副其实的商会，变成了商户的管理部门。你知道这是什么？这是开历史的倒车！违背了我哥哥的初衷。没有枪在手，我们永远都是人家欺负的对象！”秉海深越说越激动，竟然将一杯功夫茶全洒到了身上。

“商会不是商圈联盟，要是秉海厚那一套行得通，当年也不用落个身败名裂。秉海厚想用联盟代替三个大佬，一统艋舺黑帮，他们岂能容忍？你如今给他鸣不平，难道是打算开历史倒车？”伴随着凌厉的质问声，丁健出现在了房间外面，接着高超推着邱礼桢进来，后面跟着周语、乔老、大乔姐、阿杜、强仔、小山西和人厨等人。

“在商圈自治会例行会议罢黜之前，高超都是商会的会长。你秉海深雇凶杀会长，是犯上僭越！”丁健激动地问道。

“笑话，现在什么年代了，还僭越？再说你有什么证据证明是我雇凶杀人？”秉海深大声说道，此时他身边的陆子铭已经悄然起身，往后退了几步，显然有意与双方拉开距离。

“进来！”随着丁健一声大喝，一个五十多岁的壮年男子从人群最后面被推了出来。此人穿着笔挺的西装，只是脸色晦暗，两腮和脖颈隐隐露出瘀青，似是刚受了伤。他低着头来到秉海深面前，很惭愧地叫了声“秉哥”。

“我在台湾还有生意要做，家人的安全也要照顾，实在对不起秉哥。方家颌与郭晋全的事情我都交代了。”他语速很慢，说话时一直没有抬头，自然看不到秉海深愈发阴沉的表情。他冷冷地听他说完，才闷哼了一声：“好啊，郑泰博，你就这么怕这两个残废加几个毛头小子？”

郑泰博没在说话，静静地退了下去。丁健看了眼邱礼桢，见后者微微点了点头，才继续说道：“不错，我加入商会是拜你所赐。但这么多年来我从未做过对不起你的事，一直唯你马首是瞻。如今你要开历史倒车，推郭晋全上位，这却是万万不可能的事情。”

“商会是我哥所创，我接手理所应当。再说，你们现在这么做迟早要毁掉商会。你们凭什么和宫北帮斗？霹雳小组能永远保护你们的安全？自从你们把一半的宫头交给宫北帮我就有这个念头了，只是看在高世元的面子上一直隐忍。既然今天都在，我还是那句话，马上召开商圈大会，重新选举会长，我推郭晋全。”

“你没这个资格。”丁健自己拉了把椅子，一屁股坐到秉海深对面，指着身边的高超和邱礼桢说道，“你已经被我们三个人联名废除商会特别顾问的职位了，即日生效。目前暂补乔洵乔老顶你的职位，下一次例会上会正式任命。”

他有意停顿了一下，似乎在欣赏秉海深的暴怒：“另外通知你一声，郭晋全的监事职位按商会规章可以由会长直接罢免，我们准备让乔老的女儿乔珠珠小姐做新监事，郭晋全即日被免去所有职务。”

秉海深冷冷地扫了一眼丁健身后的乔老，知道邱礼桢他们这是想借乔老的势力排挤自己，拉他进来自然是看在他大儿子乔斌民意代表的身份，相当有影响力，再加上乔家财大气粗和政府部门多有交集，自己根本不是对手。况且邱礼桢对他们俩的分化相当成功，一拉一贬，使自己瞬间成了孤家寡人。

想到这儿秉海深心底怒气陡升，觉得无论如何都不能让他们得逞，突然歇斯底里地大喊起来：“商会是我哥所创，我不会把它交给别人，除非你们杀了我。”

秉海深这一个玩儿命的举动让所有人都吃了一惊。丁健也有些犹豫，恐其鱼死网破，搞得双方两败俱伤，所以接下来的话也没敢继续说。而他身边的邱礼桢没理会秉海深的态度，忽然开口了：“杜璟开典当行，和陈明贵、张笑城、杜奎三人关系很好，当时商会几乎要维持不下去了，也多亏了杜老才让商会起死回生。后来大家谈判，杜老拿出了三百万新台币给你，你才答应让他出任商会会长，对商会今后的战略调整也无任何异议。这事你是不是以为当事人都死了就没人知道？”

“你——”秉海深被堵得无话可说。

就听邱礼桢继续说道：“杜老对我有恩，我也救过他儿子，这件事大家都知道。所以他在最后一次回台湾和我小聚的时候把这件事情告诉了我。目前我淡水的房子里还存有当时的收条，不知道秉哥是不是有兴趣看看。”

说着他微笑望着秉海深，又看了看后面一直静坐的陆子铭：“今天也巧，陆先生正好从东门帮帮主的位子上退下来，倒可以陪着秉叔到处转转，有时间回厦门住几天，反正有房子嘛！”邱礼桢的话软中带硬，像鱼肉中的尖刺一样深深地扎中了秉海深的痛处。

邱礼桢又静待几秒钟，微微叹了口气，扭头对身边的阿杜说道：“拿过来。”就见阿杜捧着个托盘放到了面前的茶几上，托盘中间摆了个玻璃罩着的鎏金佛像，高逾半尺，甚是漂亮。

“这是不动明王金身，有三重面孔，是大日如来的化身。听说秉叔吃斋念佛，把这个给秉叔拿回去，也是商会的一点儿心意。”

秉海深冷冷地望着面前的金佛，脸上没有半点儿笑意，这是要叫他金盆洗手。

这时候高超又走过来给秉海深行礼，然后说道：“秉叔，高超在这里给您赔罪了。商会的事情之复杂超出了我们的预料，无论发生了什么都是身不由己，我高超也能体谅。目前事情繁杂，秉叔不如在家休养的好，省得出来惹一身晦气。至于秉叔的薪资还会照常发放一年，另有一笔退养金届时我会给秉叔发放，一切请放心就好。”

高超的话不卑不亢，四平八稳，他这招以德报怨听得秉海深深感无力。

他长叹口气，终于说道：“罢了，人老了就糊涂，做出什么糊涂事高会长自也不会放在心上，我先给你赔罪了。至于薪资自是不敢妄取。我今日起辞去商会的职位也就是了。”

“一会儿我在艋舺的四海酒楼摆酒给秉叔送行，今天在场的所有人务必光临。另外商会的事情以后自少不了麻烦秉叔，不要嫌弃我就好。”乔老忽然插嘴笑道。

高超见秉叔已经同意退隐，便知道自己危机解除，正想再接着乔老说几句客气话时突然外面来了个人，在他耳边说了几句话，立时让高超大吃了一惊。

三

和高超说话的是商会办公室的文员小钱，她告诉高超外面来了好多商户代表，抬了一口棺材口口声声要高超出去给他们一个说法。高超吃了一惊，不知道这是什么路数，和邱礼桢打了个招呼后，带着周语、大厨和小山西来到楼下。

此时商会外面的街道已经被过往的人流挤满，正门的路被一口硕大、黑漆的棺材堵个了结结实实，车前一个三十多岁的青年汉子正抱着棺材痛哭流涕。他身边一群人正围着他七嘴八舌地说着什么，看高超出现立即不约而同地把目光对准了他。路两边则站满了看热闹的人群，窃窃私语，汽车喇叭轰鸣交织在一起，异常聒噪。

“高超出来了，打死他！打死他！”随着几个男人的声音，正在哭泣的青年汉子突然冲了过来，挥拳向高超打来。高超愣了一下，接着往边上一闪躲过了对方的攻击。他随手按住男的胳膊，问道：“你是谁，要干什么？”

“老子要打死你，为我弟弟报仇。”说着男人又挥起拳头向高超袭来。可是他这两下三脚猫的本领根本不是高超对手，高超稍一留心双方的胜负就已无悬念。此时他身后带来的人却大声咒骂起来：“杀了人还这么嚣张，他商会有什么了不起！”

高超一愣，感觉声音极熟，抬头看时却是自己的师弟孔胜。见到孔胜，高超又担心季师傅也在这里，左右看了两圈没有发现他人才放心，遂问道：

“阿胜，你怎么在这里？是季师傅要你来的吗？”

“季师傅已经和你划清界限，不再来往了。我是郭晋全的好朋友，自然要帮他出这口气。”孔胜指着棺材说道。高超这时才知道原来躺在棺材里的人是郭晋全，不禁愕然：“这里面是晋全吗？他怎么死的？”

“明知故问，猫哭耗子——假慈悲，我大哥就是得罪你也不至于判死刑吧，你雇凶杀人不得好死。”刚才和高超动手的青年突然又从地上跳起想和高超决斗，却被身边的孔胜拦住了：“阿启，你不是他的对手，一会儿等警察来了再说。要警方真不判他死刑，我一定不会让晋全就这么白白地死了。”

“你到底是谁？郭晋全怎么死的你们说清楚。”高超轻轻地握住周语冰凉的右手，知道她此时正为自己担心，遂轻拍手背以示安慰。被叫作阿启的青年叹了口气，说道：“我是郭晋全的弟弟郭启星，你雇凶杀人已经败露了，那个凶手都被抓住了你还想赖？”这时一群人已经将一个被五花大绑的少年推了上来。

高超仔细看去，这个少年瘦长如书生，一点儿也不像混黑道的人。脸上伤痕累累，身上也沾满了泥土，但这个人高超并不认识。这时邱礼桢带着丁健、乔老从楼上走了下来，身后还跟着十几个商会的员工。

“这个人是谁啊阿超？”邱礼桢问道。

“他们说是我雇佣的杀手，把郭晋全杀了。”高超平静地回答。邱礼桢愣了一下，反问道：“郭晋全不是回南部了吗？”

“就是路上的车里被杀的，幸亏路人勇武，将这个杀手抓住了。”郭启星说着狠狠地踢了一脚少年，“说话啊，你刚才是怎么说的再讲一遍。”

“是高超给了我二十万，让我把郭晋全杀掉。”少年人说道。

他说着还看了一眼高超：“我在宫区的哆来米歌厅工作，高超经常到我们那里喝酒。前些天晚上有一次他喝多了，显得很不舒服。我就过去问他有什么需要。他说他需要杀一个人。”

“你就回答你能杀？”邱礼桢问。

“对，他就说给我二十万去杀人，我以为是玩笑。谁知道他第二天真的找到我，给了我二十万让我去杀掉郭晋全，还说郭晋全要开车去南部，让我拦住他的车在郊区动手。”

“你叫什么名字？”邱礼桢继续问道。

“我叫王实。”

“他让你杀人你就杀人？”

“商会会长谁不认识？我一个无业游民，将来还指望跟着高会长混口饭吃，别说杀一个人，就是十个人也杀。”王实说。

“报警没有，阿杜帮我给警长打电话，让他派人过来一趟。”说到这里邱礼桢再次把目光转向郭启星，“我听你哥哥说起过你，不是一直混宫头吗，听说你们关系一直不好，怎么今天倒给哥哥哭起丧来了？”

“我哥哥被你们商会害得蹲了十几年班房，无儿无女。如今他被人杀了难道不由我这个弟弟出面帮他讨个公道？要不然让人家说起来我郭家无人咧！”郭启星振振有词，像个娘儿们一样哭得稀里哗啦，直把人搞得焦头烂额，直到警察到来把高超带走才算告一段落。

周语跟着小山西等人在警察局等了一会儿，听记录的警察说高超已经收押，非常安全，让他们放心就好。邱礼桢和乔老、丁健商量请律师打官司，也忙得不可开交。周语看自己什么忙都帮不上，便和小山西、大厨回了热炒店，坐在空荡荡的店铺里发呆。

“这个王实到底想怎么样？”小山西嘀咕道，“我们去找找他家人，能不能给点儿钱让他把实情交代了？”他斟酌着问道。身边的大厨听他这么说“扑哧”一声笑了，道：“你给钱，你能给多少？一百万你没有，十万块人家也不理你。”

“那怎么办？我们就不能为超哥做点儿什么？”

“邱叔说他会请律师，我们明天一块儿去跟律师谈谈。”周语说道。

“谈什么啦，我们应该干点儿更关键的事情，比如找找那个孔胜。我倒觉得这个人有问题，之前还帮超哥干仗，一转眼就倒戈了，这算不算那个什么墙头草啦！”小山西说道。

“根本就是你自己瞎想啦！”大厨说着起身往厨房走，“折腾了一晚饭都还没吃，快九点了，我去整点儿东西，你们想吃什么？”

众人此时哪还有心情吃饭，集体发愁中。

小山西起身刚要倒一壶茶时却被周语拉住了：“阿豪，你认识那个叫孔胜的人吗？”

“认识啊，早几年超哥去学拳的时候他也经常在那里，不过他比高超入门晚。这个人没工作，除了学拳以外就打零工，像保全、网路中心主管都做过，还在青记混过几天，再后来不知道去做了什么。不过听超哥说，这个人做事不讲规矩，有利就会上。”小山西说道，“表姐，你难道要去找他麻烦？”

周语愣了一下，苦笑着摇了摇头：“我一个女生怎么去找人家麻烦，我只是觉得这个人有问题，想查他。你愿不愿和我一块儿去？”

“他家早就不在艋舺住了，现在新北归青记罩。当年青记的老大张笑城被阿超的父亲带人打出艋舺，使得青记失了最大的一块地盘，恨我们入骨。如今青记的角头和张笑城是把兄弟，我们去讨不了什么好。我倒无所谓，你一个女生出了事我怎么和超哥交代。”

“你不想去就不想去，还找什么理由嘛！”随着一声熟悉的娇斥，一身运动装的理欣突然出现在热炒店门前，“我出去几天就这么多事，幸亏回来得及时，周姐别理他这个胆小鬼，我和你去。”

“理欣，你去宫北那边了？”大厨从厨房里探出头问道，“吃晚饭了吗，想吃点儿什么？”

“去你个大头鬼，我吃过啦！一会儿待周姐吃了饭我就和你去找那个孔胜，我知道他家住三峡，到时候我们去打听就好了。”理欣说道。

“大半夜去三峡，你们两个女生不要命啦？要去也得明天去啊！”小山西大声说道。

“几十公里，很快就到了，再说这些人晚上一定不那么早睡，要是没找到人我们就去夜市吃夜宵，我请你们。”理欣说着向小山西做了个鬼脸，“你不懂女孩子，怪不得单身。”

“那好，我们现就走吧，你们去我也不放心。”小山西拿起车钥匙和理欣、周语准备出发，屋里的大厨急忙关火跑出来：“等一下，我也去！”

一个小时后，小山西的车到了三峡区竹仑里的一所弄堂门口。周语第一个跳下汽车，左右打量了一下，发现这是个极为荒凉的地方，路灯稀疏，给人的感觉阴气森森。她拉了一下理欣，然后用极小的声音问道：“这个地址没错吧，孔胜住这里？”

“没错，孔胜和宫北帮一个小弟的关系很好，我是托这个人打听到的，据说他经常在这里搞什么聚会啦！”说着他们顺着理欣指的方向往里走，在其中一个木门前停住。

屋子里发出明亮的灯光和隐隐的吆喝声，似乎里面有不少人。周语和理欣商量了一下，让小山西开着车在门外等，大厨守在巷口，她们两个女生摸进去看看。虽然说这个主意遭到了小山西的反对，但最终还是被周语驳回。

理欣很小心地来到门边的矮墙上，然后艰难地攀着墙头跳了上去。接着她又把周语拉上来，两个人慢慢滑下墙头，低着头来到墙下听屋里的动静。

“启星，这次的事情多亏了你和阿胜帮忙，要是把高超搞下去商会一定完蛋，到时候我带着兄弟们就能在宫区插一支旗了，也省得帮中的那些老头儿小看我们，什么‘东门四少’，还有陈淑颖这个女人。到时候就是我‘肥熊’的天下了。”

“肥熊哥这么能干一定能成大事——陈淑颖做话事人肯定有兄弟们不

服。谁知道这‘黄龙’和‘麻雀’之前是什么关系。下次干脆把黄龙也做了，让肥熊哥当老大。”说话的人听声音就是郭晋全的弟弟郭启星。

“话也不能这么讲，‘黄龙’是我大哥，我跟着他出来也不能不讲义气。但‘麻雀’是个什么东西谁都知道，女人靠什么上位呀？我肥熊第一个不服。这次结盟大会上整个东门帮让人家搞得灰头土脸也是好事，也该轮到我们兄弟上场了。”这时肥熊突然停住了，指着外面说道，“外面应该是有人来了，我们该出去接一接吧？”

第八章

一

周语和理欣吃了一惊，以为肥熊说的是她们。周语甚至在大惊之下就想跳出去和对方理论，还好被理欣一把拉住，示意她往墙角边上躲一躲。于是两人在角落里蹲下，借着杂物掩护自己。就见一个高大魁梧的胖子从屋里出来，身后跟了郭启星、孔胜以及另外一个身材魁梧的青年汉子。

就在这时，从院外走进两个人，原来是肥熊的手下，被他派出去办事刚刚回来。几个人走进屋子里不多时又听见吆五喝六的划拳声，肥熊看样子是这群人的首脑，被几个人围着敬酒，不时传出粗犷的大笑。

“熊哥，那个王实可不可靠啊，要是把咱们吐出来可是个麻烦。”一个男人无不担忧地问道。

就听肥熊先嘀咕着说了一句什么，听这意思好像是骂这个人胆小，接着才说道：“怕什么怕，要是没有这个把握我肥熊能下这么大的赌注？我和你们说，这个王实本身就是东门帮的人啦，算是我东门帮放在艋舺的卧底。之前有个朋友要在艋舺开个歌厅，他是商会的商户，自然没有问题。

我入股歌厅，除了分钱自然还要有一个自己人在里面，所以就从先入门的小弟里面挑了个机灵的放在歌厅，谁知道时间一长我就把他忘了。”

“原来是样，怪不得我看着眼生，兄弟们平时聚会也没见过这个王实。”先前一人说道。

肥熊喝了两口酒，又道：“前几天他来找我，和我说不想在那儿干了，我问他为什么。他说和他一块儿来的兄弟们已经给‘麻雀’看了场子，手下好几十号小弟，而他自己却还在歌厅当少爷，心里肯定不平衡啦！我就问他，你觉得我和那个女人谁更能干。”

“他怎么说啊？”

“他说当然是肥熊哥你啦。我就说：‘既然这样你还怕我给不了你好处吗？现在你在歌厅里当少爷是我需要在艋舺放一个自己人，不是心腹我还不同意呢！’他就说他想干大事，不想成天在歌厅打杂，这不像黑道中人干的事情。我琢磨这小子有点儿意思，就想到一直和郭启星商量的事情，就和他说了这事。”

“他怎么说啊肥熊哥？”

“他和我说：‘好啊，什么都行，你说吧肥熊哥。’我就说让他去把高超给我咬住，只要高超一倒商会就得散架；到时候我重新带人杀进宫区，怎么也能分上一半的地盘。他自然答应了。于是我就给他拿了二十万让他去准备，直到今天我们才咬死了高超。”

“问题是郭晋全是意外身亡，警察会不会查出什么？”

“验什么都可以啦，郭晋全虽然是自己滑倒摔了后脑勺儿，我让王实说是他推倒郭晋全也是一样的。”

“他不同意让东门帮跟商会合作，还说自己就算当了商会会长也不行。我就和他吵了起来，地下很滑，他一激动就摔倒了。我已经把详细情况和王实说了，肯定没问题。”说这话的是郭启星。

“肥熊哥，警方办案讲究人证、物证，现在有了王实这个人证，我们是不是搞点儿物证把案子做实，让高超彻底死心呢？”另外一人问道。

“好啊，这个事情你们帮我想好，用了谁的主意我就奖励他一瓶好酒，到时候把艋舺的场子给他看。”肥熊的话引起了众人的欢呼，接着觥筹交错声不断。理欣看周语正专心录音，悄声说道：“差不多了，我们先走吧，晚了走不了了。”

周语也担心外面的小山西和大厨，便收了手机往外走，谁知道刚从角落站出来她就踢倒了一个罐子，原来是空狗窝前的水盆，这下屋里立刻安静了下来，瞬间又突然爆发：“谁在外面？！”

也亏得周语反应极快，她拉着理欣一把就转过身子，面朝屋子方向走了几步，正和出来的肥熊等人对头，那些人都以为这个女人是刚刚进来。

“你是谁呀？”肥熊身边一个小弟问。

“我见过她。”郭启星突然说道，“今天傍晚在商会门前，她一直站在商会的人群里面。”郭启星说的自然是周语了。

周语看到他却也没解释，装模作样地问道：“你们谁是孔胜，我有事找他。”

“我是孔胜，你是谁啊？”孔胜从人群中走出，眯着眼睛说道。

周语深吸一口气，问他是不是高超的师弟。孔胜皱着眉头看了她一眼：“你这是什么意思，我是不是和你有什么关系？”

“我是高超的朋友，我想问问你为什么今天要和他过不去，他没有杀人，也不是这种人，你应该知道。我觉得你是不是该为他和警方说说好话。”周语理直气壮地说道。

“笑话，他高超杀没杀人我怎么知道？他连师傅都坑，别说我这个师弟了，我们都没有见过几面。我告诉你，我孔胜可是最讲义气的人，他让我们出头我们就帮他出头，那天多凶险在场很多人都见过，我没帮他？如今他杀人啊，你让我怎么帮？难道我做假证和他一块儿进监狱？”

周语气得脸色惨白，拉着理欣就往外走：“我们走，这种人简直不可理喻。”其实若此时走了肥熊等人自也不会起疑心，谁知道偏巧小山西和大厨久候不至进来寻找，正遇到周语和理欣往外走。

“你们进去多半个小时，还以为出了什么危险。”小山西说着就带着周语、理欣往回走，大厨则在最前面一言不发地带路。虽然小山西的话音不高，可还是让肥熊听了满耳，也难得这家伙反应极快，立时大喊起来：“把他们拦住，别让他们出去。”

孔胜、郭启星和另外三个小弟立即冲上去将院门堵住，肥熊则走到周语面前冷冷打量着她：“你一直在偷听我们说话？”

周语脸色苍白，虽然心里害怕可表面上仍竭力装作镇定。她小心翼翼地看着肥熊，然后装作很疑惑的样子摇了摇头：“我偷听你们干什么，我刚刚进来。”

“那你这多半个小时干什么去了？”

“我们走错了路。”周语说道。

“你当我是三岁孩子啊！”肥熊厉声道，“一条两百米的小巷能走半个小时，你们在逛街吗？”

他说着摆了摆手：“都带进去。问不出来就把这个女人办了，看她说不说。”

“这么漂亮的女人，肥熊哥还真体贴我们。”

“放开他们！”小山西愤怒地冲上前去，却冷不防被郭启星一脚踢倒，大厨则和另外一个小弟坚持了两个回合后也被人直接放倒。

“都带进去。”肥熊一招手，周语和理欣就被推进了屋里，小山西和大厨被两个小弟捆着丢到了屋子角落里。肥熊坐在沙发上抽着烟，用阴冷的目光打量着站在面前瑟瑟发抖的两个女人。

“你们到这儿来干什么，听到什么了？”

“我们刚进来，之前的确是走错路了。你不信可以问隔壁婆婆。”理欣理直气壮地说道。

肥熊看她回答得干脆利落，几乎被她骗过了，很疑惑地跟孔胜说：“你去问问。”

“不用了，隔壁没人，一个老头儿死了大半年，问鬼啊？”孔胜说着跳下来走到理欣面前，“干，你要是再不老实我就让你知道知道我孔胜的厉害。”

他说话的声音很大，有点儿吓唬理欣的意思。其实在他看来这种漂亮的女孩子一定没见过什么世面，这样吓唬吓唬也就能把实话吓出来了。

谁知道理欣还没怎么样，外面有人却受不了，就听“咣当”一声，接着一大群人蜂拥而至，为首的却是两个精壮的青年。

“孔胜，你一个大男人吓唬女人算什么本事。你不是学过 UFC 吗？敢不敢出来和我李直仁打一场？”李直仁大声道。

理欣见到李直仁，脸上几乎乐开了花，大声喊着李直仁的名字。就见李直仁对身边的青年笑道：“马应元大佬，这个孔胜是你青记的叛徒，你自己收拾吧！”

被叫作马应元的人是青记的四代目角头，上个月刚刚接了父亲马秀良的班，正想在帮中立威，今天得此机会自不会放过，举步上前堵住了大门：“好啊，我先收拾这个叛徒，剩下的交给你们宫北帮来办。”

“我们客随主便，今天是你青记唱主角。”李直仁和马应元一唱一和，俨然没有把肥熊等人放在眼里。而刚才还出言不逊的肥熊此时看到这么多人也有点儿慌了，急着拿出手机想打电话救援。

李直仁看到肥熊拿出手机，冷冷地笑了一声，说道：“打电话，好啊，给你大哥‘黄龙’打，告诉他你要造他的反，想把‘麻雀’搞下去取而代之，将来再坐他的位子。顺便把你栽赃陷害的事情和你大哥说一说，看看那个王实会不会翻供。”

“你信口胡说，我大哥不会相信你的话。”话虽然说得狠，可肥熊的底气明显不足。

李直仁又往里走了几步，在茶几的椅子上坐下，从杯盘狼藉的桌上捡了两粒花生米放到嘴里，咯嘣咯嘣地嚼着：“那就试试，你不打我打。”边说边拿出手机要打电话。

“不要打——”肥熊满头是汗，明显胆怯起来，与刚才的强势判若两人。

李直仁把手机又放了回去：“你不让打就算了，那我们先走了。对了，我的朋友得跟我一块儿走。你没意见吧？”

“没有。”肥熊从嗓子里干巴巴地冒出两个字，恶狠狠地盯着李直仁。

李直仁示意理欣、周语两人过来，然后问身边的马应元：“你打算怎么执行家法，用不用我帮忙？”

“不用直仁老弟出手，这事我自己来。”马应元边说边走到孔胜面前，“你入了青记的门，没有征得我的同意就重新拜了别人的码头，你说这事该怎么办？”

孔胜脸色铁青，一言不发地低着头，既不承认也不否认。马应元看了看他，又看了眼身边浑身冒汗的肥熊“我带他回去，肥熊大哥没有意见吧？”

“没有没有，这是你们家务事。”肥熊说道。

“肥熊哥，你也太够意思了吧？”孔胜大声叫起来，他被人推推搡搡地丢出了自己家。

李直仁看了看理欣，像换了个人似的小心翼翼地问道：“你要坐我的车吗？”

二

“不用了，我还是和小山西走吧！”理欣站在李直仁面前，平静地回答道。

李直仁点了点头，过去拍了拍小山西和大厨的肩膀，又和周语点了点头，然后被小弟簇拥着消失在茫茫夜色中。

小山西可能害怕肥熊他们去而复返，几乎是一路小跑地带着周语等人上了车，直到汽车开出新北大家才长长出了口气。

“阿仁怎么会来，还知道这些事情？”大厨很好奇地问道。

“是我在 line 上告诉他的，况且之前我和他手下要过孔胜的地址，他没有理由不知道。这个地方是青记的地盘，我想他怕自己罩不住，只能带上青记的老大马应元。”理欣分析得有头有理，大家都点头称是。

此时已经是凌晨时分，回到宫区后他们又回热炒店吃了点儿东西，然后草草分别。

周语一夜都没睡着，天麻麻亮就前往商会打探消息。

此时街上人还不多，远远就能看到邱礼桢那台硕大的 MPV 停在商会门前，司机老李无聊地玩儿着手机，看她来了连忙打了个招呼。

“邱叔在楼上吗？”

“是啊，开会呢！”

“和谁开会？”周语奇怪地问道。

“丁哥、乔老和他女儿，还有秉叔和他侄子。”老李老老实实地回答。

周语却吃了一惊，心想秉叔已经不属于商会的人了，怎么还在这里。不过当秉海深走出办公室的时候就全都明白了。

“我在商会这么多年，怎么说和高超还是自己人，之前他不计前嫌，让我非常感动。所以无论我们有什么矛盾都要先一致对外。我侄子的事情没有问题，我今天就替他回答。”一口浓重的闽南话从门缝中传出来。

凭这熟悉的声音她也知道是秉叔在说话，就听他继续说道：“阿宏，今天当着众位叔叔伯伯的面儿，你说说你到底是怎么想的。”

“我自然会全力以赴，只要这个案子有一点儿希望我就会一查到底。”说话的人听声音是个青年，很标准的普通话。周语从门缝往里看了一眼，却发现是个西装革履的青年，长得五官端正，只是神色略显轻浮。

“谁在外面？”邱礼桢问道。

周语见此情景连忙推门进去，将自己昨天遇到的事情说了一遍，又放了录音给众人听。

邱礼桢很认真地听完，微微点了点头：“很好，有了这东西我们就更有把握了。”

他说着给周语做介绍：“这位秉志宏是秉哥的侄子，是来帮高超打官司的律师，刚从美国回来。”

“你好周小姐，早有耳闻，请多指教。”秉志宏看着周语的眼神有些轻浮，但周语从来没想过她会和一个律师能有什么交集。所以当秉志宏请她吃饭的时候，周语想都没想就答应了，他们在宫区的一间西餐厅里吃牛排，连吃边聊。

“我家现在在台北，在美国也有房子，如果有兴趣可以去美国玩儿，我做东。”秉志宏说道。

“有机会一定去——不知道秉律师对高超的案子有什么看法，有没有把握。”周语问道。

“当然了，这是个很简单的案子，王实明摆着栽赃嫁祸，有了你那些录音就更有把握了。放心吧，没有问题。”

秉志宏的话多少给了周语一些宽慰，她怔怔地望着窗外，痴痴地说道：“不知道阿超在监狱里好不好，是不是受了委屈。”

“他只是被关押而已，没什么事，你放心好了。我有个朋友在那儿工作，我会安排他照顾一下高会长，你看如何？”

“那太好了，会不会很麻烦？”

“不会，你放心吧！”秉志宏说着微微叹了口气，“我还真挺羡慕高超的，有你这么想着他。”

周语的心思一直放在高超身上，并没有理会秉志宏的话，待他说完好久才回味有些不对，她抬起头，正看到秉志宏怔怔地看着自己，目光逼人。

周语被他吓了一跳，连忙低下了头。

“周小姐，要是我让高超重获自由是不是该获得你一点儿奖励呢？”秉志宏语带调侃地说道。

周语叹了口气，不敢想对方这种所谓的奖励是什么，便道：“好啊，如果你真的帮了高超，那我们一块儿请你吃饭。”

“去我家吃，我请你怎么样？”

“好啊！”周语随口敷衍道。

“我是个律师，你放心吧，我会尽力。”对于秉志宏的承诺，周语并没有放在心上，谁知道仅仅三天之后，高超竟然真的被放了出来。

“多亏了这个秉律师，他很能干啊！”高超感叹着端起酒杯和大家喝酒。周语开心地望着高超略显消瘦的面庞，将李直仁帮助她的事情对高超讲了一遍。高超很认真地听着，然后很欣慰地笑了：“阿仁怎么说还是自己兄弟，不管是在宫北还是商会。有机会一定和他解除我们之间的误会。”

就在这时候，周语的手机响了，她很紧张地看了一眼，然后对高超说道：“我出去一下。”

高超没有理会这个电话有多重要，以为她很快回来，所以继续和小山西、大厨、理欣喝酒，谁知道饭几乎都吃完了，周语还是没有回来。

“怎么这么慢？”高超拿起手机给周语打电话，没想到关机了；他叫小山西去把周语找回来，看她是不是回家了。

“她家在花莲，回去一次好不方便，我只知道她在我隔壁租的房，我回去看一下就好了。”小山西絮絮叨叨地说道。

高超点了点头，让理欣陪他一块儿去，然后自己回家休息；谁知道出租车还没到家，小山西的电话就已经打了过来。

“超哥，表姐没有回来。”小山西在电话里有些焦急地说道。高超此时的酒已经醒了一半，他立时就感觉到事情有些不对头，马上决定去商会看看。

高超下了车，却发现夜晚的商会黑黢黢的，安静得吓人，根本没有周语回来的迹象。他转过身，再次回到楼下的时候，赫然发现商会大门的玻璃上贴了一张白色的打印纸。

高超撕下纸，发现上面整整齐齐地写了这么一行字："想见周语，就立即到金宝山墓园来。"

高超马上动身去金宝山墓园。正准备离开时电话又响了，是小山西打来的："超哥，找到表姐没有？"

"没有，我现在去一趟金宝山，也许她会在那里，我们保持联系。"高超不愿和小山西多说，又怕自己出了意外他们找不到他，所以简单说了这么一句。小山西却颇为困惑，问他为什么要去金宝山，是不是有什么线索。

"现在还不清楚，你们等我电话，不要乱走。"吩咐完，高超从汽车后备箱里取了一支扁钻尖刀藏到袜子中，又将护手的短棍和棍套系在腰间，这才向金宝山墓园出发。

此时金宝山墓园早已闭园，所以当高超赶到的时候没什么人。他左右瞅了瞅，又顺着大门往西走了一小段，依稀看到那里似乎有人影。

"有人让我给你带路。"黑暗中一个苍老的声音响起。一阵冷风吹来，高超感觉到浑身上都有些发毛。

不过他很快就镇定下来，跟着黑影顺着盘山道从小门而入，蜿蜒而上，良久才在一个公墓前停住。黑影往前指了指，然后说道："前面有人等你，一直走就可以了。"

黑影瞬间就与黑暗融为一体，好像从来没有出现过一样。

高超慢慢地往公墓前走了一段，继而看到一个夫妻合葬墓，再凝神瞧去时几乎吓了一跳，原来墓碑上的名字是：秉海深、高贵芬之墓，上面还镶嵌着两个的照片，男的赫然是秉海深。

高超顿感寒意，正想看看情况时一个陌生的青年男人出现在他的身后。

"我给你带来了一件你最感兴趣的东西，你可以回头看看。"男人戴着手套的手伸向高超，手里捏的，却是一只血淋淋的人耳朵。

当高超看到耳朵上的耳环时几乎站立不住，那分明是周语的耳环。

“你很想知道她在哪里吗？”男人看着有些失态的高超问道。

三

“你是谁，想怎么样？”关键时刻，高超仍旧保持着难得的冷静。虽然在心底一个劲儿地告诉自己要镇静，可此时的高超仍然有些许紧张，他拼命地握住护手单棍，努力克制。

他握在手里的是一柄特制的钢棍，有三十厘米长，顶端为甜瓜头造型，大逾核桃，舞动起来威力惊人，是季大诚专门为高超这种不擅膂力的弟子仿造的古兵刃——“骨朵”。

“你怎么不接，害怕了？”男人微笑着又往前走了两步，将耳朵放至高超左手，然后平静地看着他，“如果让你在一只耳朵的周语和商会会长中间二选一的话，你会怎么选择？”

“如果让你在生或死之间二选一的话，你会选择谁？”高超缓缓举起手中的短棍，轻轻地晃动手中的武器。

男人冷冷地注视着他，刻意往前走了两步：“好啊，你敢动手我保证你再也找不到周语。”

“你是谁？”

“我是秉志宏，秉海深是我叔叔。你如果想要周语活命，那就马上打电话给邱礼桢和乔老，说你马上就辞去商会会长的职位，让他们另选其他人。这样我就把周语交给你。”

“如果我不打呢？”高超冷冷地问道。

“随你吧，你要真是那种无情的人我也没什么办法。”秉志宏说话间做了个无所谓手势，等待着高超的答复。

高超目眦欲裂，眼睛里几乎能喷出火来，最终发现自己除了辞去会长之位外没有其他办法救周语，终于长长叹了口气。

“给你电话，用这个打。”秉志宏随手递过一部看上去挺熟悉的手机，高超一时却想不起在哪儿见过。

“邱叔，是我。”高超说道。

“怎么是你啊？”电话里邱礼桢的声音很奇怪，高超却不想和他多做解释，只告诉邱礼桢自己想辞去会长之位。

邱礼桢果然大吃一惊，忙追问缘由，高超望着面前冷漠的秉志宏，无奈地说道：“没什么原因，我太累了，想休息一段时间。”

“你太让我失望了，是不是因为那个女人？”邱礼桢问。

“不要多问了邱叔，我先挂了。”高超挂掉电话，又给乔老打了一个，乔老虽然也很惊讶，但毕竟进入商会时间不长，暂时还唯邱礼桢马首是瞻，所以当听说邱礼桢已经同意的时候自无异议。

放下手机，高超对秉志宏怒目而视。

“做得很好，我现在要去那边打个电话确认一下，如果没有问题的话我就把周语在哪儿告诉你，不过你不能乱走哦！”秉志宏说着就往后退，高超怕他说了不算，连忙往前追了几步，“你说话算数吗？”

“当然，你太小看我了吧，我也是嚼着槟榔的‘七逃人’，一言既出，驷马难追！”说着他微笑着往后退了几步，转瞬间就消失在茫茫的夜色中。

可是，这个所谓的“七逃人”说话并不算数，最起码做事没有他说话这么干脆响亮，高超足足等了一个多小时也没见他出来。高超开始犹豫要不要离开。

此时已至子夜，阴风阵阵吹来，打在他单薄的衣衫上。高超握着短棍，跺着发麻的双脚，刚踅过秉海深夫妻的墓碑就被什么东西绊了一下。

“什么啊？”他嘀咕着低下头去瞧，却无论如何也看不清楚。黑夜中只有稀疏的星光和远处地灯淡淡的光晕。他拿出手机，打开照明时却分明看到一张沟壑丛生的老脸，那冰冷的脸上，一对早已失去光泽的眸子正死死地盯着他。

饶是胆量过人的高超也不禁骇然。他先是后退了几步，一跤摔倒在了地上，怎么也爬不起来。

他就是秉海深，商会的前特别顾问，躺在自己墓碑前，而他的侄子秉志宏刚刚离去一个多小时。蓦然之间，警笛大作，像希腊神话中从天而降的毒龙一般将伊阿宋包围。

高超惊愕地发现这些警察荷枪实弹，似乎要对付的不是高超，而是犯罪团伙一般。

“不许动！”警察的枪顶在高超后脑勺儿，让他不得不蹲下身子将手抱在头顶。接着有人过去翻看尸体，就听他大声说道：“外力窒息而死，没有发现疑似凶器，有手机一部。”随着这淳厚的声音，高超看到说话的警察手里提的透明袋里装了部黑色的手机。

借着警车的车灯，高超分明看到这手机与刚才秉志宏给他用的手机一模一样，一瞬间一股剧烈的不安在他身体里开始蔓延。而之后的调查则完全证实了高超的判断，他最后用来和邱叔通话的手机竟然就是秉海深的手机。

“我说了，所有事情都是秉志宏安排的，是他让我打电话给邱叔和乔老，然后让我等了很久，后来你们就来了。”高超不厌其烦地一遍又一遍地解释，可警察根本不相信他的话。

“问题是秉志宏失踪了，你的话没有人能证明。”负责录口供的警察说道。

高超一听更加坚信自己的判断：“对啊，是他嫁祸给我，然后消失了。”

“明白了，你等一下。”一个警察想了想，出去取了个平板电脑递给高超，上面有张照片，里面是个西装革履的青年，“你认识这个人吗？”

“他是谁啊？”高超疑惑地打量着警察，不知道他们给他看的人是谁。

警察冷笑一声，说道：“这个人就是秉志宏。”

“什么？”高超几乎不相信自己的耳朵，“这……你们没有搞错吧？”

“当然没有，这个人的确是秉志宏没错，而且他现在已经失踪了，和你女朋友周语一起。你还有什么交代的没有？”

“我……我没有。”高超的脑子瞬间“嗡”的一声，像是装了个大号的风扇一样。他目瞪口呆地看着警察，一个字也说不出来。秉海深的手机上有自己的指纹，他死前已经昏迷，而自己的汽车后备厢里发现了少半瓶乙醚。

“我不知道这是怎么回事。有人嫁祸，我要见律师。”高超点名要见商会的张律师，直到他来之前也没有说一句话。最终，警方将他收押，看来在律师来之前不会有什么新的变化。

而在警察局之外，整个商会已乱成了一团，这几天用“山雨欲来风满楼”来形容也是有过之而无不及。邱礼桢带着阿杜和强仔刚来到商会门外，就见乔老的汽车也刚刚停好，乔老在女儿的搀扶下走出汽车，同时和他下来的还有两名手下，他们正抬着一个人，这个人居然是周语，看样子，她现在非常虚弱，一直昏迷不醒。

“我在来的路上看到了周语，给人扔到马路当中，要不是半夜车少，估计已是凶多吉少。”乔老说着指了指身后兀自昏迷的人说。

“阿超被陷害，起因就是她失踪了。也许从她身上能得到点儿什么线索，先把她抬到休憩室去。”邱礼桢说着往周语身上看了眼，发现她的两只耳朵完好无损，“看来她一无所知的可能性很大。”

“怎么最近这么乱啊！王实、郭启星的事还没搞完，秉叔又被人做掉了，高超头上扣这么多屎盆子，怎么摆脱得了嘛！”乔老长叹一声说道。

“很简单，有人千方百计想把高超搞下去。一个王实不行就再来一个，直到他彻底下台为止。这次我看他们还能坚持多久，只要你、我和丁老咬死高超会长的位子不动，商会就没有问题，无论是谁也不可能插进一脚。”

邱礼桢说得斩钉截铁，然后让阿杜他们推他进屋。

周语醒来后，果如邱礼桢所料，真的一无所知，甚至连自己这两天的情况都说不清楚，原来那天晚上吃饭的时候她接到了秉志宏的电话说自己就在外面，周语怕他进来和高超闹误会，便出去和他解释清楚，谁知道刚到门口就被人用迷药手帕迷晕了，再醒来的时候已经是两天之后，根本不知道这期间发生了什么。

“看来杀秉叔并非预谋，很可能是临时起意。”邱礼桢慢慢地把轮椅摇到门口，字斟句酌地分析道，“我猜测对方开始是想通过周语来要挟阿超，可后来秉叔的死一定是打乱了他们的计划。这个人很可能就是我们身边的某个人，想趁乱在宫区插上一脚。”

“这几天大家都谨慎点儿，也去和丁哥说一声让他小心。”乔老说道。

邱礼桢点了点头，眯着眼睛沉默了好久，才道：“我已经有了点儿眉目，一会儿回去确认了打电话给你。归根结底还是宫区的吸引力太大，否则就没这么多事了。”

“之前商会占据整个宫区的时候其实还没有现在这一半地盘红火，如今利润高的商户都在商会这边，你说那些外省的大哥们不眼红？就是一个十七层的电达广场收入就已经超过艋舺其他地方了。”乔老笑道。

“电达广场是我和世元帮助‘黑子’贷款搞下来的，当时他还有些犹豫，现在呢，已经是艋舺数一数二的大老板了，电脑、滑鼠、键盘、印表机这类东西现在看有些没落，当时可是先进得不得了的大生意。”

邱礼桢自豪地说完笑道：“我要回去好好想想，搞明白了把这些情况汇总一下，去和老黎讲一下，看看能不能把阿超保释出来。”

“有你我就放心了，看来你是胸有成竹啊！”乔老和邱礼桢闲聊了几句，而后邱礼桢乘车离开，可谁知道十分钟以后这辆结实无比的进口 MPV 竟然爆胎了。

与此同时，乔老自己也遇到了人生中最危险的时刻。

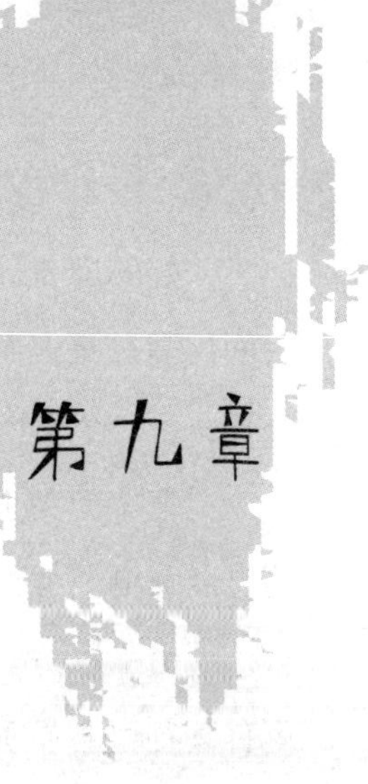

第九章

一

邱礼桢的车是日本进口的高端MPV，可以直接从侧面把他的按摩轮椅放进去，备受他青睐。

邱礼桢自从失去了双腿，这辆车从另一个角度来说就代替了他的腿，和两个贴身保镖阿杜和强仔一般成了邱礼桢到哪儿都必不可少的东西。谁知道一向保养得当的汽车今天竟然当街爆了胎，而且在他前往淡水的公路上。

也多亏了司机老李的驾驶技术一流，虽然车速不慢但他还是非常镇定地维持了车身的稳定，四人有惊无险地停在路边。

“干，怎么会爆胎？”强仔咒骂着拿出手机打电话找人过来拖车，而邱礼桢则完全没有察觉到即将来临的危险，仍把这件事当作普通的事故来看。

邱礼桢说：“阿杜，给于婶打电话说我们不回去吃饭了，让她收拾完就回家吧！一会儿我们到淡水吃。”

“好的邱哥。”阿杜的话刚说完还没来得及掏出手机，一辆商务车从后面疾驰过来，突然在他们面前刹车，发出刺耳的尖叫声。之后车门突然打开，十一个手持砍刀的青年从车上跳下，怪叫着向邱礼桢他们扑来。

“把车门关上！”邱礼桢反应极快，就在对方的汽车刚刚停住的瞬间他已经瞧出了苗头，事先将手机通讯录中的黎副队电话调了出来，迅速拨号。

“出来！”车外的青年在一个黄头发男子的带领下开始砸车门敲车窗，更有甚者爬上车顶开始猛击天窗。邱礼桢知道短时间内黎副队到不了现场，这个地方正处在台北和淡水的中间位置，完全是对方有意而为之。

“发动汽车！”邱礼桢果断地命令道。

“可是邱哥……”

“能走多远走多远。”

“好。”强仔刚把汽车打着，对方就发现了他的意图，只见那辆商务车很快就挡在了路中间，阻断他们的去路。邱礼桢暗叫不好，这时已经有人砸开天窗，试图从上往下跳。

眼瞅着四个人已到山穷水尽的地步，两辆大客车突然非常霸气地从台北方向开来，咆哮着停在路边，车上跳下好几十号人，看样子似乎都是宫北帮的小弟。这一下邱礼桢、阿杜、强仔都吃了一惊，不知道这些人是什么意思。

最后从汽车上下来的是个身材魁梧、穿着花衬衫、理着平头的年轻人，手里提着刀面带微笑地望着车里惊慌失措的邱礼桢和车外有些傻眼的少年们。

“我是宫北帮的‘山椒强’，我大哥就是李直仁，知道我的现在马上滚。要是执迷不悟的话，冲我这刀说话。”山椒强把手中的刀高高扬起，用挑衅的目光盯着面前的人。

说来也怪，刚才还不可一世的黄毛在听到山椒强和李直仁的名字后竟然没有吭声，乖乖地低下了头；而那个马上就要从天窗上跳到车里的青年也很麻利地跑了出来。

没有人教他们怎么做，可他们就像是商量好了一样依次钻进来时的汽车，十一个人很快就消失了。这时邱礼桢的电话响了，是乔老打来的。

“老邱，你没事吧？”乔老在电话中有些激动。

“我没事乔老，来了一个李直仁的小弟，是你找来的吗？”邱礼桢很奇怪乔老为什么会找宫北帮的人来帮忙。

就听电话里的乔老叹了口气，才说道：“我是李直仁救的，他现在就在我这里，要不然我这条老命也没了。”

“这是怎么回事？”邱礼桢惊讶地问道。

“别提了，陆子铭想一网打尽，同时要干掉咱们三个人，所以你、我、丁健差点儿同时被人干掉。好在我有个好女儿，更有个好孙女。珠珠现在是商会的监事，咱们不在她可以搞定商会的事情，而小乔的男朋友是个警长，正好在我身边，你说巧不巧啊？有他在，我们多坚持了十分钟，李直仁和两个宫北帮的小弟在宫区巡逻，就把我们救了下来。本来孙女婿想带这些人回警局的，我说先过上一堂，一问才知道这些家伙都是陆子铭派来的人。”

“那丁哥怎么样了？”邱礼桢焦急地问道。

“没事，丁哥怎么说也是混舢舺半辈子的人了，身边能不带几个人？他死了两个手下，自己受了点儿轻伤。我其实最怕你出事了，所以立即让李直仁组织自己的手下过去帮你，我一会儿就到。”电话里的乔老中气充沛，完全不像是刚刚遇险的样子。

“您不用过来了乔老，先回去休息吧。本来让您接替阿秉做商会的特别顾问就很不好意思了，还遇到这么多的麻烦。”

邱礼桢在电话里异常客气，谁知道乔老却不承他的情，责备道：“阿邱啊，你这话就见外了。商会的事情就我的事情，能让我当特别顾问肯定是看得起我喽！我自然义不容辞。你放心，陆子铭的阴谋不能得逞，我已经通知刘大律师了，现在就告他雇凶杀人。”

“那我马上过去。”邱礼桢知道乔老这种人有自己的处事风格和办法，和黑道人截然不同，无论占不占理都会率先用法律的武器攻击对方。像今天这种情况他既然能抓到人证，那这个陆子铭就等于提前宣告退场了，只是判刑轻重而已。

邱礼桢感慨万千地望着面前的山椒强，一时似有千言万语却无从说起，半晌才沉吟道：“替我谢谢你大哥。”

“我大哥说，救你是为了商会，他和你的事可还没有完。”山椒强撇着嘴很不耐烦地复述着李直仁的话，然后收拾东西就准备离开。邱礼桢很惊愕地望着他，突然焦急地把他叫住。

他艰难地推着轮椅追赶山椒强，直到阿杜见状忙抢上前去把他推到山椒强面前。

邱礼桢长叹一声，从脖子上摘下一个黑曜石吊坠交到山椒强手中：“这个东西我戴了四十几年，是我父亲从天师处求来给我的，你替我交给直仁。”

山椒强接过吊坠，见邱礼桢无话才转身离去。这时强仔找来的救援车已经赶来，他们立即驱车与乔老会合商讨对付陆子铭的事情。

在乔老强大的人脉面前，陆子铭根本没有胜算。也许论财力他能超过乔老，但若说起在台北的势力，几个陆子铭也不是对手，他错就错在和商会开战之前没有搞清楚对手的底牌。

陆子铭被捕后，很快就因为雇凶杀人、非法拥有武器、非法组织黑社会武装等多项罪名被起诉，最终判决的结果是无期徒刑，按照乔老的意思，估计他二十年之内是不可能走出监狱了。陆子铭服刑的地方是著名的台南监狱，邱礼桢自然清楚这是乔老的授意，以他的实力做这点儿事还是游刃有余。

过了几天，高超带着周语来商会见邱礼桢和乔老，这也是高超被无罪释放的第二天。乔老、丁健、邱礼桢三个人坐在商会为特别顾问和理事长设置的座位上。高超下首则是商会的监事乔珠珠，也就是乔老的小女儿。

几个人先是寒暄了一番，而后乔老才原原本本地说出了事情的经过。

原来陆子铭自来到台北，看上艋舺宫区这个地方以后，除了受东门九老邀请出任东门帮帮主之外，与宫北帮和商会都暗中互有来往，而商会的联系人自然就是秉海深。其实秉海深虽然不满足于商会的现状，但并未就直接和高超撕破脸皮，此事也就能过就过去了。后来陆子铭专注于和宫北帮结盟，商会的事并没有太放在心上，所以他跟秉海深的联系不多。直到结盟大典上陆子铭被马老当众逐出东门帮，陆子铭才又和秉海深恢复了联系。

陆子铭做事激进，有干劲儿、有手腕，开始鼓动郭晋全来抢商会会长的位置，后来又说服秉海深暗中遣人谋害高超，谁知道后来事情的发展完全超出了秉海深的预料，被高超原谅后大受感动，决意不再和商会作对，一下子从陆子铭的盟友几乎变成了敌人。

两人大吵一场后秉海深与陆子铭的矛盾加深，盛怒的陆子铭失手将秉海深掐死，然后一不做二不休，决定下血本孤注一掷，先是雇人把高超带到金宝山墓园陷害他，然后安排人妄图干掉商会的三个负责人，继而煽动商户重新竞选商会会长以求上位良机。

谁知道眼高手低的陆子铭并无多少实际经验，他虽然熟读史书，精于商战，但对黑道中的杀人伎俩其实并不比一个普通的小弟知道得多，以致他安排的计划看上去不错，但实际上一个都没办成。

至于那个秉海深的墓碑，其实早有了，只是高超不知道而已，当年秉海深妻子去世后他就修了一座空冢准备殉情。后来被家人拦住，人虽然不死了，但碑也就留了下来。

“阿超，男人重感情是好事，尤其是你和周语的事情我们都替你高兴。但若因此而失去理智却是最不明智的选择。”乔老语重心长地说道，“那个假冒秉志宏的人用了一个尸体的耳朵就把你吓成这样，你觉得自己是不是没用？若哪天他拿了一条腿让你自杀你难道还真去死？”

“是，乔老，我以后一定不会这样了。”高超低头说道。

“很好，不过秉叔这件事我觉得还是商会内部的事，既然他后来并没有暗通陆子铭，其实也是不愿与商会为敌，我建议还是把他儿子的事情放一放，毕竟是两回事嘛！”乔老说道。

原来秉海深的小儿子秉安在电达广场三层经营电子安防设备，生意做得蛮大，也是商会的优质商户。自从秉海深出事以后，丁健以秉海深“通敌”为名将秉安的公司孤立，致使很多商家不敢供货给他，据说一天就损失数十万新台币。而秉安也从未参与商会活动，因此乔老建议恢复其公司正常运作。

“这件事情要不要再考虑一下，毕竟秉海深的事情还没有结束。”邱礼桢说道。

“我看不必了，我遵从会长的意思，这个秉安我熟悉，和他老爹一向不和，秉海深的事情他也不会参与。我们还是让他正常做生意的好，也对其他商户有个交代。”乔老提出了他自己的意见。其实这会儿在商会除了高超以外乔老说话最有分量，其他人亦不好反驳，只能默认。

邱礼桢将高超拉到一边，将李直仁让山椒鱼来救他的事情说了一遍，然后道：“我听说陆星对直仁预谋已久，经常拿以前的事情当幌子来欺骗直仁。我觉得他对我有成见，去宫北帮那边恐怕也跟这些事情有关系。”

说到这里他见高超无语，遂又道：“我说的就是直仁他母亲的事情，都过去了还是算了吧。我承认我以前对他有偏见，但那天他救了我以后我想了很多，觉得人还是朝前看的好。”邱礼桢说得极为诚挚。

“我知道了邱叔，有机会我会和他讲。”高超也甚为动容。

就在这时候，一直在外面等候高超的周语急急忙忙地冲了进来，脸色苍白，低声对高超说了几句话。高超立时紧张起来，他忽然站起身，望着面前惊愕的邱礼桢，有些不知所措地说道：“秉叔那个侄子，就是叫秉志宏的，爬上电达广场楼顶说要跳楼！”

二

秉志宏本来是之前给高超打官司的律师，是秉海深特意请到台北来参与这件事情的，也是秉海深想缓和一下他和高超的关系表达的善意。

后来官司结束后秉志宏并没有离开台北，因钟情于周语而留了下来。周语被带走的时候他其实就在不远处。

秉志宏由于没有资格参加商会的自助酒会，所以就在离商会不远的咖啡厅里等周语出来，谁知道正遇到陆子铭把周语骗了出来。当时秉志宏并不知道陆子铭用的借口竟是他本人；而陆子铭更不知道他对周语的感情，只打听到他仅仅是她的律师而已。

所谓旁观者清，秉志宏一看周语上了对方的车就知道事情不妙，又担心报警威胁周语的安全，于是便开了从秉安那儿借了汽车一路跟了上去，直到对方把周语带到郊外的时候才准备离开，打算回去找人想办法救周语出来。

谁知道负责看管周语的人都是经常干这种事的黑道老手，单车追踪怎么能不留痕迹？

所以当秉志宏汽车一动，马上有人拦住了他，接下来的事情就很简单了，他一个人双拳难敌四手，很快就成了人家的阶下囚。陆子铭怕他和周语在一块儿出事，就让两个能干的手下分别看守，由于人手不够，还特意从和他关系好的东门帮话事人关豹那儿借了人来帮忙。

谁知道这件事出就出在关豹的这群手下手里，这里面有一叫武龙的人与宫北帮李直仁的手下绰号“猩猩”的小弟关系很好，他便把这件事透露给了猩猩。猩猩有心巴结李直仁，便立刻赶去李直仁经常驻足的酒吧找他，偏偏那天李直仁有事外出，只有小许在这儿看场子，于是他就告诉了小许。

小许虽说跟着李直仁到了宫北帮，但他和商会那帮兄弟还是极有感情。他听说这事以后立即找了几个人去救人。恰逢李直仁在陆星处开会，他就没有通知李直仁，自己带人悄悄赶到关押周语的小酒店将人救了出来，还打伤了陆子铭的几个手下。好在他们都刻意蒙面，所以也未露出痕迹。小许开车将周语放回商会门前才悄然回去。

而秉志宏却没有这么幸运，负责看守他的人都是陆子铭身边最不受重视且最不起眼儿的人，所以他们百无聊赖地在郊外一个空房子里等大哥发话，谁料到后来陆子铭出事被捕，他们才知道这事竟然落了这么个结果。于是树倒猢狲散，有人就主张把秉志宏废掉然后潜回台东。可偏偏这时候陆子铭的弟弟陆子安收拢残兵败将，看到秉志宏于是心生一计。

一番连哄带骗，陆子安套出了秉志宏的心里话，便骗他说有办法帮他搞定周语。秉志宏本以为落到这群恶狼手里死定了，谁知柳暗花明又一村，竟然有人要帮他追周语，再加上此时身在险境，自然是全力配合。

于是陆子安让两个小弟带着秉志宏到电达广场的楼顶，让秉志宏说自己要往下跳，并吩咐他务必拖延时间。

秉志宏上了贼船，身后暗处又有枪口威逼，所以表演颇为卖力。他先是说周语不来就要跳楼，等周语来以后又要周语把高超找来，否则还是要跳楼。周语无奈只得将高超从商会里叫出来。

高超一出现，秉志宏就像上足了发条的机械狗一样叫了起来，他先是大书了一番功绩，大致意思自然是没有自己他高超一定蹲了大狱，自己是他的救命恩人云云。

接着他话锋一转，又提到了周语和商会，按他的意思自然是高超要懂得知恩图报，应该将周语让给他。最后，秉志宏说道：“你必须得让我带周语走，否则我就从这儿跳下去。”

面对秉志宏无理的要求，高超简直啼笑皆非。在他看来这位秉大律师一定是昨天晚上洗澡的时候脑子里进了水或是被车门夹了脑袋才会提出这种滑稽的条件。

他有些不屑地望着秉志宏，随手从一个职员手里拿过扩音喇叭说道：“周语是我一生的伴侣，我不可能相让，就算我同意了她也不会同意。你如果愿意跳，那就跳吧！”说完这番话高超转身就走，顺便还拉上了身边目瞪口呆的周语。

按高超的估计，秉志宏决不敢跳楼。

谁知道听了高超的话，楼顶上的秉志宏突然变得沉寂起来，片刻之后，一道人影在空中急速下坠，很多人都听到了一声凄厉的惊叫。

秉志宏重重砸在了停车场的水泥地上，瞬息之间桃花万朵，姹紫嫣红与粉身碎骨将整个事件推到了最高潮。

这不仅是高超没有想到的，更出乎所有人意料。此时负责警戒的警察早已疲倦，他们之前通过两个小时的观察得出的结论是：这个姓秉的人根本没有跳楼的勇气，只是通过这个博热点以期换取高超的同情心而已，所以根本没有做足对方会真跳楼的准备。谁知道秉志宏一生中干过最干脆的一件事竟是跳楼。

“封锁现场——你们不能走，和我们回去协助调查。”负责维持现场秩序的警察一边向上面汇报情况，一边安排疏散人群等待指示，同时让人把高超和周语扣了下来。直到这时候他们才意识到这件事没有他们想得那么简单。

“你听到秉志宏的呼救了吗？”周语轻声问高超。事实上当时秉志宏的呼声很高，现场很多人都听到了。

“听到了，我也怀疑他是被人推下去的。”高超左右瞅了瞅，看到警察已经开始在电达广场逐层搜索了，想必已经有人前往楼顶了吧。这时候邱礼桢和乔老带着商会的人已经赶到，正看见高超和周语被推上警车。

“真是掀起石头掉进了坑啊，怎么会有这么多的麻烦？”邱礼桢边说边拿出手机和警察局的朋友联系，帮忙找关系、问情况，而乔老则通过老朋友的介绍帮高超和周语找律师。谁知道这次却准备得过头了，等商会一行人来到警局的时候高超和周语已经签字出来了。

“怎么这次这快啊？”乔老奇怪问道。

邱礼桢看到周语脸色不太好看，高超还算正常，就猜测秉志宏的死因有问题。果然，高超在回商会的路上告诉他们，警方已经证实秉志宏是被人暗算推下楼的，两个凶手已基本锁定。

“是什么人？”乔老问道。

“两个青年男子，都在三十岁以内，是他们挟持秉志宏上楼的。这一点通过监控录像已经证实了。另外就是他们之中一人的身份基本确认，是台东的一个无业游民。”

“这个事情是谁搞的，警方一定查清楚。我会和柯局长打好招呼，如果他办不了就直接去找陈署长，相信他们也会给我面子。”邱礼桢愤怒地拍着轮椅扶手大声说道，“无论是谁，搞商会会长就是搞商会，我们和他周旋到底，决不能让他们如此猖狂！”

邱礼桢的话引起了在场众人强烈回应，甚至连几个警察都为商会伸出了大拇指，之后就是律师分别找周语和高超谈话，然后回去休息。

回到家，高超感觉浑身上下像散架了一样，他脱了衣服去洗了个澡，上床睡觉的时候发现手机在响。

开始的时候高超以为是周语，结果不是她。不知道是谁发来的一张照片，照片里的人是高超的母亲邓淑雯，正躺在床上熟睡，从后面窗口的风景来看是在台北。

母亲怎么来了台北？邓淑雯在婚后不久就与高世元离婚了，本来高超应该交由邓淑雯抚养，谁知道高超嫌弃南部的生活憋闷，小学毕业就悄悄跑到台北投了父亲，之后由高世元抚养长大，只每年夏天去南部玩儿上几大。

后来高超在邱礼桢等人的帮助下就任商会会长，又认识了李直仁等一票兄弟，自然与母亲来往更少了，但电话倒是经常会打，只不经常过去而已。

老人则嫌弃台北生活不如乡下舒适，也不怎么来。

高超再次拿起照片确认。的确是母亲没错，而且也确实是在台北，可她这是怎么了，为什么不与自己联络呢？

正疑惑间，高超手机突然响了，是个陌生的号码。

“高会长，我叫陆子安，是陆子铭的弟弟。你母亲在我这里做客，她很安全，我还专门请了一位伯母陪她。想见她的话你今天晚上先到阳明山的福德轩来，我想和你谈谈我哥的事情，我们把新旧账都算一算。”

“好，我一定准时到。”高超沉着地回答，脑子里飞快地旋转着之前关于陆子铭的事情。既然对方有胆让他过去，那一定做了充足的准备，况且母亲在对方手上，自己也不敢轻举妄动。

就听陆子安继续说道：“我不见外客，你最好自己来。”

“好。”

“我保证你母亲的安全，对商会也没有兴趣，只是想和你聊聊而已。”

挂掉电话，高超坐在床头，取出烟来点燃，在缭绕的烟雾中开始回忆起母亲和他的点点滴滴。虽然从小他就喜欢父亲、讨厌母亲，可现在想起来她何尝不是为父亲和自己的命运担忧呢？

在高超就任商会会长的时候，邓淑雯不止一次地说起过自己的意见。在她看来，宁可让高超在台北找一份每个月只挣两万块钱的普通工作也不愿意让他去当什么商会的会长。

可惜那个时候高超正处于叛逆期，不怎么听她的话。有时候回去住几天，邓淑雯会说起她和高世元相识的经过。在高超看来，那对父母来说是一段非常美好的岁月。

邓淑雯最好的朋友是如今还住在信义区的九婶，她经常会到商会看望老朋友，累的时候总会来商会坐一会儿，和高超聊聊往事。那时候，高超才得知母亲和父亲竟然有过一段相当戏剧性的经历。也是这个经历才埋下了他们后来命运的导火索。

高超抽完一支烟，似乎对自己该何去何从已经有了想法。他先打电话给周语，告诉她今天要去律师那里一趟，可能会晚点儿回来。然后又告诉邱叔自己有私事处理，请一天假。接着藏好短棍和扁钻尖刀，静静地等待着夜幕的降临。

可是，等待高超的又是什么呢？

三

午夜的阳明山空山寂寂，婆娑的树影间阴风缭绕，不时传来一阵阵不知名的鸟叫声。

高超下了出租车，吃力地走在前往后山的小道上，用 google 地图定位了福德轩的坐标，快要到达目的地的时候，他的心忽然提了起来。

最近一段时间艋舺不太平，商会会长的位置也成了香饽饽，实在让人摸不透那些大佬们的路数。这么多年，经济形势好的时候没人瞧得上商会会长这个位子；如今台湾的生意不好做了，反倒有人觊觎商会会长，真有点儿说不过去。

高超停住脚步，觉得似乎每个角头都有可能因为这个对付自己，但最有可能的还是陆星。

现在陆子铭刚刚倒掉，商会元气未复，此时把自己搞下去再大举对付商会还真是好时候。只是不知道李直仁在这里面会扮演什么样的角色，他到底因为什么样的原因必须去陆星那里？

想到此处高超不禁为直仁的处境有些担忧。他觉得陆星要真得到了商会的地盘，那李直仁留着就没多大意义了。

不过此时的高超除了担心以外，也不能为李直仁做些什么，他只有保住了自己才是对李直仁最好的保护。

再往前拐个弯就到福德轩了，看介绍应该是个温泉酒店，只是不知道陆子安是不是包了整个酒店来对付自己。高超驻足远眺，依稀可见一栋白色的建筑隐隐闪现在眼前，楼上的一个房间里微微泛出极淡的灯光。

高超将护手棍的腕套戴上，然后倒提短棍弓身向前跑去。

夜风中，上衣下摆在夜幕中向后张开，把整个身体都包裹其中，像一只瞄准猎物的鱼鹰一样径直射向目标。

高世元的形象再一次出现在高超的脑海中，一瞬间他好像看到了父母那张相拥的照片，据说那是他们最后一次共同出游，之后不久父亲就因为和邱叔闯南合帮救杜大伟身受重伤。

“那一次，所有人都以为你阿爸死定了。”九婶抽着烟，微微眯着眼睛，好像在凝视面前的高超。事实上高超知道她有严重的青光眼，虽然距离近可根本看不清楚。她的记忆没有随着岁月的流逝而消失，说起以前的事，九婶看起来神采奕奕。

“你妈一直在哭，当时商会方面连你阿爸的后事都准备好了。杜璟让人在金宝山买了最好的墓地，就等他咽下最后那口气，他天天昏迷啊，医生讲他随时都可能走掉。”

“那后来呢？”高超问道。

“你阿妈天天守在他身边。有人一讲你阿爸不行了，她就和人家玩儿命。她和你阿爸是在电影院认识的，是你阿爸一个人挥刀砍翻了一群人才将你阿妈救出来。她讲：‘我们既然成了婚就是有缘，我不会扔下他不管，他无论是生是死，我都是他的妻子。’比现在的电视剧还要让人受不了啦！不过那还真是让人掉眼泪呢！”

高超也是从这时候起才重新认识了母亲。他之前只知道她是一个喜爱幻想的女生，当有男人帅帅地替她出头的时候，她会一发不可收拾地爱上他。

“你阿爸醒来的时候所有人都很惊讶，杜璟立即表示要将商会的位置传给他。你阿妈就问他：‘你真的愿意做商会的会长吗？我希望你好了和我回南部，再也不要到台北来。’”

“为什么啊？”高超好奇地问道。

“你阿爸也这么问。你阿妈没有回答他，只是说等他三天。其实我知道她是害怕啦！那段时间她总会到我这里坐坐，然后一个人悄悄地哭。她很固执，你阿爸第三天到了火车站，想把你阿妈劝回来，可是失败了。我不知道他们说了什么，反正她离开台北之后再也没有回来。你看这么多年，只有我去台东看她，她从来没有到过台北，是真的不愿意回来啊！”九婶的话没错，高超知道母亲吃斋念佛，认定了的事情往往很难转变。

高超站直身体，将护手棍倒隐于臂后，轻轻地用左手推开了大门，一个清脆的女声立即传来：“先生你好，请问需要什么服务？”

“我去 8004 号找人。”高超茫然四顾，发现除了前台的女生外整个大堂都空荡荡的，黯淡的灯光下显得冷清极了。女生点了点头，为他指了方向。高超深吸一口气，轻轻地踏上了前往八楼的电梯。

8004 号的房间门虚掩着，好像是陆子安为高超的到来刻意安排的一样。

他轻轻走进房间，发现屋子里并没有人。高超有些愕然，难道这个陆子安另有诡计？想到这里他转身要走，却没料到随着一股极细的微风吹过，一根粗如小指的绳索已然勒住了高超的喉咙。

敌人显然知道高超的身手，所以一经得手毫不手软，马上将绳索抽紧，绳子立即嵌入了高超脖颈的皮肤里面，将他勒得喘不过气来。

高超觉得浑身的力气都无法施展，只需几秒的时间绳索就能将他的气管与大脑的输血通道切断。

就在这时，绳索突然松了一下，接着有人屈膝顶住了高超的后背，同时从身后传来一个冰冷的声音：“高会长真是言而有信。”

“这就是你的待客之道？”高超艰难地抗议道。

“我在电话里只说保证你母亲的安全，但从没说要保证你的安全。”

高超喘了一口气，问道："我母亲呢，你把她放哪儿了？"

"她现在很好，你放心。当然，如果她明天早上看到你的尸体和自杀遗书以后估计就不会开心了。"陆子安阴沉沉地说道。

"你为什么要这样做？"

"为我哥报仇。"

"你哥又没死。"

"他和死人没区别了，你毁了我们整个家庭，必须要用命来偿还。"陆子安说着手上加紧，高超立即感到一阵窒息，接着他的思维逐渐模糊，整个身体也变得轻飘飘起来。他知道，自己已经到了最后的时刻，一瞬间高超的眼前又浮现出了父亲高世元那坚定的面庞。

"嘭"的一声巨响，接着高超立时感到脖子上松了下来，他大口大口地喘着气转过头，看到陆子安已经倒在了地上，鲜血从他身下慢慢扩散开来。而他的面前则站着手持美式工兵铲的大厨和满面关切之色的小山西。

"超哥，你没事吧？"

"还好。"高超休息了几分钟，凑过去看陆子安的伤口，发现他的后脑勺儿被工兵铲打得血肉模糊，人已经昏迷了过去。"糟糕。"

"怎么了？"

"我母亲还在他手里，不知道藏在哪儿了。"

"这样，看看手机有没有线索，要报警吗？"

"先等等看。"高超边在陆子安身上翻手机边问大厨，"你们刚到？"

"接到你信息我们就开车出来了，只是阳明山这边不是很熟，有些背路。进来的时候前台那个女生还在睡觉，说你上去了，我们就往楼上跑，在门口刚好听到你们两个讲话。"小山西插嘴道。

"现在怎么办，有发现没有？"大厨问道。

"没有，报警吧！"就在高超刚说完"报警"两个字的时候，本已经躺在地上奄奄一息的陆子安突然跳了起来，没命地往外跑。高超三人猝不及防，只得转身追了上去。

“陆子安，你回来，我们有话好说。”高超边跑边喊，希望能把陆子安喊回来。

陆子安完全不理会，一直往楼下跑。小山西突然想到了什么，惊慌失措地叫了起来：“超哥，恐怕你母亲就在这里！”

一句话点醒了高超，他立时想到刚才陆子安的话：“你们两个从那边下去，我们分头堵他，千万要小心，有什么事情我们喊一下。”

大厨和小山西下去了，高超才放心地追了下去。陆子安从八楼往七楼跑，也就在这个时候他听到耳边响起刺耳的警报声，接着七楼靠西的一个房间里跑出两个身穿花衬衣的青年：“老大，老太太不见了。”

此时整个七层已经被浓烟笼罩，几乎让人睁不开眼。陆子安猛然回身向高超扑来，双手成爪想掐住他。高超先是一呆，接着立即将右手的护手钢棍挥了出去，击中陆子安右手手腕，接着短棍横扫，正打中他的脑门儿。

陆子安惨叫一声倒下，身后两个青年转身就跑，完全没有想协助陆子安的意思。这时浓烟滚滚，二楼已然被烟雾和火焰吞噬，楼上楼下一片嘈杂，高超隐隐可以听见有人喊他，是个女生的声音。

“是周语吗？”高超问道，继而苦笑一声摇了摇头，今天晚上的事他并没有告诉周语，只是走前和小山西、大厨打了招呼，怎么会听到她的声音呢。他努力让自己冷静下来，发现火好像是从二楼着起来的，此时大部分房客已然通过应急通道撤退，只有自己和陆子安还在楼里。

火更大了，浓烟几乎呛得高超不能呼吸，高超知道自己这时候必须走，再晚恐怕真就来不及了。这时楼下传来嘈杂的喊叫声，高超刚走了几步又突然停住了。

如果自己这时候跑了，那陆子安死定了。可若带上他的话自己能不能离开还真不好说。到底是背上他一起走还是自己跑？高超犹豫了片刻，弓下身子艰难地背起了陆子安。此时的陆子安完全不省人事，脑门儿的伤口还在流血，看样子伤势不轻。

这个人是陆子铭的弟弟，是恨自己入骨的人。高超耳朵似乎又传来父亲高世元的声音："对敌人绝不能手软，你放他一马，也许将来他就要置你于死地。"虽然高世元为人善良，但在艋舺的敌对帮派看来，他也是出了名的心狠手辣。这些在高世元生前高超是无从得知的，只有他死后才隐隐从邱叔那里听到过。如今除了陆星，这个陆子铭兄弟是对商会威胁最大的人。

为了商会，高超绝不能手软。

高超冒着酷热和烟雾，竭力挪到火势最旺的地方，然后用尽全身的气力将陆子安扔进了火堆。

可就在转过身的一瞬间，高超的心又软了。毕竟他从小受到父亲严格的教育，认为自己纵然不算正直却也绝非落井下石之人。如今怎么能因为一念之差做出这种事情?

于是他又转过身扶起陆子安跌跌撞撞地走下楼，直到确认没有危险才将他放了下来。

第十章

一

陆子安的事情让商会着实惹上了麻烦，这家伙虽然没有死，但重伤后被酒店发现并报了警，警方怀疑其人与酒店的纵火有关，而高超又不恰当地出现在那里，所以不仅邱礼桢要找关系摆平，甚至连乔老都要出面做证。而高超的母亲邓淑雯从始至终都不知道发生了什么事，只是当日被陆子安以商会的名义接到福德轩，食宿招待均不曾缺了礼数，直到当晚发生火灾之前才见理欣敲开房门，将她接出酒店，坐车回了台北。就在她们走后一分钟，酒店七层火光冲天，陆子安在火灾中险些丢了性命。

这段时间商会里正逢多事之秋，高超的一举一动都牵动着两个女人的心，除了周语之外自然就是理欣了。由于没有结婚，所以周语和高超共同住在高世元留下的公寓中，一直也算平静。这天傍晚高超匆匆回来了一趟，也没说话，收拾了东西就往外走，正让理欣撞了正着。

疑心满腹的理欣跟着高超出来，见他坐在车里郑重其事地发短信，琢磨着他一定在找人帮忙，于是第一个就问了大厨和小山西，没想到正好问对人，不仅了解到事情经过，还跟着他们来到了阳明山。待得到了福德轩的地址，理欣却又多了个心眼儿，她没和小山西等人上去找高超，而是自己去前台问情况，一来二去就摸清了陆子安等三个可疑人员也在这里。

在前往福德轩的路上，理欣就想到了报警，但又怕陆子安等人对母亲和高超不利，思来想去只好打电话给邱礼桢，让他找相识的警员到福德轩来帮助自己找，却没有对邱礼桢明说。好在邱礼桢见状也未加详询，只是通过关系帮理欣找了两个地方警员。

待两个警员到达福德轩的时候高超已经进去了好一阵，理欣也在前台问出了陆子安和他手下的基本特征，便跟着他们上楼去找，谁知道这几个家伙警惕性极高，守在一楼楼道中的同伙一听不妙立即示警出逃，被两个警员发现追了上去。这时楼上的同伙带着邓淑雯不好走，便刻意点燃了房间的床单，还把酒柜里的酒散了满屋，接着又按响两层楼的手动消防警报，决定趁乱逃走。

火势一大，酒店里的人都拥了出来，警员失去了目标最终没有抓到陆子安的两个小弟，但周语在人群中发现了母亲邓淑雯，将其救下。经过一次有惊无险的灾祸，高超和母亲终于又在台北团聚。而商会虽然短时间惹了麻烦，但最终还是将陆子安的阴谋粉碎，使除了宫北帮的陆星以外再没有其他威胁。

在邱礼桢的授意下，警方对东门帮涉案的话事人关豹进行了拘捕审查，最终以贩毒罪名入狱，甚至连累了帮主李建南。而东门帮也在多轮调查中元气大伤，新帮主未定之下无力顾及其他，涉足艋舺之事就此告吹。

东门帮实力大幅削弱，艋舺的其他角头自然不敢再做出头鸟，都只在自己的一亩三分地活动，也无人敢去招惹商会。聪明的自然要找靠山，除了商会以外这时候能选的自然只有宫北帮的陆星了。正所谓“鹬蚌相争，渔翁得利”，宫北帮在这次商会的一系列灾祸中吞并了东门帮等几个帮派的部分地盘，也算发了笔外财，无形中壮大了自己，乐得陆星暗喜了。

几个月过去，事情终于有了眉目，陆子安重伤入院，因为呼吸道感染严重导致死亡，而火灾原因也被冠以消防措施不力了事。眼瞅着事情渐渐平息，商会日益壮大，收入也达到了成立以来的巅峰，高超却怎么也开心不起来。这天下午，他和邱礼桢坐在商会对面的茶馆，一边品尝着新上的冻顶乌龙，一边有一搭没一搭地聊天儿。

“邱叔，陆子安的事情调查得怎么样了？”高超心不在焉地问道。

邱礼桢端起茶喝了两口，才悠然说道：“我找人帮你查过了，陆子铭、陆子安兄弟的老爸陆浩文死的时候给他们留了点儿钱，还有些不动产什么的，大概一千多万新台币。他们兄弟惨淡经营，在台东起家，打服了当地的几个角头，以外省帮的身份在台东立足，然后去高雄做金融，却与当地的三联帮分支发生了冲突，在高雄混不下去了，只好带着全部家当到了台北，以东门帮为根据地试图东山再起，不想兄弟二人却是一死一入狱，恐怕短期内再难起来了。”

“他们在台东还有什么人？”高超问道。

“恐怕没什么人了，他们的母亲去世也早，目前恐怕只有姨母、姨父等远房亲戚，都是很本分的普通人，并未加入黑道，也不是公职人员。”邱礼桢说到这儿用不解的目光盯着高超，“你怎么突然对陆子铭兄弟产生兴趣了？”

“他们的妻儿呢？”

“都在台北。”邱礼桢说道。

“那好办了。”高超长叹一口气，无不担忧说道，“虽然陆子安非死我之手，但怎么说也与我有些关系。这陆子铭对商会怀恨已久，现在肯定已经知道了他兄弟的事，就怕将来对我和商会都不利。”

“你是怕他报复？”邱礼桢平淡问道。

“我个人倒无所谓，只是商会恐怕不能再折腾了。”高超说道。

邱礼桢点了点头，眯着眼睛扭头望向窗外金黄色的夕阳，许久才说道：

“你说得很对，这事我们得认真考虑，如果有可能也许会让柯局长帮帮忙。”

“需要用钱吗？”高超很认真地问道。

邱礼桢则冷笑了一声，微微摇了摇头：“如果需要我再找你，这件事我会搞定。”

他停顿了一下，继续说道：“你也知道，你我都是为商会考虑的人，放心吧！”

邱礼桢说到做到，办事绝对干脆利落。三个月后，高超忽然听说陆子铭在监狱中死于械斗。这天高超正坐在大厨的热炒店中，和小山西、理欣、周语等人聊天儿。

“你听谁说的？”高超装作漫不经心的样子问小山西。小山西则一脸正色，很认真地说道：“我听小许说的，他前几天来了，和我说起了这个。”

“这个家伙——直仁还好吧，他也来吃饭了吗？”

“直仁没来啊，只有小许带了三个小弟过来吃东西。我说小许你现在也混成大哥了嘛，他就说我取笑他。大厨给他炒了几个菜，我陪他喝了几杯，喝酒的时候听他们说起陆子铭的事。这三个人当中有一个当年就是混东门帮的，在白熊手下做事。他大哥进去以后东门帮分了家，听说现在变成了什么新东门帮和东门帮两个帮派，势力也小多了。”

“新东门帮，帮主是谁？”大厨在一旁插嘴问道。

“那天我们说话的时候你在场，怎么不知道？”小山西很好奇地反问了一句。

就见大厨白眼一翻，悠悠地说：“你们要吃那么多东西，难道材料自己会熟啊？还不是给你们煮饭做菜，怎么知道你们聊什么。”

“这个新东门帮的帮主就是原来东门四少中的麻雀，那个女人很能干，带了一群老家伙成立了新东门帮，传说陆子铭就是她下手搞掉的。”

“那东门帮的帮主现在是谁？”理欣边吃花生边问道。

“‘蓝狮’吴永啊，东门帮的大佬啊，只不过现在已经过气了，整个台北也没几个地区买他们的账。”小山西得意地说道，“对我们商会来说这绝对是件好事。”

“是啊，东门帮也许不是威胁，但宫北帮就不一定喽！”大厨说着把椅子往前挪了挪，“你们听说没有，电达广场对面那条街，就是和中青街平行的广慈街口有个世纪大厦，你们知道吗？”

“世纪大厦这么出名我们能不知道吗？归我们商会管啦！”小山西不耐烦地说道。

“对啊，十一楼整层都被买下来了，听说开了个兆欣金融公司，就是放高利贷的公司啦！后台老板是陆星。”大厨说完还得意地看了一眼小山西，“这个你不知道吧？”

“你怎么知道的？”

“嘿嘿，当然是小许告诉我的，他吃了我的东西自然要多告诉我一点儿。”大厨说着还对小山西做了个鬼脸。

小山西大声喊了起来：“下次他来看我怎么收拾他……”

小山西还想说下去，却被高超打断了，很严肃地问大厨：“宫北帮真在我们商区开了公司？”

“是啊，小许是这么说的，我还想抽空儿和你说。”大厨说道。

高超敏锐地感觉到了事情的严重性，而在坐的人当中除他之外只有周语有所察觉。

高超看了看时间，正值晚饭。他给众人抛下一句“我出去一趟”，然后立即驱车向商会驶去。

当高超赶到商会的时候，平时已经下班的商会仍然处于忙碌状态，门外停着邱礼桢的汽车。高超来到二楼办公室，看到邱礼桢、乔老、乔珠珠、丁健等人都在，屋里烟雾缭绕。

“阿超啊，你来得正好，有个东西给你看。”邱礼桢从桌上拿过一份纸质的东西让身后的阿杜给高超递过去。高超翻开看时却是烫金的大红请柬，原来是兆欣金融公司开业庆典的请柬，请商会理事长如约出席，时间是明天中午。

“这是什么时候送来的？”

“下班之前刚刚送到，我们正在商量这件事，你今天不是休假吗，怎么突然跑来了？”邱礼桢问道。

“我也是刚听说这个公司，是东门帮开的公司，我们不能去。”高超斩钉截铁地说道。

二

“他们请的是我，又不是你，你着什么急啊？”邱礼桢稳如泰山，笑眯眯地问道。高超脸上一红，知道邱叔在挑自己的理儿，立时松了口气说道：“我是觉得陆星一定不怀好意，这件事不可不防。”

“人家在宫区做正经生意，最起码表面上还是很不错的东西，还让人来邀请，我们商会也不能太不给面子。”邱礼桢说到这里拿出手机，调出一张照片放到桌子上，“你看这是我昨天在家拍的照片，都是成堆的美国进口营养食品，你们知道这是谁给我的吗？”

“谁啊，难道还能是陆星？”高超惊愕地问道。

“就是陆星。他上周打电话给我，说想和我坐坐，有些事情要谈。我们在电达一楼的咖啡厅聊了很久。他说最近的生意很不好做，打算转正行，其中就提到想在宫区开一家金融公司，做贷款业务，想征求我的意见。”邱礼桢说着指了指乔老，“他也找过乔老，说起来也是看得上我们两个老家伙。”

“陆星说他以后要在宫区搞网路贷款、批发仿品，但绝不搞毒品，最起码在我们商会的地盘上不搞，这是给我的承诺。我没有表态。”乔老拉长声音，悠然说道，“但是也没有反对，只是告诉他我们还要商量。我看他来和我们当面说就是有诚意。这件事其实还是可以考虑的，毕竟商会也要生存，‘和’比‘战’更符合商会的利益。”

邱礼桢强烈赞同乔老观点，他应声附和道：“目前我们和宫北帮势均力敌，谁也吃不了谁。他陆星想在宫区做正当生意就得与我们合作，利用我和乔老的关系，否则的话我们就算不给他捣乱，只要不放话出来，其他商家都会抵制这种黑帮的生意，他就没办法干好啦！真这样下来，他陆星一辈子都是不入流的小混混儿，想干什么都不能成。”

“这么说邱叔是成竹在胸了，我看还是谨慎一点儿好。”高超说道。

“高会长说得对，无论是转正行还是玩政治都不是游戏，以陆星目前的资源储备我觉得还不足以干正当生意。他之所以要对爸爸、邱叔示弱，我觉得还是有什么目的。”乔珠珠突然插言说道。

“珠珠啊，不能不说你的担忧有一定的道理。”乔老在一旁笑道，“但是做事也不能如此瞻前顾后，要是真这样我们就什么事情也做不成了嘛！你刚来商会不久，还是多学习。下星期的事情你和会长说了吗？”

听乔老这么说，乔珠珠自然无话，连忙转头对高超说道：“哦，我下周开始要去美国学习一段时间，可能会要半年左右，商会的事情暂时想请高会长找人代为打理。”

“那先让邱叔的王秘书代理六个月的监事，有大事情电话咨询乔小姐吧！”高超说着向邱礼桢投去询问的目光，“邱叔看这样安排行吗？”

“好，有什么事情还是大家商量着办嘛！”邱礼桢说着问乔老明天要不要同去，乔老笑着摇了摇头：“人家请的是你，我就不凑这个热闹了。”

“邱叔，要不要找几个人陪你去？”高超关切地问道。

邱礼桢则摇了摇头，笑道：“有阿杜和强仔足够，都是好身手。你就是找人能找谁啊，让大厨和小山西带着菜刀跟着我吗？”

虽然话是玩笑，可他仍然让高超略显尴尬，片刻之后才道：“我还能跟邱叔同去嘛！”

“你是会长，其实应该出面，但这次事情非同小可，又是我们和宫北帮第一次在这种场合相遇，我觉得还谨慎点儿好。”言外之意自然是不让高超去。

虽然高超相信邱礼桢并无恶意，可仍然对他如此安排隐隐感觉不妥。好在第二天下午邱礼桢按计划回来的时候面带笑容，并没有任何高超担心的事情发生，这才使得一直提心吊胆的他放下心来。

如此一来，商会与宫北帮的关系忽然变得融洽起来，陆星也一反常态地成了商会的座上客，经常邀请乔老、邱礼桢、丁健等人出去参与各种活动，好像他宫北帮真要改邪归正一样。虽然这期间高超有时候免不了座下相陪，但总的来说和陆星仍然保持着距离，原因无他，高超无法完全相信这个人。而令人奇怪的是李直仁作为宫北帮最火的新任战将，却从未参与这些活动，甚至没露过面，这倒是让高超极为诧异。

时间一长，连高超都开始有了一种幻觉，那笑容可掬的叫陆星的男人根本不是一个大佬，而是一个普通商户。既然高超都开始有了这种观念，那乔老、邱礼桢和丁健他们就更加不把陆星当外人了。

当然，整个商会里里外外只有一个人的头脑始终保持清醒甚至是警觉，她就是周语。这天她趁着和高超吃饭问他，怎么看待这段时间的陆星。

“什么意思，他只是个普通的角头，和艋舺的其他角头没有什么不同吧？”高超漫不经心地用刀子切着牛排说道。周语笑了笑，似乎并不赞同他的观点：“他比艋舺传统意义上的角头势力要大得多，甚至有上万名小弟，怎么能当作普通的角头大佬呢？”

“大一点儿呗，像三联帮那样吧！”高超说道。

“你觉得艋舺哪个大佬有统一艋舺的心？可陆星有，他不仅有这个决心，还有这个实力。目前唯一能和他对抗甚至影响他这个计划的恐怕只有商会。”周语认真地分析说。

“这样啊，你觉得他会对商会下手，而不是要做什么正常生意？”高超警惕地问道。

周语摇了摇头，无奈地一笑：“我只是照常理来分析，也没有内幕消息，自然不敢多讲什么，你自己小心点儿就好。”

高超点了点头，说实话虽然他很看重周语，可对她的话却未曾有多重视，直到一周后另外一人表达了同样的观点以后才让高超有所触动。

那仍旧是个傍晚，他驱车回家途中与另外一辆宾士车相遇，对方拦住了他的路。

从外观和款式来看，这是一辆早已停产的高端宾士车，擦得干干净净。车停稳后，李直仁走下车，他穿着花格衬衣，打扮得很有味道。他径直来到高超面前，用颇耐人寻味的目光望着高超。

“有时间聊聊吗？”

高超点了点头，将车停到路边。李直仁点了支烟，抽了几口才道：“陆星在宫区成立兆欣公司的时候，让我转向外围的生意，好像是有意不让我和你们有交集一样。这几天他又把我调回来了。”

“为什么？”高超莫名其妙地问道。

“因为兆欣金融公司关门了，陆星把整层都租了出去。”李直仁看似是漫不经心地说道。高超心念一动，立时隐隐感觉到一丝不妥，问道：“生意不好做吗？”

“我不清楚，这个事情是陆星直接负责的，我没有问过。不过最近他很少管生意上的事，一直忙于应酬，那些人大多不是黑道中人。”说完这些李直仁若有所思地望着高超，补充了一句，“我觉得应该把这件事情告诉你，好了，我先走了。”说完李直仁转身上车，被高超一句“直仁”又硬生生地叫住了。

“怎么了？”

“上次的事情邱叔让我有机会替他谢谢你。”高超说道。

李直仁没说话，只是淡淡地点了点头。高超又一步追问道：“他给了你一个黑曜石吊坠，你收到了吗？”

李直仁愣了一下，似乎没有想到高超会在这个时候问这么一件在他看来无足轻重的事情，遂点了点头用手指了指汽车：“在车里挂着。”

高超顺着他指的方向看了一眼，果然看到了邱礼桢之前一直佩戴的黑曜石吊坠。他问李直仁知道不知道黑曜石的含义。

“什么含义？”

“黑曜石辟邪，代表稳定的和平。这也是邱叔通过它来带给你的话，他想让摒弃成见，重新回到商会来。”高超真挚地说道。

“这是邱叔本人和你说的吗？”李直仁问。

“是他亲自和我说的，我之前一直在问你突然离开商会的原因。邱叔却和我说很可能与你母亲有关，是不是这样，陆星是不是这么和你说的？”

李直仁没有立即回答高超，而是点了一支烟沉默了很久。直到香烟燃尽他才微微点了点头：“陆星说我母亲死在你父亲和邱叔的手里，他迟早会对我下手，纵然你是商会会长也不可能放弃邱叔和商会来保护我的安全，能保护我的只有他和宫北帮。”

“你相信了？”

“当时你来晚了，我以为你放弃了我，很害怕。”李直仁又点了一支烟，用颤抖的右手拿着火机两次才将香烟点燃，声音也变得迷离起来，平静得好像在向高超诉说一个与自己无关的故事，“陆星和我说，我在入狱之前他就很看好我，入狱以后又专门找人照顾我就是因为知道邱叔迟早有一天会对我动手。”

“你入狱以后是我的疏忽，没想到陆星会给你在里面洗脑。”高超笑着从李直仁手中抢过香烟抽了两口，“后来你就同意加入宫北帮了？”

“他说会帮我报仇。那时候我很迷茫，但陆星的确对我不错，还专门让手下几个角头过来给我道喜，我就慢慢地融入了他们当中。直到那天去医院看你跟邱叔发生了争执，回去后我又去向陆星询问当年的事情，可他的回答却和第一次不一样。你知道件事对我来说有多重要，我自然会继续求证。”

“然后呢？”

“后来我得到了消息很杂，好像没有谁能说清楚这件事。直到我遇到了乔老。当时他正被陆子铭的手下围堵，被我救了下来。乔老告诉了我关于我母亲的事情，其实和邱叔还有父亲一样，她也是受害者，但她的死和邱叔无关。乔老说邱叔对我有成见他可以理解，也会去疏通这个关系，但不希望我助纣为虐。”

“你就找人帮助了邱叔？”

“我让和我巡逻的山椒强带人去救他，没想到他很感动。”

“这件事邱叔也在自责，以前的事情就让他过去吧！你还是回来帮我。邱叔和我说你回来以后他就把他的位子让给你，自己要退下去养老。乔老和丁叔也很快就会退休，整个商会还需要你和兄弟们来帮我。”高超非常认真地说道。

李直仁向高超轻轻地点了点头：“好，我需要考虑一下怎么平安撤离宫北帮，给我点儿时间，我们保持电话联系。”然后驱车而去。

高超独自坐在路边，孤独了抽了一支烟，然后打电话给邱礼桢。

谁知道邱礼桢的电话怎么也打不通，于是他只得打给了阿杜，谁知道阿杜的手提同样也没人接。

这下高超有些慌了，在他的印象中邱叔从来没有过不接电话的时候。最终打通的是强仔的电话。

电话中，声音带着哭腔的强仔告诉高超，十分钟以前邱叔被检察机关逮捕了，罪名是行贿和期约贿赂，具体情况他也不太清楚，目前刚刚通知乔老，还没来得及告诉他和丁健。

“我马上去，你们在哪儿？”高超急匆匆地问明地址后前往检察署，却在路上遇到乔老的车。乔老的样子也很紧张，满头都是汗，高超还从来没见过他如此失态。

“这件事情非常棘手，因为邱礼桢涉嫌贿赂警察署长，如果被坐实的话可能要入狱很久啊！”乔老激动地说道。高超想了想，问乔老现在是不是找律师咨询一下。

“我已经通知过律师了，而且这次是匿名告状，真不知道谁给阿邱下绊子。”

乔老刚说到这儿他的电话响了，刚接起来他的脸色就变得更加晦暗:“有这样的事情，好吧，我去找人问一问。”

挂掉电话，他苦笑着对高超说道：“是丁健他儿子打来的，说刚才警察去家里把丁健带走了，说涉嫌一起枪案，要带走调查。”

“枪案？”高超的脑袋瞬间“嗡”地响了起来，同时把询问的目光转向了乔老：“怎么这么巧？”

“你是说有人和商会过不去？”乔老问道。

“我不知道，但我总觉得这件事情不那么简单。”说到这儿高超想到了李直仁的话和周语的提醒，遂把这些东西和乔老说了出来。谁知道这时候乔老的手机又响了，这次却是个更坏的消息。

电话是律师打来的：乔珠珠在美国因酒后驾驶涉嫌肇事逃逸，已被拘捕，希望家属过去处理一下。

这下乔老坐不住了，他深思片刻告诉高超，商会应该马上关闭，这段时间深居简出才能平安，等他处理完女儿的事情回来再说。说完他给相识的警长打了个电话，说了丁健的事情，让他代为照顾，又吩咐高超不要太多涉入邱礼桢的案子，他回来会处理。

商会怎么能关闭呢，如果真关了那些商户怎么办？高超从乔老的车上下来，呆呆地望着天空出神，此时的他一脸茫然，完全不知道该怎么做才能重新保全商会。也就在这电光火石的瞬间，高超想到了李直仁的话。

难道真是陆星？如果真是他这件事倒好办了。想到此处高超先拿起电话打给周语，告诉她要去接她，让她准备一下；然后又让小山西和大厨打听一下今晚陆星在哪儿，他要去找他聊一聊。

三

周语的出租房楼下，高超带着小山西和大厨静静注视着她走下楼。

周语用非常好奇的目光打量着他们："这么晚，你们想干什么啊？"

"我们有事情要办，一会儿让小山西和大厨陪你回花莲，我要去找陆星聊聊。"高超的话一出口，身后一直没有准备的小山西和大厨也都吃了一惊，瞬间所有人都觉得高超这次真是疯了。

"阿超，你想干什么啊？"大厨第一个提出反对意见。

接着小山西和周语也围了过来，高超不为所动，只是静静地等三个人说完才用疲惫的目光打量着他们："你们回来还要帮我打理商会的事情，记得开手机，不要玩得太疯。"

周语在听了小山西简单的介绍以后知道了商会发生的事情，说："现在突然出了这么多事，我们自然要帮你，不然你还可以依靠谁？"

"你们帮不了我，还是等商会正常了再来吧！"高超固执地说。

"超哥，我们还是一块儿去吧！也许能让表姐找到点儿什么线索——你知道记者的眼睛一直很毒的。"

小山西刚说完就被周语狠狠地打了一巴掌："你想死啊！"

"是啊阿超，多一个人多一分力量，我们可以从明暗两个方向找线索，也许真是陆星也说不定。"大厨说道。

他的话可能让高超有所触动，竟然没有反对。

大厨看到机会，又补充道："你去找陆星的话我可以找小许了解一下，小山西他们再想想办法去‘锦湖’转转，三条线一起使力，肯定能发现点儿什么东西。”

周语接着说道：“对啊，只要能找到线索帮助乔老和邱叔他们就好了，你难道不想吗？”

高超沉默了，他静静地抽了一支烟，然后说道：“玫瑰锦湖会馆是陆星的大本营，不仅他自己在那儿办公，连八大战将中的两个话事人都把堂口设在周边，最是危险不过。你们要是和我去的话必须要听我的安排，而且还要化妆。”

“化妆？怎么个化法？”小山西问道。

“让周语换换衣服，穿男装，我去取一套新运动装套上，把头发处理一下，小山西你也是，要不然女生进会馆很不容易。”

“好啊，我也看看你们男人最喜欢去的地方是什么样子。”周语半调侃地说道。

高超却没有和他们三个人一样说笑，又皱眉想了想，然后才道：“他们两个人我实在不放心，大厨跟着一起去吧，开车在外面接应，要是出事就给我打电话，小许那里晚一点儿去也不迟。”

就这样，高超在安排完以后自己一人驱车前往宫头的玫瑰锦湖会馆找陆星。

这是一所极尽奢华的会员制私人会馆，也是宫北帮的总部。通常陆星没事的时候都在一层的办公室里会客，所以当打听到他现在就在会馆的时候，高超径直找到了这里。

“你找谁啊？”高超的车还没有停稳，门口两个站岗的宫北帮小弟就极不友好地上来盘问，当知道他的身份以后两人立即换上了笑容：“是高会长啊，有事？”

“你们大哥呢？我找他有事情。”高超淡淡地说道，并没有表现其他多余的情绪。两人对视一眼，然后把高超带进了会馆。他们经过一条长长的通道，穿过几乎没有什么光线的走廊，然后在办公区尽头推开了陆星办公室的门。

陆星对高超的到访并不感到意外，他非常客气地让他坐下，同时给他递烟倒茶："什么风把高会长吹到这儿了，难道也是家花没有野花香，想来我这儿开开荤？"

他不怀好意地笑着，然后道："先'三温暖'，然后我给你安排最好的'马杀鸡'，怎么样？"

"不必了，我今天来就是想和陆老板随便聊聊，想问问你知不知道邱哥的事情。"高超开门见山，直接说出了来意。

可能这也有点儿出乎陆星的意料，他迟疑了几秒钟，才表现出一副惊愕的样子："邱礼桢吗？他怎么了？难道是年龄太大，Game over 了？"说到这儿的时候他还做出很夸张的表情，惹得周围一群手下哄堂大笑。

高超一直等他笑完，才很平静地点了点头，其实这时候他非常想一走了之，因为问到这里他已能感觉到陆星和邱礼桢的被捕有直接关系，纵然没有十足的把握也八九不离十。

可此时他为了给小山西他们争取时间，他必须把戏继续演下去："邱叔出了点儿小事，既然陆老板不知情那就算了，我倒是经常听人说你这里的红酒非常好。"

"难得高会长有如此雅兴，既然你有兴趣那我就给你取一瓶尝尝。虽然我的酒不是什么传世名品，但好歹也是几百年历史的法国酒庄进口的，都是喝一瓶少一瓶的私酿精装。"陆星一招手，就有人送过来一支红酒和两个酒杯。

"这是八二年的酒，最受欢迎，高会长帮着品鉴一下。"正说着陆星突然话锋一转，将话题扯到了商会上来，"我听说你们商会最近几年一直不太平。是不是风水不好？我认识一个风水大师，你要是有兴趣我让他帮你看看，保证夜夜长红。"

“谢谢，商会没什么大事。”高超说道。

“这么多事还说没事，高会长好胸襟，要是换作我估计连觉都会睡不着！”陆星夸张地摇了摇头，“那些老头儿的观念跟不上时代啦，现在是我们年轻人的天下。你看我们宫北，做正当生意就差一个头衔，要是咱们能强强联合，整个台湾算什么，全世界都是我们的市场。”

“怎么联合？”高超看了看时间，估计这时候他们已经往外撤了，无论得没得到线索，他们都约定了二十分钟以后在门口集合，便决定再少拖一会儿就走。

“取消宫北帮，取消商会，我们成立一个艋舺自治委来管理整个大艋舺，就像业主管理社区那样，知根知底多好。到时候我们还能通过公司管理自治委，向跨国公司发展！”

高超笑了笑，正打算回应时门突然被推开了，几个宫北帮的小弟将两个人推推搡搡地弄了进来，不用说高超也知道一定是周语和小山西了。好在二人似乎并没受到虐待，不仅衣服完整，身上也不见血迹和尘土，只是脸色有些苍白而已。

“星哥，这两个人鬼鬼祟祟地在会馆里东拍西拍，让我们抓住还想跑，一定不怀好意。”一个人厉声说道。陆星装模作样地上前看了两眼，突然惊道：“这不是高会长的女朋友嘛，怎么到这儿来了，快坐快坐！”

“我只是拍艋舺的纪录片啦！之前也有和你说过。”周语说着把手里的微型手提摄录机往陆星怀里一塞，然后说道：“你看看吧！省得不放心我们离开。”

“瞧你把我陆星说成什么了，我对朋友绝对放心，就是检查也是为了向兄弟们交代嘛！来，你们看看有什么没有。”随着陆星说话，两个干练的手下过去把摄录机认认真真地检查了一番，然后微微摇了摇头。

“既然这样那就辛苦陆老板，我们先走了。刚才是让他们等我，可能好奇才拍了一些东西，还是你这里太漂亮了嘛！”高超说着便和周语、小山西走出会馆，拐了两个弯小山西才叫道：“超哥，有发现。”

“什么？”高超紧张地问道。

“陆星的电脑里有登录过美国网站的记录，还有一份加密的计算机文档，里面不知道是什么东西，我俩怀疑和乔珠珠的事情有关。”车子靠着绿化带停下，周语给高超看她拍的一些照片和存储的文件。

“没有被他们发现吧？”

“没有，你放心吧。我们带了摄录机就是为了掩人耳目，陆星的手下又没有发现这些。只要解决那份加密的文档一定会有线索，到时候我看他陆星怎么说。”小山西刚说到这里，突然在三个人背后传出了一阵熟悉的笑声，接着就见陆星像幽灵一样从绿化带那一侧转了出来，十几个宫北帮的小弟也立即从路边的车里、绿化带后面出现，将高超等人团团围了起来。

“高会长，你马子和兄弟偷偷溜进我办公室对我的电脑动手动脚，还拿手拍了照片出来，是不是有些不厚道啊？”陆星满面狰狞，一改刚才的笑容，脸色颇为不善。

高超心里一沉，知道他们有些大意，没来得及走出宫北帮的地盘就说起了经过，被狡猾的陆星拍个正着。

“只不过几张照片而已，陆老板要是喜欢就拿走。”说着他示意周语将手机递给他们。周语看了看脸色阴沉的陆星，很不情愿地将手机扔给了宫北帮的一个小弟。

陆星则用极不信任的目光打量他们，扬言只有搜身才能解决问题。

“你凭什么搜我们？记者有权拍东西好不好，这叫暗访，你这个场所不合法，我们找警察来评评理。”周语厉声说道。看不出平素温柔可人的周语此时看起来如此凌厉，竟把陆星说得哑口无言。

事实上他也怕警察来了把事情搞大，引出其他事端，便笑嘻嘻地给自己找了个台阶下：“好厉害的丫头片子，我也不跟你计较，看在高会长的面子上这次就原谅你俩，记住只有这一次，下次再有这种情况我可绝不手软。”说完转身离去。

高超、周语和小山西都松了一口气，再也不敢多在宫头停留。高超说道：“虽然是功败垂成，但好在你俩没事，怎么不见大厨回来？”

“其实也不算，刚才陆星出来的时候我已经把手机恢复了出厂设置，所有的资料在手机上都没有了。”周语说道。

“看不出你手这么快，但我们也什么都没得到。”小山西说。

“也不是啊，难道你们忘记了手机拍的照片和资料都可以随时设定上传至云端啊？Google Drive 里面的东西又不会丢。我重置手机就是不让他们知道我的云盘地址。”周语说道。

原来是这样，高超大喜，立即让周语打开电脑找线索，谁知道当他们费尽九牛二虎之力打开那个加密的文档时，都被吓得说不出话来。

第十一章

一

陆星电脑里的文档是普通加密的 Word 文档，虽然打开这种东西对于高超他们来说可能有些困难，可是如果让周语来相对就容易多了，最起码在计算机操作层面周语比他们强。所以她只在网络上一番检索，然后使用几个解密软件就看到了文档的内容。

这是一份既简单又复杂的普通文本，说他简单是因为这份文件仅仅几百个字，连翻篇都用不着。说他复杂是因为这上面记录的内容让人费解，譬如：

辣手李，四海帮——风筝

魏信德，兴长帮——直仁

覃喜欢，和福帮——直仁

……

从上到下，大约涉及三十多人，二十多个帮派，都是艋舺大大小小的角头或帮派二当家，但实在不清楚后面为什么要标明宫北帮战将的名字，仅直仁一人就占了大半。

“这是什么意思啊，难道宫北帮要和这些帮派联盟？”周语奇怪地问道。

小山西和大厨凑过脑袋看了看，也各自提出了自己的见解，却都不得要领。高超凝视着这些人名，脑子里闪过一个又一个鲜活的形象。

他们人多很早就与高超相识，年龄大一些的是长辈，小的却是和高超从小玩儿到大的伙伴，无论如何都没有和宫北帮同时联盟的道理。

而且据高超所知，由于宫北帮近些年在宫区不停地扩张，已经引起很多角头的警惕，甚至在某些时候某些场合充满了火药味，斗争一触即发，完全没有合作的可能。他们之间的关系，好一点儿的貌合神离；差的势同水火，完全不可能让宫北帮都收买。

正疑惑着，当读到其中一个名字的时候，高超眼前突然一亮，问大厨：“东平帮的徐有贵前几天是不是让人砍了？”

“是啊，凶手是谁现在还不清楚，他的仇家多，现在也不好确认。”大厨回答道，“怎么了，你想到什么了？”

“上个月四海帮的二当家‘毒蘑菇’不也中了暗算吗？这段时间好像整个艋舺都不太平。”说着高超指了指徐有贵的名字，“你们看后面，下一个就应该是红记的小鱼儿，这家伙我昨天还见过。”

“超哥，你不是说这些人都是陆星要对付的对象吧？”小山西吃惊地问道。

高超微微耸了耸肩：“怎么不可能？”

“这可是向整个艋舺开战啊，就算是教父也不敢在没准备的时候同时向五大家族开战吧，除非他疯了。”大厨在旁边补充道。

高超微微冷笑了两声，说道：“陆星不是艋舺的教父，但他非常想坐这个位子，若这上面的人都被他干掉或解决掉，也许就真是艋舺的教父了。”

“杀这么多人难道不怕留下证据警察抓他？”周语好奇问道。

高超看了她一眼，轻轻地摇了摇头：“第一陆星不会自己动手，即使将来出了事也有小弟替他扛下来，所以完全不怕。第二也不一定非要杀人或伤人，你看这份名单，上面有一小半其实是已经做完工作的角头，他们如今仍旧好好活着。”

“他们妥协了？”

“只能说他们和陆星达成了某种协议。我之所以认为红记的小鱼儿一定不会和陆星达成默契是因为小鱼儿有个表叔曾经也是艋舺的大佬，就是陈浩祯啦，所以他们之间不可能合作的。”

“陈浩祯是谁啊超哥？”小山西问道。

“Jimmy 啊，说起来小鱼儿和陆星还是亲戚，可现在红记与宫北帮是死对头，就像之前艋舺最大的两个帮派，庙口和后壁厝一样，最终会两败俱伤。”

“那样对我们不是更好？”大厨插言问道。

高超看了他一眼，默默地摇了摇头：“我们没有时间等了，我必须去找直仁聊一聊。”

“聊什么，他能帮你做什么？”周语心有余悸地说道：“要是传到陆星耳朵里你俩都很危险。”

高超则忧郁地摇了摇头，并没有回答周语的问题。事实上他自己其实也并不清楚李直仁有没有能力帮助他阻止这件事情的发生。从某种意义上说，高超觉得自己就像是一个在走钢丝的小丑，随时都有可能从钢丝上掉下去。

可是，高超仍然觉得自己应该这样做，他一向将李直仁当作自己兄弟，无论他做错了什么事，在高超看来他仍然是自己的兄弟，相信他不会泄密。所以当高超把那份从陆星电脑上偷来的名单复印件放到李直仁面前的时候，他真的有些吃惊。

“上周陆星和 Black mate 去红记找过小鱼儿，可惜他们没有谈妥，回来的时候陆星脸色很不好看，他昨天告诉我要想办法给他点儿颜色，让我物色两个手脚麻利的兄弟做掉他。”李直仁说道。

“Black mate 就是宫北帮那个二当家？”

“是啊，他年纪比陆星大很多，是宫北帮的军师，还位列八大战将之上。Jimmy 活着的时候他只是个普通的小弟，但据说这个人和陆星谈得来，所以陆星的很多策略都出自他手。他其实很低调，在道上的名气不响。”李直仁点了支烟，重重地喷出一口烟雾。

高超望着李直仁那张淡金色的面孔，又沉吟了片刻才道：“这件事不能干，最起码你不能干。”

“我本身就是个烂仔，纵使我不去做陆星也会找别人做，难道你还能去告诉小鱼儿陆星要去砍他？况且我砍人还有钱赚。”

李直仁桀骜不驯的性格一下子惹恼了高超，他一时间也有些按捺不住怒火大声道：“怎么不可能？敌人的敌人就是我的朋友，况且小鱼儿和我还有一面之识。我反而担心你啊，你为了赚钱不要命了？你忘了我们那天的谈话？你就是不为自己想想也应该想想理欣吧，她仍然在等你，你不知道吗？”

李直仁沉默了，只是一口接着一口地抽烟。

“美国波士顿有一个纪念碑，用来纪念被德国纳粹屠杀的犹太人，被称为犹太人纪念碑。”高超坐在路边，迎着和煦的晚风悠悠地给李直仁说着自己的想法，“上面有一首很著名的诗，叫‘马丁 · 尼莫拉的忏悔’，是一个叫马丁 · 尼莫拉的牧师写的，他说：‘起初他们追杀共产主义者的时候，我没有说话，因为我不是共产主义者；接着他们追杀犹太人的时候，我没有说话，因为我不是犹太人；后来他们追杀工会成员的时候，我没有说话，因为我不是工会成员；此后他们追杀天主教徒的时候，我没有说话，因为我不是天主教徒；最后他们奔我而来，但那时已经没有人能为我说话了。’”

说到这里高超停顿了一下，目光炯炯地盯着李直仁：“你明白我的意思吗？陆星的野心很大，他想统一艋舺，之所以现在对你不错是因为要借你的手对付这些角头，将来利用完你肯定会一脚踢开。而且艋舺的角头里有几个实力很强，如果稍有失手就会出危险。对方如果打回来怎么办？如果陆星遇到威胁，他会毫不犹豫地把你先交出去，这一点你应该比我清楚。”

“我不像你读了那么多书，我不懂那些大道理，但陆星对我的确不错，我不能说放就放。”李直仁说道，“况且我现在收手的话才是真危险，上山容易下山难。还有一点就是，我在这里还能了解陆星的情况，对商会也有好处。”

“直仁，我看你是疯了，是不是被钱冲昏头了？他在利用你啊！不管怎么样你不能帮这个赌徒去杀人。”

“我们没有杀人，只是把对方砍服而已。”

“小鱼儿是艋舺数一数二的大角头，手下也有上千人，怎么可能被你砍服。而且你不知道小鱼儿的背景吗？他妻子的舅父可是三联帮的堂主，要是真让三联帮插手这件事，他陆星死定了。”

“这不正是你们希望的吗？”李直仁丢掉烟头，淡淡地问道。

高超冷哼了一声，深深地吸了口气：“如果没有你参与，我很乐于看到这件事发生。但现在我必须提醒你，陆星不是傻子，怎么能看不出我都看出的这一步？事实上他是在赌而已。”

“赌？”

“对啊，他这个人非常喜欢赌。Jimmy 死后本来陆星应该扶 Jimmy 的大儿子陈家尧上位的，可是他赌了一把。那天他约了八大战将一起吃饭，在饭桌上许诺了很多东西，成功地让四个人支持他。吃饭之前，这些和 Jimmy 出生入死，甚至有两个人还是陈明贵的兄弟。你说那次陆星有多大的胜算？”

“可是他成功了。”

“没错，他是成功了，可这是险胜。之后陈明贵的两个兄弟都分别被陆星逐出宫北，一个去了香港不知所踪，一个被对头杀了。而另外六个人也换了五个，你说还不算你的前车之鉴？”

李直仁又点了一支烟，这次他没有反驳，高超继续说道：“一次能赌成功不代表次次能赌成功，他这次孤注一掷地让你们行动一定是有原因的，但我仍然不看好陆星统一艋舺。”

“陆星要和东南亚的毒枭合作成为台湾新型毒品的代理，但他控制的市场不够，如果要消化规定数量的毒品就必须扩大控制的地盘。这个代理权不仅他在抢，很多有规模的外省帮也都在抢。谁抢到谁就能弯道超车，成为台湾真正的‘新黑帮大哥’。”

李直仁望着高超苦笑了一下，继续说道：“你说的其实没错，陆星的野心真的很大。有一次我们看电影《胜者为王》，当何润东说他要统一台湾黑帮的时候，陆星就在底下说这个人的想法没错，但衰在太笨，没有控制黑帮的经验。我当时就感觉他有统一台湾黑帮的理想。”

“好吧，既然我在宫北帮已经没有留下的理由，那我就择机回去。但回商会之前我一定要看清楚陆星的计划，如果以后不会对商会有什么威胁，那我就马上离开。”

“马上，随时都要记着你的身份！”高超嘟囔了一句，哼道，“总之你不能干太出格的事情，另外就是注意安全。”

李直仁将抽了一半的烟随手扔掉，起身离开，最后忽然又停住脚步回过头和高超说道：“你刚才说到 Jimmy，其实大家都传说 Jimmy 是被陆星干掉的。”

高超一惊，一把拉住了李直仁：“你说的是真的吗？”

二

傍晚，夕阳斜下。

李直仁来到河滨公园的彩虹桥边，坐在桥墩上抽烟。他旁边就是波光粼粼的淡水河，周围三三两两都是吃过饭来消吃的人。不时可以看到几个半大小子踩着滑板飞驰而过，留下一片轻薄的尘埃和喧嚣的笑声。

理欣约他过来，李直仁没有看到她，心下有些疑惑，正打算打电话给她的时候手机突然响了，正是理欣打来的。

“你愿意跟我走吗？”声音平静，语气中听不出任何情绪。

李直仁很困惑地左右瞅了瞅，小声地问道：“你在哪儿啊？难道找我来就是和我说这件事？”

“我在对岸，能看到你。”

李直仁站起身朝对岸望去，果然看到理欣靓丽的身影。他很不自然地皱了皱眉：“你要隔这么远跟我说话吗？”

“我们早就离得很远了，除非你答应跟我走。”

“去哪儿？”

“都可以，一个只有我们两个人的地方。”

“我现在拿什么跟你走？我没钱、没势，能走去哪儿？”

“直仁，你醒醒吧，你跟陆星没前途的。”理欣忽然激动地大声喊道。

李直仁叹了口气，终于鼓足勇气说出了一直想说的话：“理欣，我很爱你，但我现在不能跟你走。如果你愿意等我的话，一年以后我们离开台湾，到一个没有人认识我们的地方重新开始，好吗？”

“一年，你想干什么？”

“我做什么你不用管，我就问你相不相信我？”

“我怎么可能不管！你又想干吗？你如果是想去玩儿命，那我们就算了，我是绝对不会等你的。”理欣斩钉截铁地说道。

李直仁叹了口气，一阵沉默。

就在离理欣只有几步远的宾士车里，高超静静地注视着这一切。他看到理欣跳下河堤，坐进汽车。

“我早和你说过，你的方法不会奏效，直仁不是那种为感情而放弃理想的人。上周我都把所有利害说给他听了，可他仍然要去帮陆星，仍然说要择机回来。”说到这儿他长叹一声，扼腕道：“只能我们去通知小鱼儿了。”

“可那样直仁怎么办，他们会放他一马吗？”

“我不知道，小鱼儿和我没什么交情。”高超老老实实地回答。

理欣迟疑了一下，斩钉截铁地说出了自己的想法：“不行，那样直仁会很危险。”

“你想办法再劝劝直仁，小鱼儿这边我必须要通知。”高超说道。

“就算小鱼儿得救了，陆星还会让直仁杀其他人，一样会很危险。”理欣扶额道。

“是啊，我们要抓紧时间把陆星自己的水搅混，到时候他自顾不暇，自然就不会再让直仁他们去杀人了。”高超颇有自信地说道。

理欣却不解地望着哥哥，悠然问道：“你要干吗，难道把陆星杀那角头的事情告诉他们？”

“当然不行，那样做其实是下策，搞不好会有人说我们造谣。而且有些角头和陆星合作的事情是机密，曝光出来等于惹火上身，这些人可是什么都干得出来的。”

“那怎么办？”

“挖陆星的老底，让他自顾不暇。”高超刚说到这儿手机响了，他拿起电话在理欣面前晃了晃，“你马上就知道是怎么回事了。”

电话里的声音有些急躁，好像马上要天崩地裂一般：“阿超，我们找到那个人了，不过和我们想的不一样，他什么都不愿意说。”

“他在什么地方？”

“在香港，元朗的一个民宅——他现在是普通的家电维修工。”电话里的大厨好像很疲惫的样子。

理欣和高超几乎同时吃了一惊：“你追到了香港？”

“是啊，现在怎么办？”

“他愿意说一些事情吗？”

“他不回台湾，所以只能在香港说。”

高超看了一眼理欣，几乎都没有犹豫就做出了答复：“我们尽快赶到。”接着他看了看手表让理欣查一下最近的航班。理欣在手机上翻了翻，告诉高超只有中华航空晚上十点零五有飞机可以飞，十一点五十分到香港机场。

“从机场到元朗也有二十多公里吧，怎么这么急？”理欣不解地问道。高超没有回答理欣的问话，而是在电话里告诉大厨安排好和这个人会面，他们一下飞机就去元朗找他们。

“到底是怎么回事啊？”理欣焦急地问。

高超这时候才告诉理欣，大厨他们找到的这个人是Jimmy当年的贴身保镖，绰号“鬼拳成”，本名叫李受成，也只有他才知道Jimmy所有的事情。

“你怀疑Jimmy是被陆星杀害的？”理欣问道。

“不是我怀疑，是整个艋舺都在怀疑，只是大家都没证据罢了。那天直仁告诉我，其实宫北帮内部也不都是铁板一块，像八大战将中至少有两个都与陆星面和心不和，只是彼此互相利用，共同在宫北的旗号下面赚钱罢了。”

“那你怎么知道这个‘鬼拳成’的，难道他就知道真相吗？”

“我问过一些和Jimmy打过交道的人，他们都说Jimmy是在台大医院去世的，当时有很多人在场，死亡的原因是心脏病。由于Jimmy的父亲陈明贵大佬就是心脏病突发去世的，所以当时也没有引起太多的异议。不过邱叔给我推荐的朋友——李伯，在电话里和我提到了一个线索。”

“什么线索啊？”

“李伯是宫北帮的老人，一直到六十岁回家抱孙子为止都是跟着陈明贵打下天下的黑道中人。我当时问他和Jimmy有关的事，无论是什么事都可以。他就说有关Jimmy的事情中，有一件比较奇怪，就是当年Jimmy有个叫‘鬼拳成’的贴身保镖，在Jimmy死后就神秘消失了，有人说他退出宫北帮出国了，也有人说他滥赌死了，可李伯说在他的记忆中鬼拳成从来不赌博，甚至不喝酒、不抽烟、不嫖娼。”

“就是在香港的这个人？”

“对，我听说以后感觉奇怪，本着死马当活马医的心情让大厨打听这个鬼拳成的情况。他回来后和我讲，这个人很有名，在当时的艋舺是数一数二的能打，听说学过西洋拳，也跟国术师傅练过国术。中学没毕业就加入眷村的帮派，后来他们的帮派被宫北帮扫荡，鬼拳成是唯一让陈明贵看上的人。”

“听说当时陈明贵在台北也很有名。”理欣感叹道。

“那当然了，在那样一个混乱的年代，诞生了很多黑道的枭雄，陈明贵就是其中一位。他白手起家，靠着智慧和勇气创造了宫北帮。据说他见到鬼拳成以后连着找他谈了几次话，最终感化对方，做了Jimmy的保镖。”

“陈明贵让他给Jimmy当保镖啊？”这时候他们的车已经驶进机场的停车场，高超麻利地下车，拿起背包和理欣去换登机牌。之前聊天儿的空当儿，理欣已经购买了两人的机票，此时距离登机还有一个半小时。

“是啊，可是我觉得陈明贵看错了鬼拳成，最起码他就是最终压垮Jimmy这头骆驼的最后一根稻草。目前来看既然他还活着，那Jimmy的死和他有直接的关系。”

“你们是怎么找到他的？”

“了解到这些信息以后，我就决定把鬼拳成的事情查下去，无论如何都要给自己一个交代。于是我去商会找一些老人聊天儿。你知道商会的很多商户其实都是黑道中人，转行做了正行以后不问江湖事。你要问他现在宫北帮和东门帮谁是帮主他们可能真不知道，但要问他们当年的事情，能滔滔不绝地和你说上三天。”

“你想从这边得到一些线索？”

“嗯，不愧是我妹妹，一点就透。我猜鬼拳成这么有名的人，又跟了 Jimmy 多年，难道就一点儿消息也没有了？就算他死了也得有个墓碑吧？”

“他没有家人吗？”

“鬼拳成没有结婚，不过他的亲妹妹李爱良一家倒还住在台北。开始的时候我想从她入手，谁知道李爱良在鬼拳成入黑道前就跟他断绝了来往。在这之后，我又和认识鬼拳成的几个商户聊天儿，直到水产陈有一次说到一件事引起了我的注意。”

“水产陈，就是市场里卖海鲜的陈伯？”

“对，就是他。他和我说他之前也跟过 Jimmy，有一次他和鬼拳成、Jimmy 以及 Jimmy 太太去香港买珠宝的时候，顺便去了鬼拳成舅舅家住过一晚。”

“于是你就想到了鬼拳成在香港的舅舅？”

“可是没人知道他舅舅是谁。原来他们居住的眷村早已拆迁，老人们又去世很多，找起来着实不容易了。我实在没办法，就托人去警署查那些老档案，最终让我找到了他舅舅的姓名。在 1950 年的一份老档案中，我发现他舅舅是当年从台湾去的香港。”

“原来是这样。”

“是啊，据说是政治原因，他更多的资料现在难以查到，不过对我们来说也是够了。有了他舅舅的信息，去香港查起来自然就容易多了。大厨今天早上告诉我说，香港方面的朋友托人打听到，鬼拳成的舅舅王进于

1971 年再婚，举家搬到了元朗，后面就没什么消息了，原来鬼拳成果然在这里。”

高超带着理欣上了飞机，分别找到自己的座位坐下，看周围人多也就不再提这些事情。而二人的心情却一样，实在不知这位“鬼拳成”是不是能够把自己知道的东西说出来。不过，这些东西能起多大作用还是个未知数。

暗黑的夜空中，巨大的飞机像是一颗无比渺小的尘埃，逐渐消失在台湾的苍穹之下。高超完全不顾路途的疲惫，带着理欣以最快的速度上了一辆出租车，来到大厨所说的元朗大荣华酒楼。

不过大厨并没有在这里等他们。现在他们只能在对面一个看上去还算不错的大排档吃东西聊天儿了。

除大厨以外，小山西和周语都在坐，只是三个人看上去都很疲惫。除此之外就是那个充满了警惕目光、衣着普通的精瘦老人了，看样子这位神情木讷的人就是鬼拳成——传说中艋舺最能打的金牌打手。只是从现在的情况看，无论如何高超都不能把他和 Jimmy 那位充满传奇色彩的保镖联系到一起。

三

开始的时候鬼拳成很警惕，说话也吞吞吐吐，不过在两瓶啤酒下肚，脸色微微泛起一丝红润以后，他的舌头明显开始变长，话也多了起来。看样子周语的亲和力还算比较强，他一个劲儿地在高超面前夸她。

“这个小妹妹人很好。要是没有她，我也不可能和你们坐下来喝酒。她不仅给我钱，还找人帮我装房子，带我去医院看腿——我们习武之人老了或多或少都有些伤病，连亲生的也未必像她一样周到。”虽然已经来香港多年，可鬼拳成说话的时候带着浓重的台南口音。

“鬼叔原来真练过武啊，我们早听说过你的威名了。”高超故作轻松地想说些他感兴趣的话题。

果然，鬼拳成非常高兴，他一口将杯中的啤酒饮尽，然后非常不屑地瞅了高超一眼：“我是家传武艺，我祖父李继全早年是会友镖局的金牌镖师，给李中堂家做保镖的。他是八卦门高人程延华的再传弟子，武功尤其了得。传到我这一代，父亲不仅要求我学习国术，还要修习西洋拳，他称之‘西为中用，中西结合’。我的功夫没学到父亲的三成，他老人家就仙去了，但就这三成也让我吃了一辈子，你说我算不算练武之人？”

“原来如此，那我真应该敬您一杯。”高超说着抬起了手中的酒杯，“我生平最佩服像鬼叔这样的英雄人物，来干了。”

鬼拳成干了杯中酒，然后轻轻地哀叹一声：“现在人老了，也不中用了，除了你们几个后生小子也没什么人来看我。其实我也不是怕事，只是不愿意惹事而已。”

听鬼拳成主动谈起这件事，高超眼前一亮，立即把话接了过去：“是了，老听人家说起当年鬼叔的风光，跟着Jimmy大佬做了不少事，现在宫区还有人惦记您呢！”

“我在艋舺混久了，很多人都记得，宫区当时是商会的地盘。不知道谁还记得我这把老骨头。”

“很多人啊，像水产陈陈伯、火鸡马六马伯，他们说起来都是你的手下，怎么会不记得大哥呢！”

高超说得鬼拳成哈哈大笑，很开心地又喝了口酒：“陈有斌这家伙竟然卖起了水产。他是我的同僚，算不得手下。我们当年经常合作。火鸡马六倒算是我的手下，就是不知道他现在混起了宫区，成了你们商会的商户。不过话说回来，混黑道有什么出息，老了还不得养活自己？大哥们除了死的以外大多都移民了，现在连见一面都难。”

“是啊，有谁在风光的时候能想到老了以后呢！鬼叔为什么会来香港，听说在这边有亲戚啊？”

“没错，当年我是投靠舅舅来的，自到了以后就再也没离开过。现在过去这么多年，也不太想回去了。”鬼拳成悠悠地说道。

高超趁他感慨，连忙把话接了过去：“有时间可以过去玩儿，我们陪鬼叔好好转转，现在台北变化蛮大。”

“老了，走不动了。况且我这次帮了你们就更回不去了，宫北帮兵强马壮，我一个人不可能是他们的对手，恐怕真得搬到更远的地方才能安全一点儿。”鬼拳成说话时显得衰老迟钝，可关键时刻一点儿都不含糊，立即对高超他们提出了最难解决的问题。

高超想了想，终于拿出了最后的撒手锏：“既然鬼叔不想回台湾，那找个山清水秀的地方养老岂不是更好？鬼叔在香港应该是拿不到强积金的吧，再说那点儿钱拿到了也没什么用。这样，鬼叔如果愿意帮我们，我们商会愿意拿出一百万港币给鬼叔养老，这样即使想离开香港也可以考虑。”

高超的话一出，身边众人无不惊骇，要知道虽然他是商会会长，可仅收入一项也不过月入七八万元新台币，这点儿钱比上不足，比下有余，要拿相当于近四百万新台币来给鬼叔，绝对是豁出去的表现。

别人不知道也就罢了，他身边的理欣却知道这是哥哥全部的存款，为了救直仁、救商会他也是拼了，心里感动不已，说：“没错，我们这一百万随时都能拿给鬼叔。”

理欣这么说，摆明是要和高超共同分担这笔钱。

高超看着她坚定的目光深深地点了点头：“就是聊聊而已，鬼叔也不至于有什么危险。”

“之前你们已经花了不少钱，我李受成也不是没有感情的人。既然这样，好吧，你们想知道什么？”

“Jimmy 大佬是怎么死的？”高超开门见山地抛出了核心问题。

鬼拳成愣了一下，然后迟疑了很久才慢慢地喝干了自己杯中的酒：

“Jimmy 死的时候我并没在台湾，那段时间我在帮陆星做事。当时他有个新开的夜总会需要人临时看几天，陆星就找 Jimmy 商量说让我去。因为那段时间经常有其他帮派来捣乱，其他人怕镇不住场子。”

“他是死在家里了？”

“是吧，那天和 Jimmy 在家的是许大头，也是陆星手下出名的打手，后来的事情都是听许大头说的，具体情况我也不了解。”

“为什么会换人呢？”理欣问道。

鬼拳成看了一眼理欣，微微摇了摇头：“不是换人，那时候 Jimmy 已经失去自由，被陆星软禁半年多了，事实上他出事我们都有所预料。我之所以被陆星调开也是因为这个原因。陆星想留着我帮他开疆拓土，所以我才能保下这条命。”

鬼拳成此言一出震惊四座，高超立即意识到传言当年父亲被 Jimmy 设计杀害其实并不是 Jimmy 的命令，而是陆星想控制商会而实行的诡计，只是没有达成目的而已。想必连邱叔都不知道这件事的真实情况。随即他又立即意识到鬼拳成话里不实——所谓被调走云云自然是他和陆星达成的默契，只是后来不知为何二人又反目了。

高超委婉地问道：“那鬼叔后来怎么又要离开台湾呢？”

鬼拳成看了高超一眼，似乎已经猜出他话中的含意，语气中好像多少带着些许愠怒：“Jimmy 和陆星反目的原因是因为 Jimmy 不愿意扩张宫北，想废了陆星，结果反被控制。后来陆星让我为帮会做事，不要只做 Jimmy 的保镖，我就答应了，也就有了帮他看夜总会的事情。但 Jimmy 一死他就变卦，不仅把我踢出了宫北帮，还想找人做掉我。我只好离开台湾来到香港，一晃就是这么多年。”

“原来是这样，这么说 Jimmy 死的当天现场只有许大头一个人？”

“对，你们也不用查，许大头在 Jimmy 死后一周就酒后坠海死了。Jimmy 以前没有任何心脏病的征兆，所以事发很突然。本来陈家尧、陈家禹、陈美珍兄妹都想为父亲验尸，可陆星当时找了的法师说不能耽误了吉穴的入葬时间，就没有验成。再加上 Jimmy 的妻子于法美不允许验尸，就这么草草埋了。”

“这个于法美有问题。”

“她后来改嫁去了美国，听说三个孩子都没有跟她，一直在祖父母那里长大。不过因为 Jimmy 大佬的事情我还真找过她。”

随着鬼拳成话题的展开，所有人目光和注意力都开始高度集中。

鬼拳成却不甚着急，又慢悠悠地喝了杯啤酒；周语帮他续上啤酒，才缓缓点了点头：“我跟了 Jimmy 那么多年，他死得如此不明不白，我难道还不找出真相？我错就错在预估形势的时候出了岔子，以为陆星不会那么快动手，想打入他身边帮助老大，谁知道被他利用了。”

“结果怎么样？”

“Jimmy 大哥果然是被人害死的，而且还是陆星和于法美共同动的手。那个贱人不仅被陆星上了，还成了他的耳目，完全背叛了大哥。事后她拿了陆星六百万新台币去了美国，以为高枕无忧，谁知道被我找到跟了去，我有办法让她说出真相。”

“后来呢，她怎么样了？”理欣问道。

“没什么，这个女人野心太大，所以我既没有伤害她也没有杀她，只是费了点儿心思得到她违法的证据而已。如果我掌握的东西交给联邦调查局，她一定会入狱。只是我知道了也仅仅是知道而已，从没想过给 Jimmy 大哥报仇，也从没想过说给谁听。”

“那到底是怎么回事，Jimmy 是怎么死的？”高超异常关心 Jimmy 的死因。

鬼拳成看了他一眼，冷笑着摇了摇头：“今天我说得太多了，这件事事关重大，我当时是留了录音的。这东西现在被我藏在一个隐秘的地方，你们如果真想知道就明天到家里来找我，我把录音拿给你们。”

“现在不行吗？”

“现在？当然不行，这东西不在我家，况且还不太好取。”鬼拳成说着站起身拦车，边上出租车边说道：“明天记得把钱带上，我只要现金，而且不要新票，你们准备准备。”

“这家伙恐怕要做陆地上的 D.B. 库珀了。”高超淡淡地说了这么一句，然后看着鬼拳成的车消失不见。他转过头问身边的四个人：“你们怎么看？”

“我们怎么看不重要，重要的是我们下一步该怎么办？”周语第一个说道，“你真打算把所有的积蓄都给鬼拳成？”

“你可以留一点儿，我会支付一些。”理欣插言道。

“如果用这些钱可以换来直仁的安全，也能换回我父亲死亡的真相，我觉得值。”高超说着端起面前的啤酒一饮而尽，“今天晚上大家好好休息，我们明天一早就去取钱，然后尽快找到证据。直仁虽然已经答应我拖几天再行动，但我担心陆星不允许他拖太久。况且小鱼儿在艋舺耳目众多，如果事情搞大了会很麻烦。”

“找到证据之后呢，难道真要交给警方？”

“再说吧，我考虑一下是不是要联系 Jimmy 的家人，反正这次陆星死定了，我们要趁这个机会把宫区的地盘抢回来，还要让宫北帮的势力彻底离开宫区。”高超语气坚定、脸色凝重地说道。

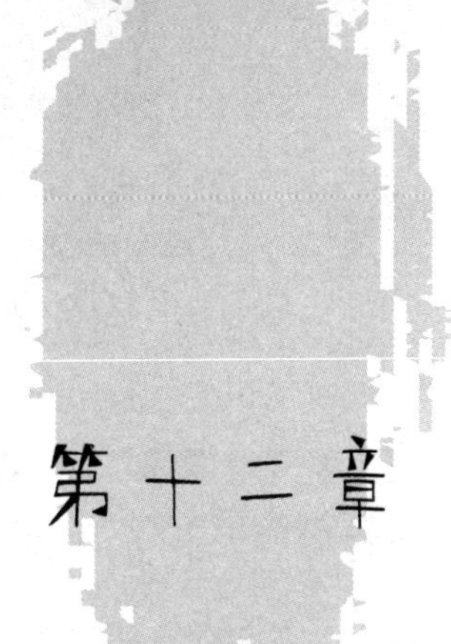

第十二章

一

第二天一早，高超租了辆汽车，带着大厨和小山西去银行取钱。待一切准备停当时已经是下午两点，三人又顶着大太阳前往元朗找鬼拳成。

“奇怪，电话怎么都转到语音信箱了？”大厨见电话打不通，便商量着和高超直接去找他。三个人顺着通往郊外的山路走了一程，待来到鬼拳成家的时候却见院门大开，隐隐从里面传出动静。

穿过洞开的院门，高超等人正和两个看上去有些匆忙的年轻人相遇，他们都穿着黑色的 T 恤，有一个整条胳膊都文满了刺青。高超一时没有反应过来，随口问道：“李伯在吗？”

“哦，他在里面。”走在前面的年轻人看到高超也愣了一下，接着急急忙忙地转了出去。高超只觉得这两个人似乎在哪里见过，却又一时想不起来。这时他身边的小山西却嘀咕起来：“后面那个胳膊上有刺青的家伙好像宫北帮的。”

“不会吧，这里又不是台北，怎么会有宫北帮的人呢？”大厨说到这里的时候脑子里忽然一动，像是想到了什么一样，立即瞪圆了双眼。

高超和小山西此时似乎也有些惊愕：“不好，要是让宫北帮的人先找到鬼拳成就麻烦了。”话说到这儿三个人就往屋里跑，却仍旧慢了一步，他们在空空如也的房间里没有发现一个人。

“人呢？”小山西带着大厨又里里外外找了一圈，最终兜回原地，什么也没有发现。高超又让大厨打了通电话，仍然是语音信箱。三个人看没有什么线索，便商量着把门关上先离开这里。

也就是在这个时候，院外传来脚步声，接着七八个提着砍刀的青年像疯了一般从外面涌了进来，为首之人却是宫北帮的老相识——“风筝”王启龙。

“他们怎么来了？”小山西还在感慨的时候高超就立即反应过来，对方是冲着他们来的，他倏然跃起，一脚蹬开窗户，带着大厨和小山西跳窗而逃。

身后的王启龙听到动静，带着人就追了上去，双方在野外展开了一场别开生面的追逐赛，直至高超他们进入闹市区，身后的王启龙等人才停下脚步。毕竟在香港他们都是外人，也不敢过于张扬；另外这也不是电影，不可能出现那种提着刀满大街砍人的情景——刚才在郊外没人看到尚可，此时却不敢过分靠近，也在一定程度上给了高超等人逃生的机会。

高超带着大厨和小山西上了一家茶楼，随便要了点儿东西边吃边喝茶，回首看时却见王启龙带着小弟们收起了家伙，也坐到对面的桌上吃早茶，同时用肆无忌惮的目光盯着他们。大厨看了眼高超，苦笑道：“这下麻烦了，鬼拳成恐怕落到他们手里了。”

“陆星的消息蛮灵通，我们刚到香港十几个小时他们就追上来了，难道是直仁这家伙不小心走漏了消息？”小山西在旁边嘟囔道。

高超摇了摇头，否定了他们二人的猜测：“如果鬼拳成落在他们手里，这个‘风筝’还追我们干吗？你们别忘了这是在香港，砍人是要冒风险的，所以我觉得他们还没有得到鬼拳成，想抓我们回去审问。至于直仁，我相信他不会那么做，最大的可能是陆星在商会或香港有自己的人。”

说到这里高超犹豫了一下：“知道我来香港的只有商会的文员安丽珍，难道是她那里出了问题？”三个人正胡乱猜测时，大厨的手机响了，是鬼拳成打来的。高超见王启龙他们很关注这边，心下有了主意，悄声问大厨是不是鬼拳成躲起来了。

“他约我们换个地点见面，让我们带上钱。”大厨说道。

高超点了点头，故意用很大的声音回道：“好啊，那我们现在就去见他。”

他又问小山西：“钱带来了吗？”

小山西这时候才想起来把装有一百万港币的箱子放到鬼拳成家了，一时懊恼。

高超想了想说：“这时候王启龙定不敢对我们怎么样，大可以放心去取箱子，然后再打电话给鬼拳成约好地点见面。”

说到这里小山西带着高超他们就往下走，王启龙等人远远跟在身后，却只是保持一定距离。

待高超他们打车重新回到鬼拳成的家，正准备进门的时候，赫然看到宫北帮的另外一个战将武豪正站在门外，身后同样跟了七八个宫北帮的小弟，正虎视眈眈地望着他们。

“他们怎么来得这么快？”

高超正疑惑的时候，鬼拳成的电话又打来了，这次却是求救电话：“高会长，你快来救救我吧，陆星带手下过来杀我了。”

“鬼叔，你现在在哪里？”

“我在慈云山惠华街永旺超市，你们快过来。”电话里鬼拳成的声音无比焦急，好像有人拿着刀架在他脖子上一样。高超三人立即出发，也顾不上身边的宫北帮众人，拦了辆出租车前往慈云山，宫北帮的人浩浩荡荡地坐着几辆出租车跟在后面。

从元朗到慈云山路途不近，就是开车也得四十多分钟。高超拿着电话，不时地和鬼拳成保持联络。开始的时候他还能回复几句，到后来电话干脆打不通了，待高超等人找到他的时候，他已经浑身是血、奄奄一息了。

“鬼叔，鬼叔……”

“我约你们过来的时候，陆星带人砍我……”鬼拳成说着咳嗽了两声，继续说道，“录音带在我家……在我家的……鱼……”鬼拳成刚说到这里的时候，王启龙和武豪已经带人围了上来，他就此住口。高超愤怒地望了他们一眼，然后让小山西打电话叫救护车。可就在此时，警铃大作，警察像从天而降般将在场的所有人包围。

面对这突如其来的变化，不仅是高超，连王启龙和武豪都有些摸不着头脑，所有人都被带到了警局。经过漫长的一天一夜之后，高超等人谋杀“鬼拳成”的嫌疑被消除了。

当高超走出重案组大门的时候，小山西、大厨、周语和理欣一下子就围了上去，原来大厨和小山西早高超半天被释放了，而宫北帮的人还被关着。大家找了个饭店坐下来吃东西，大厨告诉高超，陆星也被关在香港。

“他也来了吗？”

“鬼拳成死的时候说他是被陆星杀的，所以警察从出入境记录找到了陆星，他其时也在香港。陆星说自己并没有见过鬼拳成。但当时王启龙和武豪带着凶器将我们围住是千真万确的，再加上元朗有人目击他们追杀我们，所以对宫北帮很不利。”

“怪不得香港的警察知道那么详细，原来是这样。”

高超感叹着摇了摇头，就听周语笑道：“还有一件事我们今天早上才知道，那个‘黑狼’武豪死了。”

周语的话把高超吓了一跳，细问之下才知道原来被关入警局的当天有个罪犯精神病突然发作，要杀陆星，多亏当时武豪在身边，替他挡了两刀，结果到医院以后不治身亡。

“怎么觉得这几天的事情这么奇怪。”高超喝了口酒，感叹道。

理欣见他有话要说，就磨着让他说出为什么奇怪，高超摇了摇头苦笑道：“我也说不太清楚，就感觉是被人拿绳子牵着一样。”这时候周语却悄悄地探过头告诉大家另外一个惊人的消息。

“那个李受成得了癌症，好像是胃癌晚期，所以脸色才那么不好。”

“你怎么知道的？”高超问道。

“昨天我和理欣在外面等你们，很无聊就在警局里面转。当时有一个门没有锁，我溜进去的时候正好看到一个警察拿着法医的化验单去给他们警长汇报情况，单子上的名字就是李受成，但有英文标注的胃癌晚期，不过我只扫一眼就被人赶了出去。”周语说着笑了起来，让紧张的气氛有了些许缓和。

“我们下一步怎么办？”问话的是大厨。

高超从桌上拿了只糯米鸡，边剥边笑道：“既然有机会在香港把宫北打下去，那我们干吗不行动呢？还是找到鬼拳成说的录音吧，下一次就可以将陆星踩到脚底下了。”

“好啊，我们终于翻身了。”小山西大笑道。

高超点了点头，继续道：“趁陆星他们没有出来，我们一会儿就去鬼拳成家找关于‘鱼’的线索，他不是说录音和‘鱼’有关嘛！”

说到这儿高超又似乎想到了什么，一脸惊诧：“对了，我们还有个装一百万港币的箱子在鬼拳成家。”

“等你想起来，钱早没了，我俩已经搞定了。”理欣看了眼身边的周语，略带得意地说道。就这样几个人边吃边聊，又分乘了两辆出租车前往鬼拳成的家找线索。

由于鬼拳成已死，所以他的家被警方临时封锁了。高超他们来的时候快到中午，看样子也不方便进去，便在附近逛街、看电影，直到夜幕降临后才由小山西翻墙进去把门打开，一行人很小心地溜进了房间。

屋里和他们走的时候没什么两样，虽然警方进来搜查，但由于这里并非案发地点，所以也没什么重要线索，并未被重视。这里面除了鱼缸以外，还有几个有关鱼的摆件，却都没有什么有价值的发现。

“是不是‘鬼拳成’当时说的不是鱼，而是浴呢？”周语提出了自己的见解，“那个时候听不清楚也有可能。”

“如果是浴的话我们去就卫生间找找看，没准儿和美国电影里面的情况一样，把录音放到浴缸里面也说不准。”大厨说着就要往卫生间走，却突然从外面传来一个熟悉的声音：“大厨，你不要进去了，这里面根本没有什么录音。”

屋子里所有人都被这声音吓了一跳，只有理欣在瞬间的迟疑过后突然向外面跑去，同时大叫起来：“直仁，你给我出来，你为什么会在这里？”

虽然听出是李直仁的声音，可理欣与所有人一样，仍然不相信会在这里遇到他。

李直仁像幽灵一般孤独地出现在院子当中，他明亮的双眸中闪烁着让理欣感到疯狂的目光，嘴角挂着淡淡的笑容。

“根本没有什么录音。”他再一次说道。

二

李直仁的出现让高超瞬间有了一种被愚弄的感觉，他死死地盯着李直仁，希望从他的口中得到这件事情的真相。其实在场的每个人都曾经从高超的描述中得到过他和李直仁的谈话，所以每个人都开始猜想是不是李直仁与陆星达成了某种协议，通过这样的陷阱来达到不可告人的目的。

可是李直仁的脸上没有任何表情，他用舌头舔了舔有些干裂的嘴唇，然后再一次重复道："其实根本没有什么录音，有人给我们制造麻烦。"

"是谁？"

"你跟我来一趟，陆星要见你。"李直仁对着高超说道。

高超一愣，立即想到了刚才他们还在说陆星的事情，怎么他这么快就出来了？不过很快他就想到，凭着陆星的实力花钱雇个好律师保释自己出来似乎不是什么难事，自己也想知道真相，便微微点了点头："好，我跟你去，不过他们不能去。"

"让理欣和周语回去休息吧，我能保证超哥的安全。"李直仁来到理欣面前，平静地对她说道。

理欣红着眼圈什么都没有说，只是轻轻地拉住了高超的手："让大厨和你去吧，早点儿回来。"

"放心吧，他不会有危险。"李直仁拍了拍小山西的肩膀，然后率先往前跳了两步，在前面引路。高超则带着大厨跟在后面，理欣、周语和小山西目送着他们离开。

开车的司机是小许，除此之外并没有其他的宫北帮成员。也就是说这辆车上似乎只有高超兄弟四人，可高超怎么都觉得前面两个人和他与大厨都有万里之遥。

"超哥，你还记得我们第一次上学的时候，有一次我们四个人被老师罚跑圈，回来的时候精疲力竭，大厨他老爸开着车载我们回去。我们坐在卡车后面，也是这样，一句话都没有。"小许点了支烟，悠悠地说道。

"那天有小山西啊，你记错了。"李直仁插言道，"大厨和小山西在最后面，跑得都没力气了。训导老师姓什么来着，我记得他叫庄德武是吧，我们私下里都叫他'无德庄'。"

"那天是周末，本来第二天要休息。我们五个人一起翘课抽烟，自然让人罚跑，还是超哥有本事，一句话就让我们脱离了苦窑。"大厨笑道。

高超望着他似笑非笑的表情就知道没好事："我怎么不记得这件事，

我们后来为什么不跑了？”

“当然是你带着我们跳墙跑掉啦，那还能怎么样？”小许说完三个人一齐哈哈大笑起来，搞得高超一脸茫然。

“有这种事吗？”

“当然有啦！”大厨说道，“我记得无德庄说：‘跑起来跑起来！不要想偷懒！有胆偷带香烟来学校，你们就要有本事跑完20圈儿！’”他板起脸，学着无德庄说话的样子，逗得每个人又是大笑。

“其实那个老头儿蛮可爱，我们后来也没有受到处分。倒是我们当时经常捉弄他。”高超笑着接过小许递来的烟，用非常困惑的目光望着他们，“你们两个，真打算给陆星干一辈子？”

笑声停止了，取而代之的是无限的沉默。良久，李直仁才取下口中的香烟：“我和理欣约定了一年，如果没有问题我会带她离开。”

“你为什么不来商会帮我呢？”高超反问道，“不要再管什么一年了，你来商会先帮我一阵儿，将来做特别顾问也好，理事或监事也好，都是帮我搞好商会的事情。否则你们这样，我连讨回那一半地盘的可能都没有。”

“我知道了，考虑一下。”虽然说是考虑一下，可李直仁的神色中没有一点儿考虑的意思，给高超的感觉仍是在敷衍。大厨可能看出了什么，正想开口说话，汽车突然停了下来。

“陆星在上面，我们过去吧！”李直仁也没理会高超他们是否跟上来，自己先走了进去。高超抬头看了看，发现是间不起眼儿的小酒店，在香港闹事的高楼大厦中如同一株小草。他示意大厨用手机给小山西他们发个位置，然后跟着走进去。

酒店的大堂很暗，依稀可以看到一个长得很粗壮的男人正坐在沙发上抽烟，见李直仁过来默不作声地站起来拉开身边的门。接着他们穿过一条幽暗的走廊，来到一个宽敞的酒店套间，只见陆星正抱膝坐在沙发上玩儿手机，身边坐着百无聊赖的王启龙。

看到高超到来，陆星故意用非常夸张的嗓门儿笑着站起身，对高超张开了臂膀：“高会长，没想到吧，我们又在香港见面了。”

高超轻轻侧过身子，闪开陆星的拥抱，然后在对面的茶几旁边坐了下来。李直仁则坐到陆星的另一边，沉默无语。陆星一边吩咐王启龙倒茶，一边说道：“我让李直仁接你们之前的十分钟才保释出来，简直是场噩梦啊！”

“是啊，陆星大佬可真是神通广大。”高超讥讽道。

陆星则似乎没有注意到高超的话，而是自顾自地说了下去：“这次的事情你我都是受害者，警方也会查清的。那个收买鬼拳成来陷害我们的人，就是为了让我们两方打起来坐收渔翁之利。你不觉得很有意思吗？”

虽然高超一直不相信陆星的鬼话，但他这次说的引起了他的注意；他冷静地盯着陆星，等待着他继续说下去。

“鬼拳成得了癌症，想给自己在香港的老婆孩子留点儿钱，就被人家收买了，编故事说 Jimmy 大哥是被我害死的，还说有什么证据！”说到这里陆星愤怒地一脚将面前的垃圾桶踢飞，“他怎么不去好莱坞编故事啊！”

陆星的声音不小，听得高超一阵阵犯愣，对他这惊世骇俗的言论一时半会儿没理出头绪，只好静观其变。

陆星继续说道：“我收到线报，说你去了香港，和鬼拳成串供想弄死我。我当然不能善罢甘休了，就让风筝去看看究竟，却没想到这事是真的，你的人真的去了香港。”

“他们走以后就有人通知你了？”高超一指大厨他们问道。

“是啊，既然这样我当然要赶过去阻止你了。我一到香港，那个联系人就告诉我说你们第二天中午要去和鬼拳成见面，拿一盒伪造的录音带当证据，我就让风筝行动喽！”

联想到那天中午的事情，高超还真觉得是这么回事，便让陆星继续说下去。

“可直到和你一起被捕我才知道让人耍了——敢和老子作对，我一定要把那个家伙找出来。”

“给你提供线索的人？”

“他可是我多少年的好朋友啊，是我的老大哥。这太让我痛心了，你说我能怎么办？只有把他请出宫北帮，这辈子再也不要让我见到他。”陆星的表演淋漓尽致，好像真的为失去左膀右臂而悲痛欲绝。

高超情不自禁地问道：“谁啊？”

“Black mate，我们已经认识几十年了，没想到他竟然会因为一个毛孩子陈家尧背叛我。你以为想让我们两败俱伤的人是谁？Jimmy 的大儿子陈家尧。”

“是他？”高超真没想到背后的人竟然是这位当年少不经事的宫北帮太子，看来他是想在陆星手里夺回宫北帮。只是对于陆星的话，他却不知道能相信多少。好在陆星很快就给了他答案。

“把人给我带上来。”随着他的吩咐，高超看到两个手下押着一个衣衫褴褛、神情萎靡的年轻人走了进来，从满脸的伤痕来看这家伙显然是没少挨打。

“你要是不相信我的话就问问他，这个就是 Jimmy 的大公子。这家伙以为有几个臭钱就能将我陆星摆平？还想藏在香港遥控指挥，搞笑。”

高超疑惑地走上前，蹲下身子望去，看到这个年轻人的目光充满了猜忌与恐惧，他甚至不经意地挪动了一下身子以躲避高超，显然是害怕高超也对他拳脚相加。

“你真是陈家尧？”高超好奇地问道。

“是……是的。”陈家尧疑惑地打量着高超，“你是谁？”

“我叫高超。”

“高超？”陈家尧听到这个名字的同时，眼睛里突然射出一股光芒，“高会长，你是高会长？高会长救我，高会长救我啊！”

高超点了点头，微笑以示安慰，问他：“是你买通了鬼拳成害我？”

“我，我没有想害死你啊高会长，我只是想削弱你和宫北帮的势力，谁知道被陆星大佬找人跟踪到电话找到了我。你给我求求情，我马上就走，去大马，再也不回来了。”说着说着，陈家尧的声音竟然哽咽起来，看样子着实被陆星吓得够呛。

“陆星，你打算怎么办？”高超转身问陆星。

陆星狡黠地一笑，然后接过手下递来的一把手枪，说道：“他想害的是我俩啊，我做了这么多事，为你们商会摆平了多少仇人，你作为会长是不是也该做点儿什么？”

“你打算让我做什么？”看到陆星手中的枪，高超心中一凛。

陆星的脸上依然带着那种似笑非笑的奸狡，把手中的枪递了过去：“把他杀了，你就为商会和宫北帮除了一个敌人。”

高超没有接枪，而是冷冷地盯着陆星：“如果我拒绝呢？”

陆星默默地将枪口对准高超的额头，阴恻恻地笑了笑：“那你就是我陆星的敌人——”

三

高超背靠在沙发上，仰着头平静地凝视着陆星，他既没有伸手去接那把手枪，也没有表现出任何拒绝的意思。陆星的手就这样平平地伸出来，枪口几乎贴着高超的额头。所有在场的人都知道，只要他右手的拇指稍微一动，高超绝不可能活命。

房间里安静极了，甚至连那个刚才一直在低声抽泣的陈家尧也吃惊地望着面前的高超和陆星。在高超身后，进屋就未发一语的大厨这时候紧张到了极点，悄悄地将手中一个玻璃烟灰缸攥得极为湿滑。此时在他手中的已经不是一个普通的烟灰缸了，而是一件能解救他与高超的终极武器。

“放了他。”高超一字一顿地说道，“陈明贵大佬成立宫北帮，Jimmy带着宫北帮进入艋舺，也是他让宫北帮的大佬从角头变成了坐馆，你应该有一点儿感恩之心。”

“说得好。”陆星突然夸张地鼓起掌来，“我真该给你颁个奖。你是不是忘记你商会和宫北帮的大乱斗时代了，也是他们两个老头儿划走了你一半的地盘啊，难道你今天还要为他们说话？别忘记这个人前几天还想把你我置于死地。”

“他只是个可怜虫而已。”高超斜着身体绕过陆星持枪的右手，将面前匍匐的陈家尧拉了起来，“这件事只是个误会，我希望你以后不要再在台湾出现。”

“好……好……我马上离开。”说着话他紧紧地拉住了高超的手，“我能走了吗高会长？”

“我同意让你走了吗？”陆星阴冷的目光随着他转动的身体落到了陈家尧身上，他一把提起他的衣领，就像扔一个沙包一样将陈家尧重新丢到了地上，“没有我的命令你们谁也走不了，干脆这次连你俩一块干掉，再收了商会也不是件难事。”

“陆星，你让我带高超来之前可是保证过他的安全的。”李直仁突然往前走了一步挡在高超与陆星之间，“你不能动他！”

高超怕李直仁惹恼陆星导致局面恶化，抢先又想把他拦在身后，却被李直仁粗暴地阻止了：“你不能动他！”

陆星冷笑一声，将手枪往身后一扔，然后一把拉过李直仁，笑道：“直仁，我最看好你了。你难道是真想替高超把这件事扛下来，让我放他们一马？”

“对，你必须放他们。”

陆星张开双臂，做了一个无可奈何的动作：“好，那我就放他们一马。黑狼死了，他的位子你来坐。你既然是我的战将，是我宫北帮的话事人，条件是你不能离开我。你说，你答应了我的条件，我怎么能不给你这个话事人面子呢？”

别看陆星文化不高，可这一套连吹带捧的套路还真让李直仁受用。他很得意地点了点头，指着陈家尧说道：“你可以走了，二十四小时之内必须离开香港。”

陈家尧一句话都没说，连滚带爬地冲出了酒店房间。高超则给自己点了一支烟，默默地吸将烟吸尽，然后才旁若无人地来到李直仁面前，目不转睛地看着他：“我要走了。”他的话听上去很平静，但俩人都知道其中的含意：做了宫北帮的话事人，你恐怕再也不能离开宫北帮了。

李直仁点了点头，然后默默地走在前面给他带路。陆星一言不发，坐在沙发上自顾喝酒，直到高超和李直仁再也看不到他。高超走出酒店，抬头望着阴霾的天空微微叹了口气：“你还不和我回商会吗？”

“告诉理欣，我一定要风风光光地带她离开台湾。”李直仁说完这句话之后没有再理会高超，转身跳上台阶，很快走进酒店。大厨冷哼一声，然后提醒还在发呆的高超是不是给理欣打个电话。

就这样，高超在当天就疲惫地回到了台湾。这次香港之旅虽然凶险，但总归阻挠李直仁杀小鱼儿的事情成功了，所以在高超看来却是不虚此行。谁知道他才踏上台北的土地还没有十分钟，邱礼桢的电话就追了上来。

电话里的邱礼桢还算平静，只是让他马上到商会来一趟。谁知道一进会议室的门，高超就感觉到气氛不妙。原来除了邱礼桢以外，乔老、乔珠珠、丁健等人都围坐桌旁，目不转睛地盯着他。高超也弄不清这是第几次在众人如此愤怒的目光中就座了，一时间有种如坐针毡的感觉。

“珠珠，你从美国回来了啊？”高超想缓和一下气氛，嬉笑着和他们打招呼。又转过头问丁健，“丁叔怎么样了？”

“我们都没事，珠珠也是被人陷害，说清楚就好了。其实这所有事情都是陆星搞的鬼，他已经向我们商会全面开战了。”乔老在旁边简单地解释了一句，“还想用这种手段，真是天真。”

他说到这里又被邱礼桢把话接了过去，可他的语气就没有乔老那么宽厚了，声音像连珠炮一样又快又重："高超，你也太大胆了，竟然跑去香港和陆星联手对付陈家尧，那是他们宫北帮自己的事情，你被他利用了知不知道？"

"邱叔，这个事是有原因的，有时间我会向您说清楚。"高超忙不迭地说。

邱礼桢没有理会他的解释，而是照着自己的思路进行下去："无论你的初衷是什么，你这样做已经让我们很吃惊了。你作为商会会长，为了私人恩怨去香港找什么线索，本身就是胡闹，还差点儿被警方拘捕，难道你以为你那几个手下不说我就什么都不知道了？我告诉你，我在宫北帮有内线，知道陆星对付我们的手段和情况。正准备叫上乔老和你商量，你却跑得无影无踪，连电话都不接，你想干什么？"

邱礼桢这次是动了真怒，说话的时候整个面孔都变得扭曲起来："我们四个人已经商议过了，一致决定暂停你商会会长的职务，时间是一个月。在此期间由我来代替你的工作。你要想想，做出检讨，我们在一个月后的例会上再决定是不是恢复你的工作。"邱礼桢用不容置疑的口吻说道。

高超没有辩解，只是默默地踱出商会，望着阴霾消散的天空出神。其实也不怪邱礼桢生气，高超细想起来这几天自己有如鬼魅附身。自李直仁对自己说 Jimmy 死因有疑点后他就开始琢磨怎么用这件事把陆星搞下去。事实上现在回想起来，这个情报根本就是陈家尧借 Black mate 之口混淆视听，想让他和陆星互相加重猜忌。

而陆星之前对商会先扬后抑的态度又加重了他们之间的矛盾，直接激化到高超去宫北帮偷资料，又试图通过种种手段干涉宫北帮对小鱼儿的行动，继而维护商会的稳定。最终，高超成功咬中了陈家尧之前撒下的饵，险些成了对方钩上的大鱼。

回想起来，这次真的危险啊，要不是陆星一反常态地饶过他，自己也许真的死在香港了。可陆星到底又是为什么呢？高超知道他绝不可能真心对李直仁好，他们之间拥有的只有赤裸裸的利用。

一连几天，高超都百无聊赖地坐在自己的书房里发呆。既然被剥夺了工作的权利，那他能干的事情就只能和这群蜻蜓为伍了。此时刚过上午十点，高超点了支烟，把腿跷到桌子上出神；刚抽了一口就见周语从外面走了进来。

“我真不懂。”周语委婉地说道。

“不懂什么？”高超问。

“商会的事情一件接一件，既然进退两难，为什么你不干脆不干了呢？”

高超望着周语担心的表情，轻轻地笑了笑。他随手拿起一只极小的蜻蜓标本说道：“你知道世界上有一种蜻蜓叫作‘八丁蜻蜓’吗？这种东西又叫‘侏红小蜻’，是世界上最小的蜻蜓。身长只有不到两厘米。这么小的它们只生活在草埤附近，一辈子都不会出去。”

“草埤？”周语显然不明白高超要说什么。

“就是逐渐陆化的湖泊，湖水已经被水草覆盖了大半的地方。那是一个很封闭的环境。八丁蜻蜓一辈子就生活在那，好像很安稳。不过我常常会想，要是有一天草埤没了湖水，成为真正的陆地之后，八丁蜻蜓会不会就此失去栖息地，到那时候，它们又该往哪儿去呢？”

“你会为他们担心？”

“我有时常觉得自己很像八丁蜻蜓。”

“所以，你被困在艋舺这块草埤里，却又不愿意离开，是因为你觉得这里的人也跟你一样受困？”

“如果离不开这块草埤也没关系，但我至少想帮他们守护住这块仅有的栖息地，让草埤重新活过来，大家就能在这里安心生活。事实上我所做的每一件事都是围绕这件事来完成的，甚至包括李直仁也是。”

“什么意思？”

“他是我兄弟没错，但在我高超的字典当中，兄弟和商会一样重要。我始终认为像李直仁这种人不能为商会所有是极大的遗憾，而被宫北帮抢走则是商会的损失。所以我要救他，也要帮他，我相信他一定会回来的。”

“其实直仁本质也不坏，他去宫北还是赌气的成分大，只需要一个契机，他回来也不是不可能的事情。”周语善解人意地说道。这番话完全说到高超心里去了，甚至他自己也没能总结得如此之好。高超一阵感动，轻轻地冲上去吻住了周语。

良久，二人才喘息着分开。周语望着高超露出淡淡的微笑。

“你笑什么？”

“我笑你们兄妹的脾气都一样倔强，你知不知道昨天理欣去找直仁了。”

“是吗，你怎么知道？”

“她和我说了啊，我又担心她的安全，就让小山西开车跟着偷听。”

“他们说什么了？”说起李直仁和妹妹的事情，高超的确担心得很。

就听周说道：“理欣也是劝他离开宫北，不要再做什么话事人，让他回商会。直仁没有拒绝，也没同意。理欣当时就说：‘你根本就不懂我的心情。你要我在你身边，看你犯错、看你追着钱跑、看你被以前的恩怨困住，你觉得这样我会幸福吗？你这样很自私你知不知道？”

“直仁就说：‘你要我什么都听你哥的，不也是一样自私吗？’”

高超听到这里哭笑不得：“难得你这么大段的对话都能记住，难道是你们背熟的啊？”

周语一笑，正想说两句反驳的话，高超的手机响了，是小山西打来的，他在电话中说的事情却让高超结结实实地吃了一惊。

第十三章

一

“超哥，不好了，陆星要让直仁运送走私的柴油到公海，怎么办啊？”小山西在电话里焦急地说道。

高超一愣，随即想到之前在香港陆星让直仁做宫北帮话事人的事，问道：“只是走私吗？”在他看来，如果仅仅是走私柴油，虽然也是重罪，但还不至于让小山西如此吃惊，似乎还应该有别的原因。

“是这样，小许刚才来找我说陆星不知道从哪儿搞到一只改装过的小货轮，装满了走私柴油，应该有数百吨吧，说让直仁负责安全地送到公海交给接收人。而接收人是朝鲜方面派来的，这也是小许担心的原因。”

小山西这么一解释，高超也惊愕万分。要知道虽然少量走私柴油也是重罪，但也只是做牢、罚钱，还不至于送命。但运送数百吨柴油给朝鲜，完全是作死的节奏。如今朝鲜被全世界制裁，黑社会和他们进行走私无异于刀尖上跳舞，根本就是要钱不要命。如果被警察抓获，最少都是十几年的有期徒刑。

所谓黑帮不从政，从政不黑帮，否则当年江南案也不至于满城风雨，把个有后台的黑帮老大搞得灰头土脸，险些代人受果丧命。而陆星这个算盘打得更是精明，若是事情坐实，无论成败最终倒霉的都是李直仁。怪不得陆星这个家伙要提直仁当话事人，原来是想找个替他扛锅的冤大头！

“什么时候交易？”

“今天下午五点，从湾仔码头出海，宫北帮的货轮是‘融井 217’号。”

“好，我知道了。”高超心急如焚，本能地感觉到今天这件事不简单，坏了陆星的生意，搞不好就是一场大战。

他回头看了一眼满脸关切之色的周语，觉得让她跟着自己实在太危险，便斟酌着说道：“你最近忙吗？”

“还好吧，我拍摄的东西已经差不多了，抽空儿做后期就可以了，也许有机会还要回一趟花莲向领导交代。”周语所说的领导是她们电视台纪录片部门的直接负责人，也是他让周语来台北拍摄艋舺纪录片的。

“那你最近回去一趟吧，花莲也可以做后期。”

“为什么啊？”周语不解地问道。

“我觉得现在的台北不怎么太平，陆星又让直仁运送私油，我想去劝劝他。而且商会也很乱，我也要抽时间梳理一下，我没有什么时间陪你，所以你要是能回去一段时间最好，这样我也能安心一些。”

“安心什么，安心杀人吗？”周语冷冷地说。

“你怎么会这样想呢，我又不是陆星，只是想把直仁劝回来而已。”

“他要是不和你回来呢？”

高超沉默了一阵儿，道：“那我就把他绑回来，无论如何以后也不让他在宫北帮混了。陆星这条大船正在慢慢下沉，如果继续跟他的话只能是和他一块儿挂掉。我不能坐视不管，所以一定要把这件事管到底。”

周语见他语气坚决，有些木然，一时也想不到更好的理由来反驳他，只道：“可是……可是这样很危险。”

“我知道很危险，但李直仁毕竟是我的兄弟，我一定要把他带回来。”高超斩钉截铁地说道。

周语见状有些担忧，低头垂目道：“你就只要兄弟，难道不想要我了，你要是有什么事我怎么办？”她说话时脸颊绯红，最后一段声音又小，不在近前几不可闻。

高超虽然没听太清楚，却已经猜了个十之七八。他轻舒双臂将周语拦腰抱住，非常认真地盯着周语说：“我不会有事，又不是去打架，再说实在不行的话我会给徐警长或黎副队他们打电话，找警方来帮忙。”

“徐警长或黎副队会不会不帮你，他们不是和邱叔更好吗？”

“怎么可能，没有问题，有时候我只是不愿意去求他们罢了。我父亲生前没少给他们好处，那时候这些人还是小警察，如今成了势难道敢不认我？你去花莲我放心一些，待这边的事情处理完了我就带你去台东玩儿几天，让我妈也见见你。”

周语的脸更红了，半晌才微微点了点头，就见高超拿出手机给小山西打了个电话，然后对周语说道：“我让小山西开车接你去机场，到了打电话告诉我一声。”

“那你自己也要小心。”周语见高超态度坚决，只好答应。马上就要分开了，两人又少不了一番缠绵。待小山西赶来的时候已经是一个小时以后了。

小山西一边往车上装东西一边瞅着彼此凝望的高超和周语，无奈地叹了口气：“少爷小姐过来帮忙啊，看了一个小时还没有看够啊？”

“怎么做都好，但千万不要受伤。”周语嘱咐道。

“嗯，我知道。”

“你保证吗？”

“好，我保证。”

高超边说边将周语拉过来拥抱。小山西看了他们一眼，又低下头去拿行李，这时候高超才把周语送到车前对小山西笑道：“小山西，我把她交给你了。”

“交给我没问题，你要是不放心就跟去花莲啦！”小山西边说边拉开车门让周语进去。这时天空飘起细细的雨丝，将整个天空笼罩在薄雾当中。高超静静地望着小山西的车在雨中变得越来越小，直至消逝得无影无踪。

与此同时，车里的周语也扭过头看着氤氲在烟雨中的高超，甚至当汽车拐过弯的时候仍然不肯回头。小山西看了她一眼，有意想和她开个玩笑：“可惜啊可惜……才相爱就分开，这是什么虐心的戏码……”

周语一句话也没说，只是静静地盯着窗户上密密绵绵的雨滴发呆。小山西见她没什么反应，又道：“唉，我难得看阿超这么喜欢一个女孩子，还正替他高兴，幻想你们要是结婚了我们就真正成为一家人了……”

“行了，别啰唆，往回走。”周语突然吩咐道。

小山西显然被她的决定吓了一跳，像不认识周语一样看着她：“为什么往回走，往机场的高速公路在这边啊！”

“我说回家了吗？”

“你刚才不是和阿超说回花莲吗？”

“哄他安心而已，别废话了，快走。”周语不想多解释，只是一个劲儿地催促小山西掉转车头往回返。小山西之前就对这个气场强劲的表姐言听计从，现在她与高超一好更是不能违逆。他只好叹了口气，将汽车掉头往回开。

“你们女人好可怕，才相爱就骗对方。”

“就是爱他才骗他啊。这样我才能偷偷调查陆星跟直仁，暗中帮高超一把。”

小山西似被她吓了一跳，瞪圆了眼睛望着周语：“你确定你留下来只是为了阿超？不是为了多拍点儿东西？”

“都留下来了，不拍多可惜。好了，你别啰唆啦，快点儿开你的车！”

“那我们应该去哪儿？”

“去哪儿能找到陆星？我们悄悄跟着他看看。”周语说道。

小山西想了想，忽然拍了下脑袋：“除了他自己的夜总会，我听说他每天晚上没事的时候都去艋舺的海轩酒店吃饭。”

“每天都去，你没有搞错吧？”

“当然没错，海轩酒店的老板娘和陆星是相好啦，她老公是个软蛋，只知道去澳门赌博，乐得拿钱吃软饭，对老婆和陆星的事情从来不闻不问，已经是传遍整个艋舺了。”

“海轩酒店是个五花酒店，光餐厅就有五六个，我们去哪里找啊？”

“中餐厅啊，陆星吃不惯西餐，他只去中餐厅吃饭，就在一楼。他手下的小弟们都说海轩酒店的中餐厅是他们宫北帮的食堂，招待客人也去那里。”

“够奢侈，陆星好有钱。”

“对啊，要不怎么可能天天去海轩。”小山西说着话时已经把车开进了海轩酒店的中餐厅停车场，他指着远处的海轩酒店说道，“快五点了，要是来吃晚饭也快了吧！”

“哪有啊，通常晚饭不是八点以后才吃吗？”周语说。

“中国人怎么可能八点以后吃，我们都是七点以前好不好。”小山西从小就喜欢和这个表姐抬杠，虽然此时身处险境，两个人仍然是一对杠精。

正说得口干舌燥的时候，周语才想起来陆星似乎还没过来，问道：“怎么这么久？我们都等了快一个小时了。”

“少安毋躁，你知道有句话叫……”小山西刚说到这里的时候突然把身体从座椅上滑下来，同时拉了一把周语，小声说道，“来了来了，别让他们看到。”

周语凝目瞧去，但见三辆大型豪华 SUV 汽车已经停至身边，陆星和七八个手下一一跳下车，说说笑笑地走进了餐厅。小山西和周语唯恐让他们跑了，一直紧紧盯着在餐厅里吃饭的两桌人，直到又过了一个小时他们酒足饭饱后再次驱车离开。

“出来啦，快点儿跟上。”周语催促道。

小山西忙不迭地踩油门开车，同时嘀咕道：“好啦，我知道。住艋舺这么久，从来不碰道上的事，怎么现在却被一个外面来的女人拖下了水。”

“你不说话也没人拿你当哑巴，不要啰唆，我们都是为了阿超。”两人嘴上虽然都不饶对方，可车速却一点儿不慢，很快就来到了郊外一个破旧的大仓库旁边。陆星跳下车，和小弟们走进仓库。

“这是什么地方啊？”小山西问。

“一定是宫北帮的走私仓库，我要拍下来。”周语边说边用微型摄像机拍摄。没一会儿，陆星就走出来带人驱车离开了，只留下几个小弟在这儿看守。

“他们走了，我们去看看。”周语边说边带着小山西贴墙根儿绕到门前，侧耳听去，里面似乎有人在说话。

“星哥交代今天要灌完全部的油，现在就赶快过来弄吧？”一个小弟说。

“今天灌完，去吃了饭也来得及，先吃饭再说嘛！”又一人道。

“可是星哥吩咐过的。”先一人又道。

“星哥说灌完就好啦！走走走。”后一人拉着几个小弟走出仓库，逐渐远去。周语和小山西迅速跑进仓库，果见成堆的大塑料桶像小山一样摞得老高。他们好不容易找到一个可以打开的，费了九牛二虎之力才拧开桶盖。

“这……这是……”小山西脸色惨白、二目圆睁，几乎不敢相信自己的眼睛。周语也着实吃了一惊，刚用摄像机拍了两个镜头，突然听到身后好像有微微的脚步声，接着她只觉脑后剧痛，眼前一黑，人事不省。

二

朝阳初上，阳光焦灼。

李直仁非常满足地走在宫头的大街上，街道的对头一侧就是商会的地盘，而与之遥相呼应的宫头另一边往东一点儿，则是艋舺最热闹的环河南路和码头区。虽然从广义上说以月老宫为辐射中心的整个宫头区都属于大艋舺地区，但原名“番薯市”的老艋舺区其实和宫区还有一段距离。那个狭小的欢慈市里如今仍然盘踞着数十个角头，每个人都带领着自己的家族守卫着那些本已小得不能再小的地盘。

宫区这边就不一样了，由于是新兴区域，所以新的黑道统治者们通常没有老艋舺地区角头那根深蒂固的关系网，被攻破也容易一些。陈明贵老爸创立宫北帮伊始毫不起眼儿，就像众多在商区覆盖不到的角落里苟延残喘的小帮派一样，只能于夹缝中得到一点儿可怜的搏命钱。

不过 Jimmy 的出现却一改父亲和祖父的守成之势，他像唐朝那个杀掉两个兄弟罢黜父亲皇位的皇帝一样，勒令父亲下台，带领着八个与他从小玩到大的兄弟在宫区以凶狠闻名。他很快就用武力告诉所有人，老艋舺区那套在这儿不适用，他 Jimmy 才是重新定义规则的人。而这时候的 Jimmy 年轻气盛，与后来痴迷于赌博以至被陆星架空时的状态完全不同，他有着几乎用不完的精力，凭着这些东西他几乎吞噬了宫区所有的帮派，让宫北帮跻身于外省黑帮之首。

不得不说，陆星有着非常敏锐的目光。自从接任 Jimmy 的位子后，他就制定了从外到内、从农村到城市的宫北帮发展纲领，并严格执行至今。此时的陆星早已不是艋舺角头能形容的，更准确地讲他应该是整个宫北帮的坐馆，手下八个战将虽然还挂着战将的名头，但无论是手下小弟的数量还是拥有的财富水平都远超艋舺一般的角头，算是标准的黑帮“话事人”。

如今的商会就像偏安一隅的南宋，虽然地盘小了一半但经济活力却异常惊人，换算成 GDP 这里的增长比率绝对远超台湾其他地区。商会毕竟只是几条街、几个市场、几家店铺而已，就算是住宅区也不过只有两条街。但这些却可以肯定一件事：商区的富庶与高超的经营能力有关。

所以高超能在宫区苦苦支撑下来绝非偶然，经济基础才能决定战争规模和持久。宫北帮控制的区域由于经营和地域的原因经济活力很差，无论是所谓的“保护费”还是如商会这样的会费收入都要低得多，所以只能通过加大控制区域面积来维持收入，以保证自己的地下统治。这一点陆星完全明白，所以他不得不动用一些非常手段来应对日益增长的开销。

从香港回来以后，李直仁在宫北帮的地位陡升，再不用干那些打打杀杀的活儿了，所以陆星另外安排人完成对付一些小角头的工作，他则按要求到郊区的大仓库接手新的工作。

陆星带着小许走进仓库，偌大的房间中堆满小山一样的油桶，整个屋子里都充斥着刺鼻的味道。陆星让人搬过一个桶，掀开其中一箱让李直仁和小许看。

小许抬起头，很疑惑地问道：“这些都走私的柴油？”

陆星很得意地点了点，笑道：“怎么样，这些足够我们发家了吧？如果把他们都换成钱，我们绝对可以大赚一笔。”

“这没有问题吗，这可要犯法啊？”小许无不担心地说道。

陆星冷笑一声，非常不屑地看了他一眼：“你坐了这么久监狱都出来了，还怕什么犯法？这年头不犯法可以赚到大钱？你拿什么搞定理欣？”

李直仁没有说话，拿出烟来抽，看样子仍然顾虑重重。陆星上前轻轻地按住他的双肩：“听我说，不用去想什么走不走私犯不犯法什么的，生意就是生意，钱赚到手最重要。更何况，以后能源这生意会越来越抢手，你们不赚，可是一堆人排队想赚咧！”

“那我们需要怎么做？”

“很简单，下午五点，东北角那码头，有我的人。你们负责盯货上船，看着货安安稳稳地出海，然后你们就可以回家睡觉，等着钱从天上掉下来了。”

“好吧！”李直仁回答得很勉强。

“你以后跟我做大生意，其他的事情都让小弟们去做。我最看好你了，直仁。我跟你说过的，我一当上宫北帮的角头，第一件事就是物色人才，而你就是我最早盯上的人才之一。我和你说，你好好跟我干，总有一天这个位置就是你的。”

李直仁终于不再坚持自己的意见，陆星很满意地松开手，又朝小许点了点头，悠然而去。李直仁颓废地坐在一个油桶上，示意小许不要说话，许久之后才站起身往外走。

“直仁，我们要去哪里啊？”

“宫头，找个地方吃东西。”

“直仁——”小许停住脚步，再也无法无动于衷，“到底应该怎么办，难道我们真要去做犯法的事情？”

“有什么办法，我们又不是干正行，你以为我们的风光是哪里来的？那些角头、大佬凭什么尊重你，凭什么请你吃饭、给你塞钱？”李直仁望着小许，直勾勾地盯着他说。

“我们回商会吧，我怕有一天陆星让我们去做更难做的事情。你说他如果让你杀人你怎么办？”

“杀人？”李直仁似乎从来没有想过这个问题，他怔怔望着窗外的夜色发了会儿呆，“好啊，那就去杀人。”

继而他又笑了起来：“商会，这时候再提还有意义吗？”说着再也不理会小许，独自踏上门口的机车向宫头驶去。如今的他，似乎只有钱才能找回自己的尊严和安全感。

李直仁把车扔到路边，在大排档前喝了几瓶啤酒，然后又走到月老宫前的夜市，在角落里找到了天天在这儿摆摊算卦的“铁嘴半仙”王纪有。

“我要算卦。”

“算什么？”王纪有自然认得李直仁，只是见到此时的他喝得酩酊大醉，实在不是多说话的时候。所以王纪有很识相地问了一句以后不再多说。

“给我测个字吧。”李直仁指着地上的红布说道。王纪有点了点头，拿出纸笔让他写个字。直仁想了片刻，指了个自己名字中的“仁”字。

“测什么？”

“测——”李直仁稍一犹豫，脑中突然出现了理欣靓丽的身影，随口道：“感情吧！”

“难啊！”王纪有看了一眼，叹口气道：“仁字分开就是二人，没有了撇捺做支撑，岂非越走越远……”

“给我测测财运。”直仁不耐烦地打断了王纪有。

“这个好说，你既然是仁字，那就是二人求财。”

“如何？”

“此财无根，恐引祸端，谨慎为好……”王纪有的话还没有说话，李直仁心中一直升腾的怒火再也按捺不住了，他一把揪住王纪有劈头盖脸地打了起来，直打得这位算命先生满地打滚求饶。

“仁哥饶命啊仁哥，我就是混口饭吃……”

“下次再胡言乱语我就打死你。”怒气未消的李直仁还想再打时忽然觉得手被人抓住了，他回头时正看到满面怒容的理欣。

“你怎么打起人来了？”

“我……”李直仁红着脸，酒立即醒了大半，跟着理欣来到路边，像个犯了错误的孩子一样低头站着，大气也不敢出。

“为什么打人？”理欣过去将王纪有扶起来，从口袋中掏了些钱塞到他手里，连声道歉。

“喝多了。”李直仁小声说道。

“我早就和你说了，跟着陆星这种人干不出什么好事。这次让你运私油，下次就让你杀人，你信不信？你以为凭空给你个话事人的位置就那么好干。”理欣没头没脸地训斥道，“跟我回去吧，就算你不想回商会面对那些老头儿我们也可以重新开始干点儿别的。”

李直仁没有说话，仍然一直低着头。理欣皱眉望着他：“你怎么不说话？”

“我想干完这一票，陆星答应给我八十万，我就收手和你结婚。”李直仁郑重其事地说道。理欣被他的话吓了一跳，随即脸“腾”的一下红得像个苹果：“和你说正经事呢，谁要和你结婚。”

“我要娶你理欣，让我干这一次吧，不要告诉你哥好吗？”

“唉，就算我不说小许也会说，他挨个给我们打电话说你要去贩私油，大家都担心得要死。我哥说要把周语送回花莲，然后再来找你商量这件事。”

“这个家伙，真是成事不足，败事有余。”直仁气得大骂。

“大家都是为你好，都觉得你跟在陆星身边没什么好事。”理欣刚说到这儿电话突然响了，是高超打来的，谁知道电话里的高超变得歇斯底里，并且让她马上回去。

三

高超让理欣回去是因为周语出事了，起因是小山西发来的一组照片。当时高超正在邱礼桢的办公室和他聊天儿，时间是三十分钟以前，也就是晚上八点二十分。

邱礼桢扔给高超一支雪茄，自己又取火柴点了一支，才将头靠在椅背上慢慢地抽了两口：“你没有自己贸然去码头找李直仁，这件事做得不错，商量一下毕竟是好事嘛！事实让你休息一个月也是给你个教训，这事是乔老提出来的，但你一定不要记恨任何人，大家都是为你好。”

“我不会的。”高超说道。

“你知道，自从陆星上次对付商会失败，差点儿让我蹲进监狱以后，我就觉得我们迟早还会有一场大仗，所以一直在搜集信息。刚才也找朋友核实了一下，陆星这次有备而来。他想和东南亚的大毒枭拉吉康做生意，把‘笑气、红五和速溶奶茶’几种新型毒品弄到台湾来。但拉吉康对他有要求，每个月的进货量如果不够的话他就会永远失去和拉吉康做生意的机会。问题是以现在宫北帮的势力，陆星这样做根本就是蛇吞象，比他大的帮派有的是，都没人敢提和拉吉康直接对话，最多是找下级代理，偏偏他陆星不信邪，花重金购买了和拉吉康午餐的机会，直接提出了做生意的请求。”邱礼桢说道。

“其实这就是陆星安身立命的根本，他就是个赌徒，每次都在赌自己的命运，但他每次都赢。”高超接道。

邱礼桢用赞许的目光望着高超，笑道：“你喜欢读书，这是好事，有时候我一直在想，将来如果由你完全接手商会行不行。事实上就算没有这几次磨砺，我觉得你也足够成熟了。你要知道，在舺艋做个好的角头不容易，能做到像陆星这样强大的更不容易。如果说陈明贵是继任之君，Jimmy是光盛之君的话，那陆星就是第三代的守成之君，但这个守并非保守的守，而是守望的守。”

“您的意思是说陆星是李世民？”

“不，我的意思是说他是宋太宗。”

“这样啊！”高超静静地坐着，虽然心里着急但在脸上丝毫没有表现出来，事实上他知道李直仁的事情不简单，即使自己能劝他不去走私这趟私油，那下次他还会有别的事情要做。要从根本上解决这个问题，只能从陆星下手，所谓无根之木不独活。但若要除掉陆星这个根，光自己还不够，一定要邱礼桢帮助。

“陈明贵是柴荣，Jimmy 是赵匡胤，陆星嘛只能算是个赵光义。说他是赵光义是因为陆星也是志大才疏，最重要的是他们二人共同拥有的赌性是一样的。只不过赵光义运气没有陆星好，雍熙北伐把家底赔得精光。而陆星却能在上台之初一举出击，集宫北帮全力吃掉了比自己实力略强的镇南厝，一举打下宫北帮今天的基础。”

“镇南厝我小时候听说过，他老大好像叫‘鸦头’。”

“对，‘鸦头’的大名叫杜天林，也是一号人物。只是陆星计划得当，用人得体，一下子搞掉了杜天林手下四个得力干将，还是同时行动，前后不差五分钟。当杜天林得到消息的时候几乎无人可用，没有一个电话能打通。之后陆星来找他的时候他几乎是只身逃跑，最终还是被干掉了。”

“风险很大。”

“是呀，陆星赌的就是镇南厝的人不报复，谁知道他赌赢了。失去了五大首领的镇南厝一下子乱了方寸，很快就被陆星收编了。这次他又是这样，本来想让李直仁这帮人和他一举搞定艋舺所有不合作的角头，谁知道被你发现引出了香港的事情。我猜陆星已经改变了计划，让李直仁运送私油只是第一步而已。”

“那还有什么？”高超有些紧张地问道。

“陆星花了大价钱才拿到拉吉康的代理权，怎么可能去做什么私油生意。即使是运私油也是打通海上运输通道的第一步，他真正希望做的其实还是新型毒品，这个毋庸置疑。”

“那直仁呢，他真会给陆星贩毒？”

“这就要看他自己了。如果他不干，只能被干掉。那样一来，直仁恐怕不能像计划中一样顺利地回商会了。如果你想帮他就只有一条路可走。”邱礼桢郑重其事地说道。

“什么？”

“让他离开台湾。”

“其实直仁也不是真的愿意跟着陆星，只是想实现他自己理想而已。”高超为李直仁辩解道。

邱礼桢看了他眼，冷冷地哼了一声：“年轻人追求虚荣，满脑子都是赚钱，不稳重。”

高超低着头，什么话也没说。就听邱礼桢又道：“既然你想帮他，我还是觉得安排他出国好一点儿。比如日本、菲律宾、大马都可以安排，到时候再给他拿点儿钱，等这边风平浪静再回来。至于陆星，今天我们既然谈到这里了，我也不妨告诉你，我有对付他的打算，但要循序渐进，不能操之过急。”

“好吧，我会和他商量一下，不过我还是想让直仁立即回商会任职。”

“这个不可能。”邱礼桢犹豫道，“第一，之前我们不是没有试过，但他在商会并没有好好工作，反而去了宫北帮，这让很多商户都心有余悸。李直仁甚至还带小弟去砸了几个商户，这个问题不能不解决。第二，如果现在这个阶段我们让李直仁回来，等于直接向宫北帮开战。现阶段惹急了陆星，我们会很危险，所以我的意见是先看看再说。这件事处理完我就退下去，你再让直仁回来，你们两个人一定要把商会搞好。但你要记住，陆星是个疯子，一定要小心再小心。对付疯子要谨慎，你自己首先不能是疯子。”

听了邱礼桢的话，高超有些失望，但想到李直仁今天下午就要去铤而走险，他仍然觉得有必要和邱礼桢商量一下找找徐警长，如果能把这事解决，最起码这一次李直仁是安全了。可是他的话还没有来得及说手机就响了，是小山西发来的短信。

“什么啊，还有照片。”高超打开照片一下子就被惊呆了，小山西和周语被人绑着丢在地上，嘴里还被堵了东西。他脑子一下子就感觉大了三圈，“嗡嗡”作响。

“他们不是去了机场吗，怎么会这样？”正自言自语时，又来了一条短信，这次发来的是一个地址。

“谁干的？难道是陆星？”邱礼桢看他神色有异，已经慢慢地把轮椅推了过来，随手接过了他的手机。

“这是怎么回事，他们去哪儿了？”邱礼桢皱眉道。

“我也不清楚，刚才我让小山西送周语回花莲，谁知道就成这个样子。”高超一时有些手足无措。

“这是有人给你下套啊，你不能去。”邱礼桢淡淡地把手机丢了回来。

高超一想到周语，就有种五内俱焚的感觉，恨不得马上就赶到她身边救她回来：“可是他们有生命危险啊！”

“你去了能解决什么问题？他们被谁绑了，又有多少人等你？你凭什么救人？难道说你能打？好啊，我码两百个兄弟和你打，打到你吐血为止，你信不信？大刀王五那么能打，让两千骠骑营围了也会丢了性命。你阿爸与我生死相交，我不能看着你去死。”

话说到这份上其实高超已经无话可说了，他虽然也与徐警长认识，但总的来说维系还是要靠邱礼桢。如果自己单独去未必能说服这个人，而且邱礼桢不同意他们也不会帮忙。

想到这儿高超心里实在有些悲哀，眼睁睁瞅着自己心爱的人受苦而无能为力，实在心如刀割。如今周语被绑，无论如何也要去救她。想到此节高超点了点头，起身和邱礼桢告辞：“好吧，既然这样我就拜托邱叔了。”

“好，这件事我来处理，你就在这儿等我的消息好了。如果能确认周语和小山西被绑架，那徐警长他们一定有办法。”

“这样也好，请徐警长务必谨慎，勿蹈白冰冰当年之覆辙。”高超谨慎地说道。

“你想得倒多，周语不是什么名人，不会有记者有兴趣，不过你商会会长和黑社会的纠纷也许还真能让小报产生联想，总之我知道了就是。”

“那我先回了邱叔。”高超心急如焚，想立即出门去救周语。偏偏邱礼桢不疾不徐，慢悠悠地端起茶杯喝水，然后打开手机让阿杜和强仔进来：“你先等等，我出去给警长打个电话，一会儿回来你再走。”

“好的。”高超完全没有想到邱礼桢会对自己使用什么手段，点头应允，谁知道邱礼桢刚出门就让人将办公室锁了起来。他这个房间虽然在一楼，可是门外、窗外都有阿杜和强仔分别看守，从外面锁了门窗根本不可能出去。高超虽然自忖用武力破坏门窗出去未尝不可能，可又不想这样，便和邱礼桢商量起来。

“邱叔，你这是干什么？”

“你不能去现场，我已经通知徐警长了，他们按绑架案处理，你就放心吧，他们会救出周语和小山西的。另外我提醒你一句，如果你使用强制手段离开我就考虑把李直仁和陆星绑在一块儿，将来同时处理。”说完这番话邱礼桢好像再无顾及，竟然走了。

高超目瞪口呆地望着离去的邱礼桢，气得连喊叫的力气都没有了。他十分清楚警察的办事风格，要真遇到白晓燕（白冰冰女儿绑架案，台湾尽人皆知的一个案子）那样的事周语可就糟了，她有什么三长两短自己活着还有什么意思？怎么办，如果自己出去李直仁恐怕就不能得到邱礼桢的帮助了，仅凭自己的力量恐难办到完美；可不出去的话周语怎么办？

一头是兄弟，一头是最爱的女人，高超感觉到一种前所未有的压力向他袭来。他也知道，今天必须在他们之间做出选择！

第十四章

一

时间一分一秒地过去，高超的脑子像乱麻一样没有头绪。他来回在屋子里踱步，从李直仁想到周语，又想到了商会，最终他还是下了决心：两个人都要救！

想明白这一点，高超反而轻松了一些，他走到门前轻轻地敲了敲门："阿杜啊，我要见邱叔。"

"对不起，邱叔正在处理营救周语的事情，他没有时间见你。"与强仔一样，阿杜跟邱礼桢十几年，只听他一个的吩咐。他和强仔十几年前是宫区黑帮"后街"的金牌打手，当年后街在与宫北帮的角力中败北，角头"大脚头"逃亡美国，他们都身受重伤，逃至商会躲避仇人的时候正好是邱礼桢值班，于是他就将他们藏了起来。后来两人伤好加入商会，直至邱礼桢和高世元被陷害一死一残才成为了邱礼桢的专职保镖，忠诚无比。

如今若要想从这两个人手里出去，除了付诸武力以外高超想不到其他办法，他果见阿杜不给自己放行，便装作无可奈何的样子离开，可就在阿杜准备关门的时候，高超突然从后踢出一脚，一下就让铁门砸在阿杜的脑门儿上，径直将他掼飞了出去。

高超见阿杜倒地，也顾不上看他的伤势，拔腿就跑出了办公室大门，一拐弯就上了另外一条街。也多亏了高超对宫区熟悉，几个弯下来就摆脱了阿杜和强仔，接着他拦了辆出租车前往季师傅的拳馆。

拳馆里，大汗淋漓的季大诚正指挥着几个弟子练拳，看高超进来，神色中多少有些异样。高超随手拿了香烟递给季大诚，然后跟着他来休息室坐下。

“季师傅，上次的事情真对不起，让你受牵连了。”高超诚恳地说道。

季大诚显得很大度地摆了摆手，一副完全无所谓的样子：“过去的事情就算啦，李敬凯的家人也拿了商会的钱，你又过来赔罪好几次，我怎么还能记仇？我馆里的新装修就是用你给的钱，要不然还要赚好久。”

“那就好，我就是觉得很对不起季师傅和李师弟。”

“练武是做什么？我们习武之人若还向黑势力低头，还配做个男子汉吗？我这辈子就这样，做个堂堂正正的好人啦。你放心，我绝不会往心里去。”话虽然说得响亮，可高超发现季大诚对自己完全不像以前那样热心，就明白他心里还有隔阂，便决心把话说开。

“季师傅，不瞒你说，让你蒙受损失是我之前始料未及的。但我这么多年受你教诲，实在不能眼睁睁看着家人受辱、商会沦陷，才不得已请你帮忙。道歉也许不能解决这个问题，却也是我的态度，之前和李师弟的家人我也是这样讲的，恳请你原谅，否则我这一辈子都不会安心。”

“你既然说到这儿那我也告诉你，我之前的确有不开心，但细想你毕竟是我最喜欢的徒弟，对你的事我还是要支持的。你今天风风火火过来，神色也不好看，是不是有什么事情需要我帮忙？”季大诚眼光毒辣，一下子就看出高超这次绝非闲坐。

“我……我有个不情之请。”

“说吧，我还是你的师傅嘛！”季大诚也变得真挚起来。其实季大诚这个人讲义气，通常朋友求他帮助无不应允，甚至就算不方便也要竭力去做。这也导致他年轻的时候多有受伤，惹得师娘最终下了逐客令，所有人的事情都不允许他出头。如今师娘已故两年有余，季大诚无人管束也能自由做主，否则就算师娘上次让他去，这次也绝不允许高超再和季大诚见面。

“我想让你去一趟码头，阻止李直仁和宫北帮的人上岸。时间不用很长，只要半个小时左右，过了最佳时间他们就必须返回。”高超本来想求季师傅和自己去救周语，但刚才看到季师傅的状态，知道他还对上次的事情心有余悸。毕竟他已经老了，打 UFC 也是很久很久以前的事情了。现在的他能帮自己其实很不容易，所以只要能让他阻止李直仁就行了。

“这是什么意思？”

“李直仁要去帮助陆星贩私油给朝鲜，我不愿意让他干这种事，他现在有点儿执迷不悟，所以只能动用武力。像这种私下交货的时间要求很严格，如果他们错过了最佳时间对方是不会等待的，只有私下再联络，否则对双方的安全都有影响。”高超解释道。

“这……好吧，我带馆里的徒弟去。”季大诚略一犹豫，然后着手安排，准备带七八个年轻弟子前往。高超看了一下，发现这些人大都在十八九岁之间，身材魁梧，充满了年轻人的热血，非常满意。他拿出一些钱来给季大诚，让他们雇车前往，然后自己一个人前去营救周语。

就在高超从季大诚拳馆出来的时候，陆星已经做好一切准备，等着高超上钩。此时他身边站着最得力的干将王启龙和一群宫北帮的小弟。王启龙坐在一个巨大的油桶上面，远远地瞅了瞅被缚于地的周语和小山西。

“星哥，今天内把油灌完。我倒要看看李直仁有没有本事把货出海。要是成功出海，这一票我们可赚大发了。”

“这是和我们和拉吉康的第一笔生意，一定要保证完成。好在现在除了宫区以外我们还有了海上的市场，直接把货载到公海去销绝对是万无一失，这样就是台湾警方也不能把我们怎么样了。”

“是个好办法，就是怕李直仁知道里面是毒品就麻烦了，或者高超那帮人找麻烦也是问题。”王启龙无不担忧地说道。

“就算发现也没什么大不了的。李直仁的一切都是我给他的，他能背叛我？就算背叛了我，他还能找到谁？大不了到时候就说毒品是他换掉的，让他和高超自相残杀。你知道我为了这一天可费了不少的精力，你以为培养一个替罪羊不用时间吗？”

“这样很好，既然如此那我们就等着好消息吧，就是不知道高超会不会来。”

“这个女人对他很重要，凭我对他的了解他一定会来。记住吩咐弟兄们做好准备，要是他一个人来就算了，要是一会儿人多了我们就引他们进来，点燃那些化学制剂和汽油，烧死他们。就算警方调查也好推脱责任。”

“推脱责任？”

“你忘记这个仓库是谁的了？”

“是我们宫北帮的啊大佬，不是你前一阵刚买下来的吗？”王启龙一脸困惑。

陆星冷笑了一两声，说道：“这个仓库是我购买来的没错，但过户的名字是李直仁，也是他名下的财产。如果发生了事情就说他和商会勾结贩毒，就算这次能回来也盯死他，让他不死也坐一辈子牢。”

“可是损失很大啊！”

“用这么便宜的破仓库换整个商会也不是很贵啦，到时候那些商会的老头儿能做什么？给警长打电话吗？放心啦！我陆星不是第一天出来混，要有全部的把握才能一举搞定。”

“哈哈，这是第一步喽！看样子商会就是下一个镇南厝，我们很久都没有这样大规模的战役了，大佬。”王启龙兴奋地说道。

“那个邱老头儿还指望着霹雳小组救他，他根本不知道黎副队正在被立案调查，根本就是泥菩萨过河。只要警长那边晚出手半个小时，我们就能让商会全军覆没。”

这时，外面放哨的小弟过来说高超到了。

“他带了多少人来？”陆星问道。

“只有他自己。”

“干，这家伙还真有种啊！来人，带上那两个人一起过去，我倒要看看他高超有什么本事。”说话间陆星和众人来到仓库外，果然看到高超一个人孤零零地站在门外。

“高会长啊，让你跑一趟真不好意思！不过你们商会的老鼠跑到我们这里，我实在很烦恼该怎么办。所以我就打算等你来，再等我的好兄弟来，一起商量商量。”陆星嬉皮笑脸地说道。

“你想怎么样？”高超平静地问道。说来也怪，刚才路上还怒不可遏的高超到了这里反而放轻松起来，脸上甚至开始洋溢出淡淡的笑容。

“我的好兄弟出海了，他毕竟曾经也是你的人。这样，我们等他回来好不好，一会儿我们好好商量商量。”陆星笑着往仓库里做了个请的手势，“这个地方简陋得很，不嫌弃的话就进去喝杯茶吧！”

高超没有动，似乎根本没有理会陆星的话，他冷冷地盯着陆星，半天才说道：“还是在这儿说吧，你提个条件，要是我能办到就把我的人放了。”

“够爽快，我就喜欢你这种快人快语的作风。”陆星说着从手下人处接过水壶喝了几口水，故意说得很大声，“一句话，你把商会交给我，会长的位子让我坐，我再给你一千万，以后我们两清，你带你的人走，商会与你无关。怎么样，公平吧？”

听完陆星的条件，高超竟然笑了起来，他没想到人竟然可以无耻到这个地步，真是贪心不足啊！他淡淡地哼了一声：“商会不是我一个人说了算，这你也知道，我让你做会长难道你就能做？”

“这个事简单，那几个老头儿还不好对付？你来搞定邱礼桢，只要让他闭嘴，我就有办法让乔老回家，这样乔珠珠也就没什么说的了。毕竟商会对她而言就是哄老头儿高兴的玩具，只要老头儿没了兴趣她凭什么陪你玩儿？到时候监事、理事和特别顾问都可以从我宫北帮出，你不是就能把商会让出来了吗？”看得出陆星还真做了准备，把商会的情况摸得一清二楚。

高超看了看，粗略估计陆星手下也有二三十人，凭自己无论如何不能强行救他们出去，遂说道：“这不可能，不过我们这么多年都在宫区混，还没有动过手，要不然咱们两个人单挑一场，我赢了带他们走，你赢了我把商会会长的位子交出来怎么样？”说到单挑，高超有信心绝对不会输给陆星。

果然，陆星对自己和高超的实力还是瞧得很清楚，完全不上这个套，他嬉皮笑脸地说道:“我老了,和年轻气盛的高会长怎么能比,这个可不公平。你既然不愿意考虑交出商会，那我只有对他们不客气了。不过我觉得还是给你个机会吧,十分钟怎么样？你考虑十分钟,十分钟以后我再给你十分钟,不过那恐怕得打女人了。”说着他一摆手，就见两个如狼似虎的小弟过去，拳头像雨点般落到了小山西身上。

就在这时候，一个熟悉的声音从远处传了过来：“住手！”

二

高超顺着声音望去，看到李直仁正从自己的车上跳下。他快步来到高超和陆星之间，很困惑地左右瞅着。

“这是怎么回事啊，快住手。”李直仁在宫北帮多少还有些影响力，两个打人的小弟立刻住了手。小山西浑身是血，胸脯一起一伏。高超抢上前去伏身拉起他的手："阿豪，你觉得怎么样？"

陆星掏出手枪，将枪柄递给李直仁："先去毙了他们。"

李直仁一愣，并没有接枪："我有事情讲。"

"说啊！"陆星说话的时候手枪并不收回，而是往高抬了几寸，"先把他们几个人毙了再说。"

"我们的码头和船都被砸了，几个兄弟受了伤，我让他们看着货，过来商量一下怎么办。"李直仁说道。

"让他们先走吧，等处理完我们的事再找他们算账。"他说着指了指身后的高超等人。

陆星看了他一眼，冷冷地摇了摇头："他们发现了我们的秘密，还要去报警，自然不能留下活口了。"

"什么秘密？"李直仁茫然问道。

就在这时，躺在地上的小山西再也忍不住了，勉力跳起掀翻了一个油桶："李直仁，我没想到你是这种人。"

随着他的话音，从桶里流出的却只有一包一包的红五药粒——一种新型毒品。

"这是毒品啊，你竟然跟陆星贩毒？"小山西长叹一声，泪水无声地从脸颊上滑落下来。高超和李直仁一愣，立即想到了小山西父亲的事。

小山西的父亲叫林垣河，是从艋舺成长的第一代移民。与那个时代的多数人一样，在眷村长大的林垣河小的时候成绩并不好，自夜间部中学毕业后就不再读书，而是跟着林道在艋舺做生意。他们经营了一家山西风味的食肆，以各类面食为主，一直颇受老主顾欢迎。谁知道二十世纪七十年代的时候艋舺黑道大火并，角头们的大乱斗使一部分商户被迫将店铺搬到了更远一点儿的外围，所谓宫区自那时起方始形成。

林垣河十八岁已经长得身强力壮，在父亲的指点下多少学习了一点儿武艺，善使一口大刀，“大刀林”的称号自此传开。原来其父，也就是小山西的祖父林道年轻时曾在二十九军当兵，虽然没参加过长城抗战，但作为一个二十九军的老兵，曾经在宋哲元大刀队里威名赫赫。自来台后闲着无聊，练刀的时候就让儿子在旁边看，一来二去林垣河竟成了宫区第一号打手。

林垣河平时并不喜欢打理生意，而是经常和几个朋友混迹于艋舺的大街小巷。开始的时候有不少帮派想拉他过去，谁知道在林垣河看来，黑道这些“土豹子”怎么能和他这种正宗的武学之士交朋友，颇为自傲，从来没有把这些人放在眼里，自然也不肯与他们同流合污。

林垣河虽然不是黑道中人，却也绝非正人君子。他最喜欢也最擅长管闲事——调停黑道中的纠纷。时间一长，这也成了他安身立命的根本。可这世界上的事情总有其两面性，有人笑，自然也会有人哭。这林垣河觉得自己是个有用的人，为维持大艋舺地区的和平做了贡献，可是有些靠着地下生意存活的小帮派就视林垣河为眼中钉，恨不得除其而后快，只是碍于林道在艋舺地区的声名，谁也不敢做先出头的椽子。

终于有一天，一个以贩毒为生的小帮派“君亲盟”终于熬不住了，觉得再这样下去他们非先死不可。于是帮主“土五”就约了全帮十三个人开会，商量怎么把林垣河除掉，以便他们能继续在宫区贩毒。最后他们的军师一锤定音，决定先文后武，先请林垣河吃饭。在吃饭之前，土五把加了料的香烟带在身上，准备吃饭的时候给林垣河尝尝。

也是事情凑巧，林垣河赴约以后带了几个朋友前来，其中就有两人与土五关系甚密，在得知了他们的计划后饭桌上连吹带捧，把林垣河捧到了天上，接着酒足饭饱之际自然而然地接过烟抽了，然后林垣河就顺理成章地上了“君亲盟”的套。

对于毒品来说，虽然几乎人人都会沾毒上瘾，但总的来说每个人情况却是不一样的。譬如有的人第一次需要一份毒品，有的人却需要三份以上。

林垣河恰恰就是只需要一份就上瘾的人，所以他很快就成了整个宫区远近闻名的瘾君子。

自吸毒开始，林垣河的开销骤然增加，为了凑足毒资，他开始在整个艋舺地区横行，只要能得到钱他不在乎得罪谁。这期间，林道想尽了办法，光送林垣河去戒毒机构就去了数次，却无一次奏效。终于有一天，就在林道犹豫是不是把他送到美国的戒毒所时，林垣河被艋舺七大角头联合组成的黑道联军砍死在码头。

据说那天是个阴天，开战的时候天空淅淅沥沥地下起了雨。林垣河刚刚过足瘾就看到了黑压压向他而来的人群，他便立即抄起了手中那口经常用来吓人而不是砍人的大刀。

阴冷的风吹起了林垣河的长发，浑身的鲜血让他看上去是如此狰狞，开始的时候他的刀还有些章法，可时间一长就成了拼命乱舞。

最终，林垣河倒在一艘小船上，血被雨水冲进船舱低洼处，汇聚成了一条红色的水泊。

林垣河死的时候，小山西才一岁，母亲第二天就不辞而别，改嫁到了国外。小山西是由林道抚养长大的，老头儿身体极好，直到前几年他和大厨刚刚开起热炒店不久，九十六岁的老爷子还来帮忙，谁知道当天一顿饭多喝了二两，第二天就无疾而终，再也没能起来。而小山西这一生，最痛恨的就是吸毒，这一点他妻子知道，岳父母知道，最好的朋友们也都知道。

高超将自己的思绪从回忆中拉到现实，听到李直仁正在质问陆星：“你说过只贩油的，为什么要去贩毒？”

“什么毒不毒啊，你要搞清楚直仁，你是我宫北帮的人。这是我们的生意，是可以让我们一统台湾黑帮的生意。将来你我就是名垂青史的人，你怎么就不明白呢？弱肉强食啊，将来你有成就没人在乎你的钱是怎么来的。那些真正的大佬，有几个之前是做正当生意的，只是他们洗白了而已。”陆星大声说道。

“不，我说过不沾毒品，这是我的底线。”

“放弃你的底线吧，把这几个人都杀了，你就是我宫北帮第一号话事人，我把 Black mate 的位置交给你，你是我陆星的兄弟，要什么有什么，怎么样？”陆星再一次把枪递了过去。

“不，他们也是我的兄弟，一来我不会伤害他们。二来我也不会跟人贩毒，如果你执意要这么做的话，我们就分道扬镳吧。不过我也劝你不要这么做。”李直仁冷冷地说道。

谁知道他的话音刚落陆星就狂妄地大笑起来，看样子好像遇到什么滑稽无比的事情一样：“你太天真了李直仁。如果你不帮我的话，我还留着你干什么？”

“好啊，那你就试试。”李直仁往前又走了一步，将胸膛正对陆星的手枪。陆星无奈地掉转枪口，毫无征兆地朝着小山西开了一枪，随着小山西痛苦的惨叫声，鲜血从他的小腹处流了出来。

“把他们都给我干掉。既然你不想做我宫北帮的人，那就不要做人了。”陆星激动地叫嚣着，带人将高超、直仁、周语以及躺在地上的小山西包围了起来。

“风筝，先把仓库里的货物都搬走，然后按我们刚才商量的办。”

王启龙应了一声，开始安排人往卡车上搬油桶。

“留一些真油桶。”陆星嘱咐道。

“明白。”

王启龙和手下不多时就把装着毒品的油桶搬完了。陆星等人拿枪胁迫高超他们往仓库里走。此时高超已经知道进了仓库绝没好下场，心道反正是死，不如死在这里，正想试着抢把枪的时候，远处黑压压地冲进来一群人，喧嚣声传得老远，大地都在隐隐颤抖。

高超闻声回过头，立时一阵惊喜，原来往这边冲来的正是季大诚师傅和他的二三十个弟子，正叫喊着向这边冲来。

三

“阿超，我们来帮你。”季大诚提着一支和高超式样相同的短棍，威风凛凛地向陆星他们冲了过来。此时的陆星虽然手中有枪，但整个宫北帮不过两支短枪，也就说他只有两把手枪，其余的帮众眼瞅着就要和季大诚等人火并。而季大诚却是出了名的能打，实力远在普通人之上，气势恐怕就超过了他们。想明白此节陆星让王启龙带人先挡住季大诚，自己心生一计，忽然一把抓过受伤的小山西，把枪架到了他头上：“都给我进仓库去，要不然我就一枪崩了他。”

碍于陆星的淫威，高超带着李直仁和周语退进了仓库，陆星则拖着小山西走了进来，其他帮众都跟着王启龙与季大诚他们展开了混战。虽然季大诚他们人数不占优势，可是常年练拳练武，身体素质远非一般黑道帮众可比。陆星眼见战势不利，突然心生一计，连开数枪引燃了之前布置的汽油和各种易燃物，瞬间整个仓库火光冲天，每个人都被烈焰围困。陆星要的就是这种效果，冷笑着往后退了两步，想从另外一个出口溜出去：“好啦！游戏时间结束，不陪你们玩儿啦！你们就待在这里等死吧！运气好也许还能撑到条子来救哦！”

陆星得意地转过身正要走，突然迎面被人狠狠地用什么东西打中了后脑勺儿，一时间眼前金星飞溅，回头看时却是个满面怒色，手里提着支短棍的漂亮女生。

这个女生是理欣。原来她自邱礼桢口中得知高超和李直仁的事情后非常担心，看他们的电话都打不通便到家里去找高超，希望可以撞到。谁知道家中虽然没有高超人影，却留下了他的短棍，理欣便拿了这东西找邱礼桢问明了地址前来助阵，正看到仓库里面着火，陆星倒退着往出口走。

与此同时，大厨带了商会的人前来帮忙，本就不敌的宫北帮雪上加霜，连王启龙都在受伤之下逃之夭夭。理欣一击得手再不给陆星喘息的机会，又是一棍打在陆星手腕上，将手枪打掉。陆星惊骇之下扑过去想把枪捡起来，却被赶过来的李直仁将枪踢飞。

“哥，邱队长正在联络警长，听说已经掌握了陆星行贿的证据，就算没有这些毒品他也死定了，他们马上就会赶过来。”理欣得意地说道。

虽然此时火越烧越大，但他们一群人守在出口，就算是逃生也容易。这时候已经成了商会围住陆星算总账了，至于和季大诚开战的那帮宫北帮小弟们早已溃不成军，几乎逃了一大半，只留下几个死党仍在做最后的抵抗。

陆星一言不发地抽出一支短刀，凶狠地朝离他最近的李直仁冲了过去。李直仁自然有准备，顺手接过理欣递给他的短棍招架，两人就此开打。高超和周语扶着小山西从仓库里走出来，都紧张地瞧着李直仁和陆星这边。

陆星一刀劈来，李直仁闪身躲过，思绪开始回溯到几个月前，刚刚加入宫北帮时的情景。陆星身边围坐着王启龙、武豪等一干战将，每个人都拿着啤酒给李直仁敬酒。

“恭喜你，今天脱离苦海，跟了我们陆星大佬。”武豪醉眼蒙眬地来到李直仁身边，“商会有什么好，那个高超满脑袋都是大便，迟早让我们收拾掉。”

“我今天刚来，尊重每一个大哥，不过也请你们尊重我的朋友。”李直仁冷冷地说道。

“干，你还当商会是你朋友啊？那是我们的对头，你的朋友就是我们这些人。”武豪叫嚣着举起了手中的啤酒杯，“来干一杯。”

李直仁冷冷地瞅着武豪没有说话，身边的小许站起来替他端起杯子。陆星轻轻地拍了拍武豪让他坐下，对李直仁说道：“我知道你和高超关系好，但你现在加入了宫北帮，所有的一切都是他不能给你的，你拿他当兄弟，他不一定拿你当兄弟啊！你看我们都是你的兄弟，一个高超有什么好。”

“高超永远是我的兄弟。”李直仁说着话拍案而起，只留下陆星和一众目瞪口呆的宫北帮小弟。此时再想起来，李直仁何尝忘过高超，无论表面上对他怎么样，心底永远拿他当大哥看。就在他稍微一走神的工夫，陆星锋利的刀已经划开了他的手背，顿时鲜血如注。

“直仁……”理欣冲上前去掏出纸巾给他包扎，与此同时另外一人像箭一般冲向陆星，手中提着一截自来水管。众人仔细看去才发现竟是小许。

原来小许和直仁去地下码头交货，因为听陆星交代注意事项，所以耽误了一会儿时间。等他们到了才发现船和码头都被人砸了，货物虽然没有损失多少但看货的小弟却均被打伤。据一个小弟讲，打人的那些人刚刚走，逼问了他们地址以后招呼人去帮高超对付陆星。此时两个人才知道事情有变，一时间没了主意。

“阿仁，我们该怎么办？”小许的话很明显，现在交战双方一是商会一是宫北帮，他们自己要选择一个队伍了。

李直仁迟疑了一下，说道：“陆星这里不能久待，这个人阴险狡诈。我原本也打算跟他干上几票之后再走，现在看来也不行了。”

“那我们要回商会吗？”

“看情况吧，做事就做到底。就算回去也不能这样回去，古时候加入山寨都得递投名状，我们再等等。”

“那怎么能一样，高超是自己兄弟嘛！”小许见李直仁这次没有拒绝，就知道有戏。

李直仁又想了想，说道：“这样吧，我去和陆星说一下这里的情况，你看着这些货，等我们处理完这件事再决定怎么办。”

小许点了点头，很希望这是他俩在宫北帮做的最后一件事，之前的一系列遭遇都表明他们的兄弟还在商会，还是那些手足同心、从小长大的好兄弟。可是他等了一个多小时也没见李直仁回来，便和几个受伤的宫北帮小弟商量，让他们打电话给他们老大来处理。接着小许拦了辆出租车前往仓库，却正遇到李直仁受伤，他一见之下立时明白，随手从地下抄了件不知谁留下的家伙就冲着陆星砸了过去。

小许虽然勇气有嘉，可实力较陆星毕竟差了一个等级，几个回合下来已经是气喘吁吁、难以坚持。陆星这时候已经瞧出了危机，眼见周围全是商会的人，自己的帮众所剩无几，便想抓了小许做人质逃走。

一边的李直仁却看穿他的诡计，一等手伤稍好就又冲了上来："这里交给我，你下去。"

李直仁与陆星再一次单挑比适才更凶狠，两人几乎都到了杀红眼的地步。可李直仁毕竟手上有伤，时间一长伤口又开，鲜血不止，动作明显迟缓下来。陆星借此机会一脚将李直仁踢飞，挥刀就冲了上去。

"砰！"随着高超手中的枪响，陆星"扑通"栽倒，少半个头颅在枪声中消失不见，取而代之的却是血肉模糊的尸体。理欣和周语几乎同时尖叫起来，躲到了李直仁和高超的身后。

小许踉踉跄跄地来到躺在地上的小山西跟前，轻轻地拉住了他的手："小山西！小山西！你别给我睡着啊！醒来啊！"听到呼声，高超、直仁、理欣、周语和大厨也跟着围到小山西身边，小山西因伤势过重已明显意识模糊。

高超哽咽着扑到小山西跟前："小山西！醒一醒！我们马上送你去医院！"

许久，小山西才无力地睁开双眼，略有些呆滞的目光一一在每个人的面孔上划过："阿超、阿仁、小许、大厨……兄弟们又聚在一起了……真好……太开心了……真好……"

"小山西，你不能死啊！"李直仁终于号啕大哭起来，他的哭声引来了季大诚和刚来的警察的注意，不止一人通过对讲机联系救护车。小山西又深深地吸了一口气，用微弱的声音说道：“帮我照顾妻子和一岁的儿子……”

“好，你放心吧，从今以后你的儿子就是我李直仁的孩子，是我们大家的孩子。”

小山西没再说话，只是微微点了点头，接着阖上了眼，终于离去。

此时天色逐渐暗了下来，朦胧的夜色中小山西平静地躺着，身边一群男女哭得像一群孩子。

高超生了一场大病，商会的事情都交给了邱礼桢来处理。在此期间，宫北帮彻底垮台，几大话事人均被起诉，直接导致了帮派的分崩离析。商会拿回了属于自己的地盘，重新将大艋舺地区的商户管理起来。

病好以后，高超认了小山西的儿子为义子，并征得小山西妻子同意，将小山西母子安排在南部生活，由商会负责她们以后的一切开支。

这天傍晚，风和日丽，周语坐在高超家客厅的沙发上，正用手机看新闻：……本地最大毒品走私案正式侦破，主要嫌疑人为地方角头陆星。开枪杀害陆星的艋舺商会理事长高超因过失杀人，待开庭候审……

周语放下手机，回到自己笔记本电脑前，打开了自己的纪录片上传页面，感慨地写了影片介绍的最后脚注：“兄弟情义，才是江湖真谛。”

外面的庭院里，高超、直仁、理欣、小许、大厨五人正在烤肉。理欣正揪着李直仁的耳朵问他：“你现在还想要离开我们去赚大钱吗？”

“我……我们结婚好不好？”李直仁的回答惹得哄堂大笑。

理欣红着脸放开了他的手：“谁要跟你结婚，看表现。”

他们旁边，小许和大厨正窃窃私语：“你黑化以后，变得好凶喔！”

小许非常不好意思地低下头：“都是兄弟，以后绝不会这样。”周语这时走出房间，轻轻地拉住了高超的手。

“明天，我陪你出庭。无论结果如何，我都等你。”周语含情脉脉地说完，周围的理欣、小许和李直仁却都聒噪起来。高超只好转移话题，目光对着远处的大厨。

“肉还没有烤熟吗？”

“熟了啦，这是我厨神烤的耶，怎么会没熟！”

“那过去拿一点儿你先尝尝。”

“等一下。”理欣和李直仁说完悄悄话，转过头微笑看着他们。李直仁的目光转到旁边的小桌上，微微叹了口气。桌面上，小山西在照片上笑得很开心，他面前则摆着一盘刚烤好的烤肉和两瓶啤酒。

傍晚，天空微微有些昏黄。